Tra due mari

Carmine Abate

ふたつの海のあいだで

カルミネ・アバーテ

関口英子 訳

CREST BOOKS
Shinchosha

目　次

TRA DUE MARI
by
Carmine Abate

This edition published by arrangement with Grandi & Associati, Milan
through Tuttle-Mori Agency, Inc., Tokyo

Painting by Jacopo Ligozzi / © AKG / PPS
Design by Shinchosha Book Design Division

ふたつの海のあいだで

もちろんのこと、マイケに

a Meike, naturalmente

natürlich für Meike

ne, Meikes

旅立ち

彼のことなどなにひとつ知らなかった。七月のあの日に逮捕されて以来、何年ものあいだ僕の人生から姿を消したきりで、誰も彼の話をしてくれなかった。まだ僕が子供だったからだ。わずかばかり聞かされていたことはどれも嘘っぱちで、その記憶も時とともに薄れていった。

それでもときおり、眠っているあいだに不意に懐かしさがこみあげて、はるか彼方でこだまする声を追いかけるうちに、いきなり夜の空隙へと落ちていき、汗だくになって彼の村を滑走していることがあった。広場やバールで、まるで一陣の風のように彼の名前がふっと巻き起こるのが聞こえる。「ジョルジョ・ベッルーシ！」すると、彼の不遜な眼差しが立ちあらわれ、その大きな手の温もりを感じるのだった。なにより彼に対する思慕がよみがえった。ジョルジョ・ベッルーシのような人物は、いくら忘れようとしても、結局は以前よりもさらにこれ見よがしに立ちはだかるだけだ。

「よく来たな、フロリアン」僕のおでこにキスをしながらそう言うと、ふたたび姿を消すのだった。

海の方角にある《いちじくの館》の向こうには、粘土質の丘々と常盤樫《ときわがし》の森、それに木苺《きいちご》の密生する崖のほかにはなにも見あたらない。周囲には、所かまわず落ちている牛の糞にも似た、干からびてひび割れた山々が連なるばかりだった。母さんの生まれた村へと続く亀裂だらけの蛇行した道には、空襲で壊滅的な打撃を受けたかに見える深い穴がジグザグに点在していた。うだるような熱風のなか、僕らを乗せたボルボ・ステーションワゴンが坂道をよじ登っていく。運転している父は息遣いも荒く、苦しげだった。おそらく僕よりもつらい思いをしていたにちがいないが、愚痴ひとつこぼさなかった。

　僕は、ハンブルクから高速道路の出口まで、伏せたコップに閉じ込められた蜜蜂のような心地で、僕らの車よりも決まって速い車列をひたすら追いかける二千五百八十一キロの息苦しさと退屈に耐えた。次いで、花ざかりの夾竹桃が果てしなく続く道も耐え抜いたものの、その最後のくねくね道ほど胸糞悪くなるものはなく、文字通り吐いてしまうこともあった。

　これから長い夏休みを過ごすために向かっているはずなのに、早々に引き返したくなっていた。村は、イオニア海とティレニア海、ふたつの海に挟まれた丘のうえに、蹄鉄のような形でちょこんと乗っていた。ロッカルバという素敵な名前があったのだが、僕はさげすみをこめて、「ロッカルダ《暑い》」と呼んでいた。夏のあいだ、凄まじい熱風が容赦なく村を覆うからだ。

　母さんが二分ごとに僕らに知らせる。「クラウス、フロリアン、もうすぐ着くわよ《ヴィア・ズィント・グライヒ・ダー》！」そして、花の残っている薊《あざみ》や、黒いちじく、まだ青いプラムの実、暑さのせいで早くも割れ目の入った柘榴《ざくろ》などを、まるでこの世の楽園に足を踏み入れつつあるかのような熱狂ぶりで指差すのだった。

父は、「ロッカルバ」という地名の書かれた錆びた標識が一刻も早く見えてくることを祈りながら、漂流者のような眼差しで前方の一点を見つめていた。そして、村に入ったところで笑みを浮かべ、仮面のようなその笑顔を、休暇のあいだじゅう絶やすことはなかった。片や母さんは、間違いなく心から幸せだった。両親や妹のエルサ、姪のテレーザ、幼馴染みたち、路地、子豚のいる家畜小屋、オリーヴの樹にとまる蝉、教会の裏の崖、バルコニーを彩る斑入りカーネーション、広大な空を舞う燕に久しぶりに会えるのだから。「フロリアン、こんなに広い空を見たことがある?」僕が答えないことを承知で訊くのだ。「夜になると、天空の星という星がみんな見えるの。ずっと下の、海のほうまでどこまでも星空が続いてるんだから」そうして、ようやくのこと《いちじくの館》との再会を果たすのだった。午《ひる》まえに、父親のジョルジョ・ベッルーシに連れられて。うだるような暑さの下で二人、平原の真ん中にある一族の宿屋の廃墟に立った父と娘は、嬉しそうに一年分の話をした。かつてはカラブリアでいちばん有名な宿屋だったと、母さんは自慢していた。

「昔はそうだったかもしれんが、いまじゃあ、目に唾を吐かれたようなもんだよ。焼け焦げた跡のある石壁が、茨と野生のいちじくの茂みのあいだで惨めな姿をさらしてるだけなんだからな」

ある晩、叔父のブルーノ――エルサ叔母さんの夫――が、母さんの自慢の種を思いやりのかけらもなく打ち砕こうとした。すると、母さんはいきなり激怒し、機関銃のような罵倒を浴びせた。

「無知で能無しの田舎者! うちの《いちじくの館》の歴史も知らないくせに。あなたはどうせ食べることにしか興味がないんでしょ」ちょうど夕飯を終えようとしていたときだった。傍らで聞いていたジョルジョ・ベッルーシは、顔色ひとつ変えないばかりか、愉快そうに笑った。そして、口いっぱいに含んだ西瓜《すいか》の種をブルーノ叔父さんの右目めがけて吐きつけたのだ。種はみごとに命中した。「目に唾を吐かれるというのはな、そういうもんだ」彼が言い放つと、みんなはどっと笑った。エルサ叔母さんも、従妹のテレーザまでも。ブルーノ叔父さん一人が、片方の険しい眼で舅をねめつけていた。もう一方の眼は、唾と西瓜の種でべたべただった。お蔭でその場に居合わせた者が全員、《いちじくの館》の廃墟は、一族の死者の墓と同様に敬うべき場所であることを思い知ったのだった。そして近い将来、ジョルジョ・ベッルーシがそれを再建するだろうということも。

そう、彼について僕が知っていたことは、あまり多くはなかった。《いちじくの館》をまるで家族の一員のように、あるいはそれ以上に愛していたということ。母さんの父親、つまり僕の祖父にあたるということ。いろいろな意味で優しい人だったけれど、残念ながら僕は「お祖父《じい》ちゃん」と呼べた例《ためし》がなかった。たぶん、一年のうちひと月を一緒に過ごすだけだったし、しかも顔を合わせるのは食事の時間にほぼ限られていたせいだと思う。なんの断りもなく姿を消した日から、僕の心のなかでは恨みにも似た無関心がくすぶりつづけ、彼のことなんて僕には一切かかわりがないのだと自分に言い聞かせていた。しょせん僕は、彼にとってはどうでもいい存在だったのだから。現に手紙も絵葉書も一通も寄越さず、電話一本くれることもなかった。彼が逮捕された夏、ロッカルバに押し寄せたうだるような熱風の波に、永遠に呑み込まれてしまったかのように。

さいわいなことに、僕らを隔てる距離がもう少しで埋まらなくなりかけていたときに、彼が若かった頃にしたという旅の話を聞かされた。最初は母さん、次いでお祖母《ばあ》ちゃん、そしてハンス・ホイマンから。ハンスが撮影した写真も様々なことを語ってくれた。少年だった僕は最初、ときおり汗をにじませながら、焦燥感とともにその話を聞いていた。「村は夏のにおいを放ってた……」と母さんが語りはじめると、僕は、いつかはわからないけれどどこかで聞いたことのある歌の余韻を耳にしているような気がした。いまでもそれは、姿の見えない蟬の合唱か、さもなければ猛りくるった燕の啼き声のように、どこまでも僕につきまとう。不意にジョルジョ・ベッルーシが明るい光のもとに姿をあらわし、土埃のうえにその足跡がくっきりと見えた。僕は、あらんかぎりの力で彼にすがりついたのだった。

第一の旅

村は夏のにおいを放ってた。うだるような熱風がまるで生あたたかい水糊のように肌にねっとりと貼りつくの。それでもジョルジョ・ベッルーシは構わず旅立っていった。たとえ地震が起ころうと、大砲を持ちだそうと、彼をとどめることなんてできなかったでしょうね。とある都会《まち》を目指して発ったのだけれど、バーリという名前と、そこへ行き着くための方角を知っているだけだった。とにかく北へ。メタポントを過ぎて、アドリア海と呼ばれる海に突き当たったところ。その都会の一角に、パトリツィア・カッセーゼという美しい娘が住んでいて、毎年冬になると一か月、家族と一緒にカミリアテッロへ休暇を過ごしに来てた。樅や栗の林と雪に囲まれた別荘を持ってたのね。カミリアテッロの食堂で、ジョルジョ・ベッルーシはその娘《こ》と出会った。夏じゅうずっと牛の群れを連れて過ごすあの人にとって、その村は自分の庭も同然で、友だちの数もロッカルバよりも多いくらいだった。

ジョルジョ・ベッルーシは二十三歳の誕生日を迎えたばかりだったわ。息子が先祖代々の頑固な気質を受け継いでいることを知っていた両親は、思いとどまらせようともしないで、力いっぱい抱きしめた。近所じゅうの人がそのまわりに集まり、口々にささやき合ってたの。「あいつは頭がいかれてる。たとえその都会にたどり着けたとしても、パトリツィアとかいう娘の兄弟や父親に、生のまま食われちまうのが落ちさ」パトリツィアには兄弟がいないことも、都会の父親は、ロッカルバの村人のように時代錯誤でも嫉妬深くもないことも知らなかったのね。その後、両親はうわべこそ威厳で塗りかためて口を閉ざしたけれど、食料と水筒とワインを積めるだけ積んだヴェスパで息子が旅立っていったその日から、ひたすら帰りを待ちわびるようになった。

ジョルジョ・ベッルーシは、ロッカルバの平原を走り抜けた。左手の、水の涸れた川の方向に、明け方によく見る胸がざわつく夢のように、八月の凄まじい熱風に窒息しそうになりながら、《いちじくの館》の廃墟がちらりと見えたの。そのとたん、胸のざわめきが堪《こら》えきれないほどにふくらんでね、それをぬぐい去りたくて、童歌《ストルネッロ》を歌ってみた。ワインを二口ほどすすりもした。声に出して笑ってもみたけれど、小鳥や蟬を驚かせるだけで、なんの効果もなかった。胸騒ぎは大きくなるばかり。そこで、限界までバイクのスピードをあげて、まるで死神に追いかけられているかのように大声でわめき散らしながら、走ったの。

きらめく海が右手に見えてきたとき、ようやくジョルジョ・ベッルーシは穏やかで満ち足りた心地になったわ。そして旅に出てから初めて、パトリツィアに想いを馳せたの。ひょっとすると彼女にはもう婚約者がいるかもしれないし、結婚しているかもしれない。もう俺のことなんて嫌いになったかも……。その旅が馬鹿げた思いつきだということは本人も承知していた。カラブリアにだって、器量好しでひたむきで育ちもいい娘がたくさんいるのに、どうしてわざわざバーリまで行く必要があるのか。そんな意味のない旅をするなんて、あいつは頭がいかれてる。ロッカルバでは誰もがそう噂してた。「妻と牛は同郷にかぎる」と言うじゃないか。そんな言葉を聞くたびに、旅に出たいという彼の思いはますます募り、みんなは妬みからそう言っているだけのような気がしたのね。

夜も遅かったので、ジョルジョ・ベッルーシはくたびれたヴェスパから降り、シートをぽんと叩くと、砂浜と道路のあいだにある帯状の枯れた草地で休ませたの。そして自分はその先の海辺まで歩いていき、埃にまみれた顔と髪をすすいだ。なにか軽く食べたい気がしたけれど、空腹よりも疲労が勝り、温もりの残る砂のうえで横になると、眠ってしまったわ。

翌朝、彼は薄汚い赤毛の犬の、生臭い息で起こされた。太陽が海から昇り、まばゆい赤い光でだんだんと海面を満たしていくのを見るのはそれが初めてだった。むさぼる眼でその光景を味わい、深い息をつくと、見ず知らずの犬に話しかけたの。「海ってなんてきれいなんだ！　生きてるって素晴らしいなあ」そうして、ふたたび旅を始めたわ。しばらくは犬も後をついて走ってきたけれど、ヴェスパのバックミラーに映るその姿が、最初は野兎ぐらいだったのに、やがて白兎、鼠、蝿、ユスリカとだんだん小さくなって、とうとうアスファルトしか見えなくなった。


走りはじめて数時間後、シバリ平野でのことだった。ジョルジョ・ベッルーシは舗装道路から離れ、草原の奥に分け入ったの。灌木の陰でしゃがみ、誰にも邪魔されずに用を足すためにね。そうしてロッカルバに想いを馳せていた。これで退屈な日々とも、家族ともおさらばだ。もちろん、両親は両親なりのやり方で愛してくれてはいたけれど、理解しようとはしなかった。《いちじくの館》を再建するという計画も、若者にありがちな思い込みでしかなく、結婚をし、妻子を養うようになればすぐに忘れてしまうだろうって決めつけてる……。そのときだった。突然、ヴェスパのエンジンのかかる音が聞こえたの。彼は反射的に立ちあがり、灌木の向こうの道路に戻った。たしかに純朴すぎたのね。だけど、そんなことを誰が予想できたというの？　あたりには人の姿なんてないし、頭上で燕が舞い、木々で蝉が鳴いているだけだったんだもの。犯人は二人組だった。それにしても、ひどい連中よね。猛スピードで走り去るヴェスパが見えた。バイクだけじゃなく、食料も水筒も、シートの下の隙間に隠してあった現金までそっくり持っていかれたの。結局、ジョルジョ・ベッルーシは、土埃にまみれた熱風のなかをもがくように、悪態をつきながら歩いてた。もし、あのならず者の盗っ人たちが目のまえに姿をあらわしたなら、股に蹴りを食らわせ、こらしめてやるものを……。売女の息子どもめ。ジョルジョ・ベッルーシはあがいてた。

うだるような熱風と土埃、オリーヴやフィーキ・ディンディア（ヒラウチワサボテン）が生える丘々、羊に羊飼い……。ありがたいことに、涸れた川床をときおり一筋の水が流れてて、平たい石ころや夾竹桃の繁みのあいだへと滲み込んでしまうまえに、咽《のど》の渇きを癒し、さわやかな心地にしてくれた。彼はあがいていたわ。道が十字路に差しかかると、どっちの方角に行けばいいのか見当もつかず、羊飼いや農夫が通りかかり、進むべき道を指し示してくれるまで呆然と立ちすくんだの。いずれにしても、そんなペースじゃあ、バーリにたどり着くまで優にひと月かふた月はかかったでしょうね。いいえ、いつまで経ってもたどり着けなかったかもしれない。二日前からパンもハムも食べてないし、道端の木から失敬してくるいちじくでは、二時間ばかり胃がふくれた気はするけれど、その後、音を立てて飛び散る緑がかった液体となって流れでてしまうんだもの。

　これ以上ないというほど悲惨な旅の始まりだった。ほかの人だったら走って家に逃げ帰ってたに決まってる。なんてったって十歩行くごとにタリアテッレ（きしめんのような形をしたパスタ）の辛味腸詰め《サルシッチャ》ソース和《あ》えが恋しくてたまらなくなり、脳内で湯気を立ててるんだもの。それでも、引き返して村の友だちにからかわれるぐらいなら、空いた腹をいちじくでだましだまし、痛む足が向くに任せて、まったく確信のないまま歩き続けるほうがましだと思っていた。

その晩は野生のオリーヴの木の下で眠ったの。折からの満月で梢いっぱいに八月の月明かりが満ち、巨大なランプが灯っているようだった。地面を覆う行儀芝《ぎょうぎしば》は、家で眠るときに敷いてると うもろこしの葉のマットレスよりも柔らかかったし、寝返りを打つたびにみしみし音を立てることもなかった。ジョルジョ・ベッルーシはしだいに眠りに落ちていくのを感じ、穏やかな心地でいる自分に驚いた。そんな状況だというのに空腹を感じることもなく、頭は軽かった。軽く瞼を閉じ、明かりの灯るオリーヴの木に向かって、「パトリツィアのところに行くんだ」ってつぶやいたわ。そして、にっこり微笑むと眠ってしまったの。

明け方になると、オリーヴの木が赤い太陽に染まり、彼の隣には、まるでひと晩じゅう寝ずの番をしていたとでもいうように、あの薄汚い赤毛の野良犬が座ってた。ジョルジョ・ベッルーシは行儀芝のマットレスのうえで、祭日の朝のように怠惰な伸びをした。その瞬間、なんて気持ちがいいのだろうと心のなかで思ったわ。恋しいと思うものはなにひとつ、誰ひとりいなかった。両親も友人もロッカルバも。よだれまみれの犬の鼻づらを撫でてあげた。恋しかったのは《いちじくの館》だけだった。それと、パトリツィア。でも、彼女にはもう少しで会えるはずだった。

彼は立ちあがり、ズボンとシャツについた土をはらうとふたたび歩きはじめたの。犬がしつこくついてきて、「しっ、しっ、あっちへ行け」ってジョルジョ・ベッルーシが怒鳴りつけても、くんくんと人懐こく鼻を鳴らすだけだった。結局、どうせおなじ道を行くのだからと、子供の時分から頭のなかでぐるぐるまわっていた名前をつけてあげることにしたの。ミロールよ。

うだるような熱風と土埃、ときおりぽつんと生えているいちじくの木に残っている実も日に日に萎《しな》びてきて、食べるとお腹のなかできゅるきゅると鳴ったものよ。ミロールはといえば、ジョルジョ・ベッルーシよりももっとお腹をすかしていて、まるで猫のように蜥蜴《とかげ》や野鼠を狩っていた。こうして日々が過ぎていき、ジョルジョ・ベッルーシは旅に出たことを後悔しはじめたの。羊や羊飼いの姿も見えなくなり、舗装された道も鐘楼の先端も見えなかった。バーリまでの道さえ見つけられない自分のような男が、パトリツィアに会えるわけがない。ジョルジョ・ベッルーシは心のなかでそうつぶやいてた。頭上を舞う燕のように空回りするばかりだったのね。うだるような空を勢いよく遠くまで飛んでいったかと思うと、まるで黒い弾丸のように跳ね返り、髪をかすめ、肩に糞を落としやがる……。けれど、そんなふうに完全に我を見失ったときでさえ、ロッカルバも両親も友だちも恋しいとは思わなかった。それどころか、故郷を思いだしてはうんざりし、バーリのことを考えてもやっぱりうんざりした。どのみち、たどりつけるわけがないんだ。仮にたどりつけなかったとしても、きっとたいした悲劇ではないのだろう……。いいや、それは違う。悲劇に決まってる。ジョルジョ・ベッルーシはそんなふうに考えていた。だって、バーリに行くと言っておきながら、幼い子供のように迷子になるのだとしたら、からきし駄目じゃないか。それまで自分はすごい男だと思い込み、ほかの連中より頭が切れるつもりでいた。俺は少なくとも、生まれたときの姿のまま、馬にもなれずにロバで生涯を終えるのは馬鹿げていると気づいたんだ。ひとつ所に一生とどまって、動かずにただ伸び続けるだけの木なんて……。素晴らしい夢の始まりを体験しておきながら、広大な野原で情け容赦なく現実に引き戻される。これが悲劇でなくてなんだというのか。お前はなんて情けないんだ、ジョルジョ。それが本当にお前の姿なのか……。すると怒りに駆られた自尊心が湧き起こり、ジョルジョ・ベッルーシはぎゅっと両目をつぶったまま走りだしたの。木に体当たりするか、さもなければ道が見つかるにちがいないと自分に言い聞かせながら。無茶な思いつきだとわかっていたけれど、真剣だったのね。一度も目を開けずに、彼は走った。そのあとをミロールが嬉しそうに吠えながら追いかけ、頭上では半狂乱の燕たちが騒々しい応援団のように啼きたてた。さあ、ジョルジョ、踏ん張れ。走れ、走るんだ。ときおり、イチゴノキや衝羽根樫《つくばねがし》のひねくれた根っこや、檉柳《ぎょりゅう》かイヌバラかエリカか、なにかわからない灌木につまずいた。足もとをいつもうろちょろしているミロールに足をとられることもあった。それでも、一度だって転ぶことはなかったわ。まあ、慣れてもいたのね。子供の頃、家の脇から広場まで続く小路を、目をつぶって走って抜けだすのが好きでね。一度だけ、肥ってて柔らかな、大きな男の人にぶつかったことがあったの。父親だった。心配そうな声で、「目なんてつぶってどこへ行くんだ？」と訊かれたけれど、ジョルジョ・ベッルーシはすぐにまた駆けだしながら、「広場だよ、父さん。見ればわかるだろ？」と答えたの。

　十分ほどのあいだ、ジョルジョ・ベッルーシは越えられない障害に出くわすこともなく、ひたすらまっすぐ走り続けたけれど、短い坂を登りおえたところでクラクションが鳴り響き、ミロールが吠えたと思った瞬間、急ブレーキの音がして、目を開けないわけにはいかなくなった。

　目のまえでは、舞いあがる土埃のなかで亀を思わせる形の赤い車が荒い息を吐き、運転席では、青ざめた顔の男がものすごい剣幕で外国語をまくしたてた。

　しばらくして落ち着きをとり戻した男は、たどたどしいイタリア語で、車に乗せてやると言ってくれてね、犬にも車に乗るように合図したの。ジョルジョ・ベッルーシは、男がハンス・ホイマンという名のドイツ人で、髪が禿げあがっているせいで年齢よりずっと上に見えるけれど、実は二十五歳だということを知ったの。片言の言葉に身ぶり手ぶりもまじえながら、二人は互いの目的地を理解した。ドイツ人は南の、カラブリア州に向かうところで、観光ではなく仕事なのだという話だった。写真家の卵だったのよ。一方のジョルジョ・ベッルーシは、北の、バーリを目指してた。観光ではないけれど……「とくに理由もなく、なんとなく」と、渇ききった唇をやっとの思いで動かしながら、消え入りそうな声で言った。ハンス・ホイマンは、その若者が疲れ切ってて、死ぬほどお腹をすかしてることに気づき、いちばん最初に通りかかった食堂で食事をおごってあげることにしたの。

　食事のとき、ジョルジョ・ベッルーシがパスタと辛味の牛の腸《トリッパ》をかきこみ、果汁のようにどろりとしたワインをがぶ飲みし、肉の切れ端をミロールに投げてやり、周囲をはばかることなくげっぷをし、眼でにっこり笑いかけてくるのを眺めながら、ハンス・ホイマンは、カラブリアを案内してくれないかと頼んでみた。ホテルのベッドで休憩することも眠ることもできるし、食堂で食事もできる。費用はもちろんこっちで負担するよ、とね。ジョルジョ・ベッルーシはおそらく言われたことがあまりよく理解できなかったのでしょう。相変わらず食べてはげっぷをするばかりで、返事をしなかった。そこでハンスは、旅が終わったらバーリまで送りとどけるからと提案してみた。伸るか反るかどっちだ。するとジョルジョ・ベッルーシは、やると答えたの。やるに決まってる。やらせてもらうよ、ありがとう。それきり、げっぷも止まってた。

　こうして、二人の男と犬のミロールは、カラブリアじゅうを縦横にめぐったわ。盗賊のように黒いマントに身を包んで農地から戻ってくる農夫たちや、まぶしい陽射しを浴びた羊の群れ、家々のまえの石垣に並んで腰掛ける老婆たちや、パンを窯に入れる女、大人びた顔をした裸足の子供たち……。そんな写真をハンス・ホイマンが撮っている傍らで、ジョルジョ・ベッルーシはそれまで一度も目にしたことのなかった場所を見てまわった。目もくらむほど深い谷底の縁にひっそりと佇む村々や、アスプロモンテ山中の、ガリバルディが負傷した場所に建てられた石碑、四方を海に囲まれた城、一本だけぽつんと立っている大理石の円柱、ボスニア松が点々と生える山々、なかでも樹齢千年をとっくに超えている、ヨーロッパ随一の古さを誇る一本松はひときわ目立ってた。本当のところ、ドイツ人のハンスは旅の連れが欲しかっただけで、案内役など必要としてなかった。ジョルジョ・ベッルーシだけじゃなく、ロッカルバの村人全員を合わせたよりもずっと物知りだったんだもの。わからないことがあると、二十世紀初頭に英国人の旅行者が書いた『古き《オールド》カラブリア』という本を読んで調べてた。ハンス・ホイマンは物知りなだけじゃなく、好奇心旺盛で、どんな小さなことも見逃さなかったわ。肩から提げてるカメラが、まるで三つめの目玉のように、いいえ、ほかの二つの目玉より注意深いくらいに、ほんの束の間の動きを見事に捕らえ、必要ならば拡大する準備ができていた。そして、もちろん一度口にした約束は守る男だった。九月の終わりになって最初の雨が降りだす頃、ハンスはハンブルクへ帰ることにしたの。でもそのまえに、約束どおりジョルジョ・ベッルーシをバーリのパトリツィアのもとへ連れていき、その後、ロッカルバまで送り届けた。旅のあいだミロールもずっと一緒だった。

　途中、《いちじくの館》の近くを通りかかった二人は、立ち寄ることにしたの。ジョルジョ・ベッルーシは、先端に焼け焦げた跡のある石壁へ懐かしそうに歩み寄ると、一八三五年の十月のある日、《いちじくの館》を訪れた三人連れの旅人と、ミロールという名の犬のことを話したわ。それは、ハンス・ホイマンが理解できたふたつの文章のうちのひとつだった。もうひとつは、ジョルジョ・ベッルーシが音節を区切りながらゆっくりと口にした白昼夢。まるで祈りの文句か、心の奥底からほとばしりでるあきらめきれない願いのように。「俺は《いちじくの館》を再建してみせる。曾祖父《ひいじい》ちゃんの黄金時代とそっくりおなじか、さもなけりゃもっと立派な宿屋を建てるんだ」

まさにその瞬間、ハンス・ホイマンは人生のなかでもっとも鮮烈な一枚の写真を撮ったの。願いを言いおえようとした瞬間に、ジョルジョ・ベッルーシは眼前で流れ星のようなものが光るのを見た。

それから、二人は村までの坂道を登っていった。若いドイツ人の運転する赤のビートルが初めてロッカルバの村を訪れたのは、一九五〇年の十月十日のことだったわ。旅のあいだに体重が四キロも増えていたジョルジョ・ベッルーシは、つやつやした赤毛の犬を撫でながら、出会う人ごとに笑顔をふりまいた。その顔は日に焼け、髪はたくましい野生人のように伸び放題だった。

何年ものちのこと、ようやくその夢が、地域一帯でもっとも腕のいい建築士によって綿密に練られた設計図となり、実現を待つばかりとなっていた矢先、まるで陶器の壺のように粉々に砕け散る出来事が起こった。例年にも増してうだるような暑さのある夏の日のこと、ジョルジョ・ベッルーシが逮捕されたのだった。

その出来事が起こったとき、僕はなにも気づかずに、家の中庭で独りボールを蹴って遊んでいた。後部座席にジョルジョ・ベッルーシを乗せた軍警察《カラビニエーリ》のジープが、タイヤを鳴らしながら走り去るのを見なかったし、見ようとも思わなかった。熱せられた風に運ばれ、お昼どきで空っぽになった路地に跳ね返る広場の声は、ふだんよりさほど大きくも、切羽詰まっているようにも感じられなかった。

数日まえにロッカルバに着いたばかりだった僕は、父のボルボから降りたとたんに襲いかかってきて、終始まとわりついている埃っぽい熱風で膨張した夏のせいで、まだ頭がぼうっとしていた。

僕は一刻も早く海に行きたかった。家から数キロのところで、僕をさわやかにしてくれる海が待っているというのに、両親は少しも急ぐ気配がなかった。汗だくの笑顔を浮かべながらロッカルバの通りを歩きまわり、近づいてくる人とかたっぱしから挨拶のキスを交わしていた。歯の欠けた老女、ショートパンツ姿の若者、ミニスカートの少女、服喪のボタンをワイシャツにつけた高齢の紳士。その傍らで僕は腕で顔を覆い、どうにも断れない場合だけ女の子からのキスを受けていた。もちろん、母さんが嬉しそうにしている理由は僕にだって理解できた。一年ぶりに自分の生まれ故郷に帰ってきたわけだから。でも、クラウスがなぜ薄笑いを浮かべているのかは説明がつかなかった。しかも疲れてくると、写真撮影用のポーズをとっている人のように、笑みが顔に貼りついたまま固まってしまうのだ。ふだんは陰鬱で気難しく、考えごとばかりしているくせに、いったいなにが楽しくて笑っているのだろう。イタリア語は十ほどの単語しか知らず、ロッカルバで話されている風変わりな方言に至っては、まったくわからないはずなのに。

そうして僕らは、昼食と夕食の時間になると家に戻るのだった。

お祖母《ばあ》ちゃんは僕を抱きしめ、固太りのお腹に僕の顔を押しつけてから、鍋という鍋の蓋をあけ、腕によりをかけて料理した、とっておきのご馳走を特別に見せてくれるのだった。詰めものをしたナス、辛味のペペロナータ（パプリカの炒め煮）、土鍋で煮込んだインゲン豆にソラ豆にヒヨコ豆、ラザーニャか、ヤギや仔ヒツジのミートソースで味付けした手打ちパスタ、シーラ山地特産のアニスで風味をつけたリコッタチーズ入りラヴィオリ。さらに、お祖母ちゃんの自慢料理もあった。ポテトとズッキーニを添えたムール貝、カボチャの花のフライ、そしてカブの芽のオレッキエッテ（耳たぶの形をした小さなパスタ）。こうした料理のレシピはどれも、お祖母ちゃんの生まれ故郷のプーリア州に伝わるものだった。僕の口に生唾が湧くのを見て、お祖母ちゃんはにっこり笑った。僕は、そんなお祖母ちゃんに感謝の投げキスをするのだった。お祖母ちゃんは、母さんと同様に背が低く、やわらかくて大きな乳房が、まるでラクダのふたつのこぶみたいに、お腹のうえに形よくのっかっていた。お祖母ちゃんには尖ったところがひとつもなく、だから僕は誰よりもお祖母ちゃんが好きだった。おまけに、ある程度以上の歳の女の人のなかで、お祖母ちゃんみたいに歯が白くて健康的な人はほとんど見かけなかった。一日じゅう家にいて、まるでコマーシャルに登場する家のようにあちこちを片づけ、磨きあげていた。近所の奥さんたちには親切に接していたものの、自分はちょっと違うんだということを強調するかのように、どことなく打ち解けない雰囲気があった。事実、お祖母ちゃんはバーリという大都会の出身であり、実家はオリーヴオイルを扱う裕福な商家だった。

ジョルジョ・ベッルーシは、僕らみんなが食卓にそろってから姿をあらわすのだった。どんなに努力しても、僕は彼を「お祖父ちゃん」とは呼べなかった。だからといって、ときおり父に対してしていたように、名前で呼ぶこともできなかった。結果、まったく呼ぶことはなかった。彼は寂しそうだったが、そのことで僕に負い目を感じさせはしなかった。背丈は父とおなじくらいだったものの、肉屋を営む傍ら、時間を見つけては畑を耕していたために、父よりうんとたくましかった。羊の群れと数頭の仔牛を所有していて、村の羊飼いと牛飼いにその世話を頼んでいた。搾りたての乳や、リコッタやプローヴォラといったフレッシュチーズや、熟成チーズを売るだけでなく、家畜たちの肉に脂がのってくる頃合いを見はからっては、額に拳骨で一撃を加えて気絶させ、自分で解体した。ジョルジョ・ベッルーシは驚くほど働き者だと誰もが口をそろえた。そして、これは僕も気づいていたことだが、じつによく喋った。その日にしたいくつものことについて、あるいはこれからすべきいくつものことについて、とりわけ《いちじくの館》をめぐる計画について、いつだって喋りどおしだった。平原の真ん中にある昔の宿屋の廃墟をよみがえらせ、レストランを併設した小ぢんまりとした旅館にしようと彼は考えていたのだ。しかも、ロッカルバの人たちの例に洩れず、話し声がやたらと大きかった。家族はこぞって相槌を打ち、父は理由もよくわからないままに笑顔をとりつくろっていた。ときおり母さんが、未来の《いちじくの館》について尋ねたり、プールも造ったらいいんじゃないかなどと、求められてもいない意見を負けず劣らず大声で口にしたりする。僕の頭がぼうっとしていたのは、絶え間なく続く暑さのせいだけでなく、彼らの話し声の度を超したボリュームのせいでもあった。まるで耳の遠い人ばかりが住む村に来てしまったみたいだった。

最初のうち、ジョルジョ・ベッルーシは終始上機嫌だった。なにより家族全員がようやく顔をそろえたからであり、また、商売がうまくいっていたからでもあった。むしろうまくいきすぎるくらいだと話していた。とりわけ、北部に出稼ぎに行っている村人たちが帰ってきて、人口が倍に増える夏、肉の売り上げは三倍に伸びた。ふだん出稼ぎに行っている者たちは、帰省中は金に糸目をつけなかったのだ。金には不自由していないということを誇示するため、ありがたいことに誰もが肉をむさぼった。

ところが、七月の第一日曜日から、ジョルジョ・ベッルーシの表情が翳りはじめた。相変わらず喋ってはいたものの、なにか苦悩を抱えていることがうかがえ、感情が抑えきれなくなると、まるで艶やかな二粒の栗みたいに、ところどころ黒い筋の入った茶色の瞳から、紛れもない憎悪の光が放たれるのだった。

僕は何年ものちに、そのとき彼の身になにが起こっていたのかを、母さんの助けを借りながら細部に至るまで再構築することになる。そして、実際にそれが起こった当初はすぐに記憶から消してしまっていた出来事まで憶えていることに、我ながら驚くのだった。

すべての始まりは、その七月の第一日曜日の昼近くだった。店では客の波が引き、ジョルジョ・ベッルーシが一人、売れ残った肉を冷蔵庫に戻していた。敢えてゆっくりと作業をすることで、必要以上の時間、扉を開けた冷蔵庫のまえにとどまっていた。戸外では性質《たち》の悪い熱風が猛威をふるっており、冷蔵庫から吹き出すひんやりとした冷気が、汗だくの頭や、ところどころ仔牛の血飛沫《ちしぶき》で汚れたむきだしの長い腕を冷やしてくれた。

排気量の大きな車が一台、店のまえで停まった。男が二人乗っている。運転手はそのまま席にとどまった。もう一人の洒落た身なりの若い男が車から降り、あたりを見渡しながら、あまりの暑さに荒い息を吐いた。それから店内に入っていき、強いカラブリア訛りのあるイタリア語で丁重な挨拶をした。「こんにちは、親方。繁盛してますか？」紺色の麻のスーツを着ていて、腋には汗の染みができていた。

「いらっしゃい」とジョルジョ・ベッルーシは応じた。「あと一歩遅かったら間に合いませんでしたね。ちょうどいま、店を閉めようとしてたところだ。仔牛の尻肉が残ってます。まったく、このあたりの連中ときたら、本当に旨い肉も見分けられなくて、値段しか見やしないんだ。こいつは、口に入れたらとろけるぐらい柔らかい。地産の仔牛ですよ」

男は、本当に柔らかいか確かめるように、指の先でその尻肉を押した。そして満足げな笑みを浮かべた。「商売は繁盛してるようですね、親方」

ジョルジョ・ベッルーシは答えた。「お蔭さまで、不平はありません」

「畑や、家畜の群れはどうです？　向こうの川べりに葡萄畑を買う予定だと聞きました。おまけに旅館を再建するという素晴らしい計画まであるそうじゃないですか。《いちじくの館》ですって？　なんて素敵なアイディアなんだ。うちの祖父が、かつては評判の宿で、旅人がみんな泊まっていったものだと話してました。たしかに必要でしょうね。このあたりには、海岸沿いまで行かないかぎり宿屋はない。少なくとも夏のあいだは、金がわんさか儲かるでしょうよ。次から次へと手をひろげながら発展していく。親方は間違いなくやり手のようだ」

ジョルジョ・ベッルーシは、もう一度開けた冷蔵庫から冷気を少しばかり呑み込むと、訝るような視線を男に向けた。「お宅は、うちのことを女房よりよく知っているようだが、どこから来なすった？」

男は、掌を返したように横柄な態度になった。

「お袋が産んでくれた場所から来たに決まってるだろう。それがどこだろうとお前には関係ないね。お前は事業を拡大することだけを考えてれば、こっちとしてもありがたいってもんだ。俺らが祝福し、保護してやる。毎月、最後の日曜日に売り上げの数パーセントを納めてくれりゃあ結構だ。金は取りにくる。お前にはなにも面倒はかけないさ。大船に乗ったつもりでいてくれ」

ジョルジョ・ベッルーシは耳を疑った。信じたくなかったのだ。呆気にとられて、なんと返事をしたらいいのかわからなかった。男の口に尻肉を押し込むべきか、くたばりやがれと罵るべきか、笑い飛ばしてやるべきか……。とりあえず皮肉で応じることにした。「なんだ、俺が富籤《エナロット》で大儲けしたとでも思ってるのか？　俺は、こいつで稼いでるんだ」そう言うと、ごつごつとした大きな手を見せたのだ。

「ふざけた真似をするな。こっちは、お前の尻に毛が何本生えてるかまで把握してるんだ。しみったれたことを言わずに金を出すんだな。さもないと、後悔するぞ」男はジョルジョ・ベッルーシの血で汚れた上っ張りに指を突き立てながら、攻撃的な口調で言った。

するとジョルジョ・ベッルーシは、仔牛を解体するのに用いるよく研いだナイフを握り、見知らぬ男の指に押し当てた。「その指をどかすんだ。さもないと、ざっくり切り落としてやる」そう、目を剝いて言ったのだ。「あんたを細かく切り刻み、家畜の番犬に食わせるぞ」

男は反射的に指をどかした。そして一歩あとずさりながら、背広の下に手を突っ込んだ。だが考えを改めたのか、こう言った。「このケチ親父め！　来週の日曜にまた来る。耳の奥でカナリアが啼いてるよ。お前は考えを改めるだろうとね。俺の名誉にかけて誓う」そう言い放つと足早に店を後にし、車に乗り込むなり消えてしまった。

そのおなじ晩のこと、何者かが肉屋の入口の扉に火を放った。

翌朝、信じられないという面持ちで遠巻きに見ている野次馬に向かって、ジョルジョ・ベッルーシは言った。「どうせ古い扉だったのさ」そして日が暮れるまでには、ぴかぴかのアルミ製のドアを取りつけさせた。「これなら簡単には燃やせまい」冷笑を浮かべてそう言った。それで終わりだった。

家に戻るといつもと変わらぬ大きな声で喋り、プールを造るというのは悪くないアイディアだ、建築技師に相談してみるよ、と母さんに言った。そして、新しい扉に乾杯し、よく冷えたワインをゆっくりと口に含んだ。ところが、次の瞬間には急に寡黙になり、開け放たれた窓の向こうの宙をじっと見つめたまま、いつまでも飲んでいた。

その晩は、エルサ叔母さんとブルーノ叔父さん、娘のテレーザも僕らと一緒に食事をしていた。祖父母の家は大きく、その三階に住んでいる叔母一家は、ちょうど海から帰ってきたばかりだった。ふだんはお喋り好きの彼らでさえ、話す気分になれなかったようだ。

そのとき、ジョルジョ・ベッルーシを元気づけようとしたのは母さんだった。考えられる可能な方法はひとつ。《いちじくの館》がカラブリア随一の宿だった、古き善き時代を思い起こすことだ。少なくとも、かつての時代の外国人旅行客がもっとも多くその名を挙げている宿だったことは間違いない。母さんは優秀な教師らしく、そういった旅行者たちの名前を正確に記憶していて、ことあるごとにひけらかしていた。ハンブルクにいるときも同様で、うちにドイツ人の来客があるようなときに、とりわけそれが顕著になった。子供だった僕にも、相手を驚嘆させようという母さんの意図が、名前を強調する口調から透けて見えた。ハート形の唇から一つひとつ、まるで投げキスのように音節が飛びだすのだ。スウィン－バーーン、ドゥ・タ－ヴェル、ヴィ－ヴァン・ドゥ－ノン、シュトル－ベルク、ガ－ラン－ティ、ケッ－ペル・クレイ－ヴン、トム－マ－ジー－ニ、ル－ノル－マン、ディ－ディエ、そしてデュ－マ。『三銃士』の生みの親、アレクサンドル・デュマだ。客たちは礼儀として話に耳を傾けていたものの、半信半疑でいることは見てとれた。父も信じてはいなかった。いや、もっと始末の悪いことに、彼にとってはどうでもいいことだったのだ。すると母さんは、大学時代に書いた卒業論文をみんなに見せるのだった。テーマはシュトルベルク。十八世紀の末に《いちじくの館》に立ち寄ったドイツの旅人だ。僕の母ロザンナ・ベッルーシは、大学を卒業して、ハンブルクの学校でイタリア語を教えていたが、シュトルベルクが専門だった。《いちじくの館》に言及されている本にはすべて目を通していた。それでも母さんの言葉を信じようとしない人に対し、とりわけ「性根の腐った悪党《ストロンツォ・パテンタート》」であり、生まれつき意地の悪い夫のクラウスに対し、もうひとつ反論の余地のない資料を証拠として示すのだった。「いちじくの館」というタイトルの、イタリア人研究家ヴィート・テーティの論文だ。母さんにとって、それはバイブルのような存在だった。どんなに懐疑的な客でも、この論文を見れば納得したものだが、父の無関心が改まることはなかった。

　その晩、母さんは秘話を披露した。十八世紀末の英国人旅行者によると、《いちじくの館》は、キケロがアッティクスとかいう友に書簡を送ったときに泊まっていた宿だというのだ。写字生のミスにより、Ficae（いちじく）がSicaeと綴られているが、この英国人によると両者は同一の場所を指していているらしい。現にキケロの描写は《いちじくの館》のある場所と一致する。母さんもそうにちがいないと確信していた。誰もキケロやアッティクスの名を知らなかったにもかかわらず、《いちじくの館》は畏敬のオーラに包まれる結果となった。ふだんから天の邪鬼《あまじゃく》として知られ、母さんの言うことにいちいち反論せずにはいられない叔父のブルーノまでが同意し、うなずいた。父もうなずきながら、終始笑顔だったが、おそらく、みんながなにを論じているのかわかっていなかったのだろう。

ジョルジョ・ベッルーシは冷えたワインをもうひと口すすり、手の甲で口をぬぐうと、言った。「ああ、たしかに重要な記述にちがいない。俺たちの《いちじくの館》の格をあげ、名声を高めてくれる。だが、俺にとってはこの子のほうがはるかに重要だと思うんだ。なぜかはよくわからんが、まちがいなく重要な役割を担うだろう」そう言いながら、ほかでもなくこちらを見て、ワインのにおいのする言葉を僕の眼に吹きつけるのだった。

僕はしだいに退屈しはじめていた。海は、ゆらめく熱風のヴェールに覆われているのを部屋のバルコニーから遠目に眺めるだけだったし、近所の子供たちとかくれんぼ《ナスコンディーノ》（ロッカルバでは「アッムッチャ」と言っていた）をしていると、熊の毛皮でも着ているみたいに汗だくになり、疲れ果ててしまうのだった。

それから二日連続で、両親はジョルジョ・ベッルーシに付き添い、街なかの建築技師のところに通い、夕飯の時間になるまでロッカルバには戻らなかった。そのため、海はお預けのままだった。その代わりジョルジョ・ベッルーシは落ち着きをとり戻し、そこそこ陽気になった。渦巻きのようにひろがりつづける火事をめぐる噂話――放火の動機や影響など――にも耳を傾けようとしなかった。それでも人々は飽きることなく助言をし、仮説を立てては持論をぶつのだった。そんな村人たちに対し、ジョルジョ・ベッルーシは手厳しかった。「この村の連中はみんな、サッカーの監督か警部にでもなった気でいやがる。他人のことにばかり口をつっこみたがる迷惑な奴ばかりだ」たしかに、村人は口さがなく、なかにはジョルジョ・ベッルーシが保険金目当てで自ら店の扉に火を放ったのだと言う者もいるほどだった。

ただし、こうした心無い噂をする者も、すぐに考えを改めざるを得なくなった。《いちじくの館》の近くの野畑を通りかかった農夫たちが、百本近い葡萄の木と、少なく見積もっても四十本のオリーヴの木が無惨に伐り倒されているのを見つけたのだ。三人の農夫が立て続けにベッルーシ家に駆け込んできた。三人とも、死んだ木に対して弔意をあらわすために、コッポラ帽を脱いで手に抱えていた。

「夜のうちに伐り倒されたらしい」と、三人は報告した。「今朝からの灼《や》けつく陽射しのせいで、葡萄の葉はまるでオイルで揚げた胡椒の実みたいにしわしわだし、実はとろ火で煮込んだみたいになってる。オリーヴの実にはまだつやがあるが、小さすぎて使いものにならない。何年も手塩にかけて育ててきた樹木をばっさり伐り倒すなんて、情けも容赦もあったもんじゃない」

ジョルジョ・ベッルーシが一人ひとりに飲み物をふるまい、怒りを押し隠した軽口で応じたため、農夫たちは呆気にとられていた。

「そいつは助かった。これでもう、木々の面倒をみなくて済むってもんだ」笑みまで浮かべて、わざわざ知らせに来てくれたことに礼を言った。

その後、彼は一人で畑に向かった。死んだ樹木を自分の目で見て、自分の手で撫でてやるために。家に帰ってからも、その件についてはひと言も話さなかった。心配した家族に尋ねられても、「ほら、食うぞ。話しても仕方あるまい」と答えるだけだった。それでいて、食事の最中にとつぜん不機嫌な顔で沈み込み、それがみんなに伝染した。まるでハンブルクでおこなわれる葬式の後の会食のようだった。いや、もっとひどいかもしれない。あの父でさえ作り笑いをやめてしまったのだから。

　すると、ジョルジョ・ベッルーシが僕らを外のバルコニーに連れだした。まず、みんなに飲み物を運んできた。僕とテレーザにはオレンジジュース、大人にはよく冷えたワインとリモンチェッロ（レモンを用いて作られるリキュール）。それから奇妙な眼差しで僕らのことを見つめた。どこかふざけているようにも見えたが、彼の顔を照らしだしたかと思うと消えていく夜のかすかな明かりのせいでそう見えただけなのかもしれない。ふと僕は、彼の眼が炎のように燃えあがり、生気をとり戻し、いつもの不遜なものになっていることに気づいた。ほかのみんなもそれに気づいた。その場にいる誰ひとりとして、彼に励ましの言葉をかける力も勇気もなかったため、自分で自分を鼓舞し、みんなを慰めたのだった。

「いい知らせがある」ジョルジョ・ベッルーシは《いちじくの館》のある方角を見据えて言った。闇に紛れて見えなかったが、彼の燃える瞳にはあの石壁が見えていたにちがいない。「ちょっとここで待っててくれ」そう言いおくと、居間に引き返し、奥の寝室のほうへ向かった。しばらくして戻ってきた彼の手には、象嵌細工《ぞうがんざいく》のほどこされた木箱があった。誰もが、その「いい知らせ」を早く聞きたくてうずうずしていたが、ジョルジョ・ベッルーシはかまわずに昔語りを始めた。

三人の旅人がミロールという名の犬を連れて《いちじくの館》にやってきたのは、正午近くのことだったよ。帽子から靴まで土埃にまみれ、目ん玉だけをぎらぎらと光らせた異界の亡霊のようでな。一人は地元の若者らしく、抜け目のない顔つきをしとったが、あとの二人はまちがいなく異邦人で、おそらく英国人だろう。見るからに高級そうなダマスカス鋼の二連銃を肩から提げていた。ジョアッキーノ・ベッルーシという名の宿の主《あるじ》は、直接話したわけでもないのに、ほぼ確信したんだ。一方の眼には警戒心、もう一方には歓待の気持ちをこめた熟練の観察眼で、旅人たちを値踏み済みだったのさ。宿泊はせんだろう。あれは先を急ぐ眼だ。自分たちの食事と、乗っているラバの餌を求めてくるにちがいない、とな。読みは的中した。ラバと一緒に厩《うまや》につないだミロールにも、餌をやってほしいと頼んできた。主と言葉を交わしたのは若いラバ曳きだ。ピッツォの出身だと言ってた。二人の旦那はフランス人で、片方は絵を描き、もう一方は文章を書くらしかった。一行の目的地はコゼンツァ。

宿の主のジョアッキーノ・ベッルーシは、女房に向かって大きな声を張りあげ、舌鼓を打つほどおいしいヒヨコ豆のマカロニを調理するように言った。ところが、物書きのほうのフランス人は、ポケットからふたつかみの栗を取りだし、灰の下に埋めて焼いてくれないかと丁重に頼む。あまり腹が減っていないからという口実を添えはしたものの、実のところ、ヒヨコ豆のマカロニが好きではなかったのさ。胃にもたれる感じがするらしい。三十がらみの男で、思慮深げな、いくぶん落ち着きのない眼つきに、まるで満月のように丸く明るい顔をしとった。名はアレクサンドル・デュマ。昼食を待つあいだ、パン袋から引っ張りだした本のようなものにすらすらとなにやら書きはじめた。もう一人のフランス人は、ベッルーシ家の人たちの肖像画を木炭で器用に描きはじめる。客に出す旨いワインをグラスに注ごうとしている恰幅のいい主、その隣で興奮気味に瞳を輝かせている倅《せがれ》、後ろには女房と、その襞《ひだ》スカートのうえで抱かれる娘。

ジョアッキーノ・ベッルーシは驚くでもなく、喜んで肖像画を描いてもらってたよ。《いちじくの館》には風変わりな旅人たちが大勢立ち寄る。カラブリアの各地を、あるいはふたつの海のあいだを結ぶ道を行く外国人やシチリア人やナポリ人が、花に集まる蜜蜂のようにとまっていくのさ。立ち寄らずに旅を続けることは不可能だった。ジョアッキーノの亡き父親が健在だった頃も、さらにその昔も、いつだって旅人たちはそうやって《いちじくの館》に立ち寄っていた。旅そのものを愉しむ者や仕事で旅をする者だけじゃなく、兵士の部隊が滞在することも少なくなかった。何百年も昔に、この魅力的な土地を選んで宿を建てた先祖は、先見の明のある、やり手だったんだろうよ。その目に狂いはなかった。北から来る者も南から来る者も、イオニア海から来る者もティレニア海から来る者も、《いちじくの館》にたどりつく頃には誰しも疲れ果て、腹をすかせていたのさ。アレクサンドル・デュマとその友ジャダンも、まさにそうだった。

そうこうしているうちに木炭画を描きあげたジャダンは、ベッルーシ家の人たちに執拗にせがまれ、描いたばかりの絵をプレゼントすることにした。ふだんは自分の絵に執着し、決して譲ったりしないというのに。お礼として受け取ったのは、一本のワインだけさ。

二人のフランス人は、空いていたきれいなテーブルのうえに書巻と絵を置いて、食事を始めた。そして二時間と少しの滞在を終え、ふたたび旅立っていくんだが、そのとき、ジャダンのサイン入りの絵の下に、デュマの書巻まで置き忘れたことに気づかなかったんだ……。

やがて時が流れ、《いちじくの館》は一度の大地震と二度の大洪水に見舞われた。あるときには火事に遭い、ほぼ完全に炎に呑み込まれたにもかかわらず、どことなく愉快そうなその木炭画と、茶色い革表紙の書巻は、無傷のままジョルジョ・ベッルーシまで代々伝えられた。ほとんど奇蹟と言っていいほどだ。象嵌細工のほどこされた木箱に納められ、整理簞笥の抽斗《ひきだし》に、まるで聖遺物のように鍵をかけて大切に保管されていた。そして、外に出したら傷んでしまうか、あるいは古さのあまりぼろぼろに崩れてしまうことを恐れているかのように、誰にも触らせなかった。せいぜい匂いを嗅がせるくらいだ。現にその晩も、ジョルジョ・ベッルーシは細心の注意をはらって木箱の蓋を開けると、両手でしっかり抱えたまま、家族全員の鼻の下を順繰りにまわしたのだった。

順番がまわってくると、僕は懸命に首を伸ばしたが、ジャダンの絵と、その下からのぞくデュマの書巻の茶色い表紙の両端がかろうじて見えただけだった。それでも、思いがけないベルガモットの香りが僕の鼻腔めがけて立ちのぼってくるのを感じた。

木箱のなかには、ジョルジョ・ベッルーシの生涯をかけた夢もしまわれていた。彼はその晩はじめて、家族のまえで誇らしげにそれを披露したのだった。「ようやく建築計画に許可が下りた。七月二十六日に着工だ。ちょうど十日と九時間後だぞ。神の思し召しさえあれば、一年後には、この地域一帯でもっとも素晴らしい旅館の誕生となるだろう。《新・いちじくの館》だ」

「いい知らせ」とは、このことだった。

エルサ叔母さんが自然と湧き起こるように手を叩きはじめ、次の瞬間、僕らはみんな、ジョルジョ・ベッルーシを拍手で称えていた。彼は軽く頭を下げ、口角を上げて心からの笑みを浮かべていた。僕はそれまで、彼のそんな笑顔を見たことがなかった。

「よし、そういうことなら、みんなで乾杯しよう」叔父のブルーノが言った。僕らは銘々のグラスを《いちじくの館》の方角に掲げ、乾杯した。その晩はもう誰も、燃やされた店の扉のことも、無惨に切り倒された木々のことも考えていなかったように思う。みんな、未来を見つめていたのだ。

ところが土曜の朝、咽を掻っ切られ、牧草地の囲いのフェンスに一列に並べて鉤に吊るされている十頭の羊と二頭の牧羊犬を、ジョルジョ・ベッルーシの家畜の世話をしている牧夫たちが発見した。どれも尨毛《むくげ》が血みどろになり、眼を剥いて空をにらんでいた。

ジョルジョ・ベッルーシはひと言も発さなかった。押し黙ったままその光景を見つめていた。彼の傍らで冒瀆や罵言を吐き続ける牧夫たちの声が谷間を転げ落ち、ひらけた平原や畑に響きわたり、上空を舞う燕を驚かせた。

その二時間後、殺された十頭の羊は早くも解体され、肉屋の店先に吊るされ、大幅な値引きとともに売られるばかりになっていた。

ロッカルバじゅうの人たちが、連帯の意を示し、もっと詳しい話を聞き、値引かれた肉を手に入れようと、店に押しかけた。ジョルジョ・ベッルーシは、売りに出されている肉がいかにおいしいか力説しながら、よく研いだ包丁を巧みに捌いて、薄切りやリブチョップや肺を切り分け、ふだんと少しも変わらず、際どい小話を打《ぶ》ったり、相手が若かろうが年寄りだろうが、肥っていようが痩せていようが、客という客におべっか使いのような褒め言葉を浴びせたり、冷蔵庫のひんやりとした空気を呑み込んだりしていた。そして質問が核心に及ぶと、電報のように簡潔に、かといってぶっきらぼうでもなく、「誰の仕業かはわからん。間違いなく悪党だ。そういうわけじゃないと思うがね。いいや、警察には届けてない。ああ、悪党はどこにだっているさ。世間もすっかり様変わりしたな。そうだといいがね。いや、わからん。違うだろう」などと応じるのだった。そして、事件が起こったことを詫びるかのように、申し訳なさそうな表情で父を見るのだった。というのも、常々ロッカルバは地上でいちばん平穏な村だと自慢していたからだ。

夜になっても売れずに残った羊肉は、三頭分だった。ジョルジョ・ベッルーシは、吊るしてあったフックごと肉を冷蔵庫にしまい、ついでに汗だくの顔を一分ほど冷気にさらしていたが、牧草地のフェンスに羊たちが吊るされている光景が見ひらいた眼によみがえったため、冷蔵庫のドアをバタンと閉めた。それまでずっと咽もとに抑えこんでいた怒号をようやく解き放ちながら。

「卑劣な奴らめ！」

その日、彼は、僕が見たこともないほど大きな西瓜《すいか》を提げて家に帰ってきた。冷蔵庫で冷やしてあったその西瓜は、ジョルジョ・ベッルーシが包丁の先を皮に押しあてたとたん、びびーっと裂け目が入った。彼はみんなの分を大きく切り分けた。その際、「これはフロリアンの分だ」と言って、「雄鶏の鶏冠《クレスタ・ディ・ガッロ》」と呼ばれている西瓜の中心のさくさくとした部分を僕に取り分けてくれた。それがあまりに大きかったので、僕は夜中に何度も起きて、おしっこをしに行かなければならなかったほどだ。

翌日の昼近く、ジョルジョ・ベッルーシが逮捕され、その二時間後、僕は待ちに待った海にいた。母の従姉の家に預けられたのだ。誰もが、なにが起こったのか僕には知らせまいとした。精神的なショックを受けないようにという配慮からだ。それまでずっと、海に飛び込み、思いっきり泳ぎ、潮の薫りを嗅ぎたくてたまらずにいた僕は、ようやく海に連れていってもらえ、おまけに両親とも別行動であることに、これっぽっちも疑問を抱かなかった。むしろ、村に来てから何日も、うだるような熱風のなかで徒《いたずら》に我慢を強いられていたことに対する、当然の見返りだと考えた。両親が地獄のような暑さをもっと味わいたいのなら、どうぞ、好きにしてくれ。僕の分の熱風も、日割りにして譲ってあげたいくらいだった。母の従姉《ビッテ》は話しやすくて親切だったし、その家の二人の息子は、僕より少し年上だけど、海中でも海の外でも僕よりはるかに無鉄砲だった。楽しい時間が過ごせること請け合いだ。それでも正直なところ、家族に会えないのは少し寂しかった。なにより夜になると、とりわけ母さんが恋しくなった。

真っ黒に日焼けしてロッカルバに戻ったのは、一週間後のことだった。久しぶりに会った家族はみんな、反吐が出るほど青白い顔をしていた。夕食の時間になってもジョルジョ・ベッルーシの姿が見えないことを不思議に思って、どこにいるのかと尋ねると、母さんが嘘をでっちあげた。

「北イタリアに行ったのよ。出稼ぎにね。そうすれば、お祖母ちゃんにたっぷり仕送りができるでしょ」

「どういうこと？　仕事ならロッカルバにあるじゃない。なんでそんなところに行ったの？」僕はたしかに子供だったが、馬鹿じゃなかった。

「北部へ行けば、たくさん稼げるの」母さんはそれだけ言うと、額にかかってもいない前髪を手ではらうふりをし、うるんだ眼を隠した。お祖母ちゃんは台所にこもり、大きな音を立てて何度も洟《はな》をかんでいた。

それは僕の記憶に残るかぎり最悪の夏休みだった。それだけでは飽き足らないというように、ハンブルクに戻るなり、母さんから、赤ちゃんが生まれると告げられた。きっと僕が飛びあがって喜ぶものと思っていたのだろう。おそらく父とそうやって大喜びしたにちがいない。何年もまえから、僕のためにもう一人子供が欲しいと言っていた。僕を一人っ子として育てないために。きょうだいのいなかったクラウスは、孤独のあまり精神を病んでしまったからだ。僕は母さんに、「へえ、そう」と素っ気ない返事をし、テレビをつけた。母さんはひどくショックを受けた様子で、ハート形の唇からカタツムリのような泡を吹きながら、意味不明の言葉をつぶやいていた。だが、僕には知ったことではなかった。僕だってひどくショックだったのだから。洟ったらしの弟や妹に年がら年じゅう足もとをうろつかれる運命とは無縁でよかったと、ずっと思ってきたのに……。

妊娠期間中、母さんはお腹のなかにある磁器の人形が割れてしまうのではないかと怯えていた。ふくらんだ身体《からだ》をソファーに横たえたまま、日がな一日ほとんど動かずに出産やベビーについての雑誌ばかり読んでいた。そして、ロッカルバからお祖母ちゃんを呼びつけた。掃除係も調理係も僕の世話係まで、喜んで、しかも無償で引き受けてくれ、おまけに際限なく続く愚痴まで黙って聞いてくれる、この世でたった一人の人だったのだ。母さんは身体のあちこちが痛むとこぼし、いまにも生まれそうだといつだって大騒ぎしていた。

お祖母ちゃんがうちに来てくれたことは、僕らみんなにとって救いだった。とくにクラウスは、二度目にパパになるという喜びを味わうまえから、幸せにひたっていた。家のことに目配りをし、息子や妻の世話をやいてくれ、指まで舐めたくなるほどおいしい料理をこしらえてくれる聖女のような姑のお蔭で、気持ちが安らぎ、めずらしく陽気ですらあった。銀行の渉外部の責任者であるクラウスは、以前だったら仕事から帰ってもすぐに書斎にこもり、僕にはタイトルも理解できないような冊子や記事を書いていた。それが、ゆっくりと食事を愉しんだあと、僕と遊んだり、お祖母ちゃんと冗談を言い合ったりするようになった。いつも母さんのことを思いやり、愛おしさがこみあげてくると、日毎にふくらんでくる母さんのお腹に頭を押しつけるのだった。父がそんなふうに長い時間を僕らと一緒に過ごしたことは、それまで一度もなかった。

お祖母ちゃんは僕と買い物に行く以外は家から出なかった。お祖母ちゃんと一緒のスーパーは楽しかった。果物も野菜も、本当はやたらと触ってはいけないはずなのに、直接手に取って選ぶし、ときには値引きの交渉までする。そして、家に帰るとさっそく料理にとりかかる。一分たりともじっとしていることはなく、常に動きまわり、ほとんど小走りで階段をのぼりおりしながら、僕らの住む二階建ての一軒家をきれいにするのだった。真ん丸に肥っていたのだから、汗をかいて疲れ果て、息切れしてもおかしくないはずなのに、一向に平気だった。胸もとでは、ラクダのふたつのこぶのように見事な乳房が、優雅に、軽やかに跳ねていた。夜、寝るまえには、本当にあったことなんだよと念を押しながら、お祖母ちゃんの生まれ育った家に伝わる話をしてくれた。たとえば、お祖母ちゃんのひいお祖父ちゃんは陸軍の将校だったけれど、すでに夫のいる公爵夫人と恋仲になり、決闘となって命を落としたそうだ。ただし、ジョルジョ・ベッルーシのことは決して話さなかった。僕らの誰かが、あるいはお祖母ちゃん自身がうっかり彼の名を口にしようものなら、たちまち眼に涙をいっぱいためるのだった。そんなお祖母ちゃんを見ると、まだほんの子供だった僕にも、ジョルジョ・ベッルーシを心から愛しているのだということが伝わってきた。そして、彼がお祖母ちゃんを独りぼっちにして、どこか知らないところへ行ってしまったことを悲しんでいるのだと思っていた。

僕は決めていた。大人になったら、なにからなにまでお祖母ちゃんみたいな女の人と結婚するんだ。ただし、未来のお嫁さんの唇は、母さんみたいなハート形がよかった。

三月二十三日、弟のマルコが生まれた。赤ん坊がまだお腹のなかにいて、母さんを蹴っていたときに感じた恨めしさは、病院で弟を抱かせてもらったとたん、いっぺんに愛おしさに変わった。ぷくぷく肥っていて、眼は腫れぼったいし、濡れたひよこみたいな金色の毛がかすかに生えているだけのちょっと不細工な赤ん坊が、母さんのおっぱいを安らかに吸っている。大きかったお腹がしぼんでからというもの、母さんのおっぱいは大きくふくらみ、乳首が飛びだしていた。そして、マルコがぷっくらした指を乗せただけで、ふたつの蛇口のように乳が噴きだすのだ。マルコは僕によく似てるとみんな口をそろえて言っていたけど、僕には自分がここまで不細工だとは思えなかった。

ところが、その数週間後には考えを改めざるを得なくなった。たしかにマルコは僕に似ているだけでなく、ものすごくかわいい赤ん坊だった。早くも僕を見ると笑ってくれたし、僕の顔がわかるだけでなく、僕のことが好きみたいだった。

平穏な日々だった。お祖母ちゃんは相変わらず家にいてくれたし、父は銀行から帰ってくるとマルコをあやし、僕とどちらがたくさん笑わせられるか競い合っていた。母さんは元通りすらりと痩せて、ぴりぴりしたところもなくなり、イタリア語の教師の仕事を再開する準備を始めていた。なにより、《いちじくの館》について、まるで会いたくてたまらない遠い親戚のような口ぶりで話すようになった。

ちょうどそんな時期のこと、ある晩、なんの前触れもなく、クラウスの父親、ハンス・ホイマンが、魅惑的な若い女性を伴って訪ねてきた。髪の毛は赤く、化粧の派手な女性だ。

「紹介しよう。妻のエレーヌ。パリ生まれなんだ」ハンス・ホイマンがそう言うのを聞いて、僕は顔から火が出るのを感じた。てっきり娘さんだと思っていたのだ。ジョルジョ・ベッルーシでさえお祖父ちゃんと呼べずにいた僕が、ハンス・ホイマンをお祖父ちゃんと呼ぶなんてできっこなかった。二年か三年に一度、僕らの家に立ち寄るだけだから、どんな顔だったか憶えているかすら怪しかった。彼が世界的に有名な写真家だということも、小学校の担任の先生から聞いたくらいだ。「あなたが、あの有名な写真家、ハンス・ホイマンのお孫さんだっていうのは本当なの?」僕はなんと答えたらいいのかわからなかった。ニューヨークに住んでいたと思ったら、こんどは東京、お次はパリといった具合で、電話一本、手紙一通、連絡を寄越すことはなかったのだ。

クラウスは、自分の父親のことをあまり話したがらなかった。友だちとの夕食会などの際に、母さんに促されでもしないかぎり。母さんにしてみれば、有名人の舅は自慢の種だった。ところが、近頃ではその存在が我慢できないものになっているらしかった。

その晩、僕はハンス・ホイマンに対して好い印象を持った。ジーンズに茶色い革ジャンというシンプルな装いで、クラウスの父親ではなく、お兄さんのように見えた。自分の許から逃げだされるのを恐れているかのように、若い妻に腕をずっとからめていた。彼も頭は禿げていたが、少年のようなブルーの瞳をしていて、眼のまわりには蜘蛛の巣のように細かな皺が刻まれていた。

その眼で、まずは新顔であるマルコを観察し、それから僕を観察した。それも、まるで熟練の小児科医のように細部までだ。髪の毛や額、眼や耳、鼻や口、手や腕などを慎重に吟味し、可能ならば、空いたほうの手で撫でてみる。そして、もう片方の手では、相変わらずエレーヌを愛撫していた。

　父は明らかに当惑し、艶光りした頭まで赤く染めながら、部屋の隅っこに縮こまっていた。父がなぜそのような態度をとるのか、僕には理解できなかった。先生のまえでどぎまぎしている生徒のようで、父親に久しぶりに会った息子にはとても見えなかった。僕がハンス・ホイマンの手から逃れ、父の膝に座ると、僕の額に感謝のキスをした。

　それまで台所にいたお祖母ちゃんが、来客が誰かも知らないまま居間に入ってくると、ハンス・ホイマンは、すぐにそれがジョルジョ・ベッルーシの妻だとわかった。もう何十年もまえの、まだお祖母ちゃんが母さんみたいにすらりとした若い娘だった頃に一度会ったきりだというのに。ハンスは反射的に立ちあがり、お辞儀をしながら、お祖母ちゃんの手をとってキスをした。お祖母ちゃんも誰だかわかり、じっと見惚れたままおなじ言葉を繰り返していた。「本当にいつまでも若くてらっしゃいますこと、オイマーンさん」

　お祖母ちゃんは、その思いがけない来客を心から喜んだ。間違いなく誰よりも喜んでいただろう。目をきらきらと輝かせていた。二人の客人は、そんなお祖母ちゃんの失言を軽く受け流した。
「オイマーンさん。なんてお美しいお嬢さんなのでしょう。お父さんに瓜二つですね！」次いでハンスが、たどたどしいイタリア語で、なぜジョルジョ・ベッルーシは一緒ではないのかと尋ねた。そのとたん、まるで鼻の先で誰かが玉ねぎを刻んだかのように、二粒の大きな涙がお祖母ちゃんの目に浮かんだ。お祖母ちゃんが話しはじめるよりも早く、僕は母さんに「お寝《やす》みなさい」

のキスを強いられ、ベッドに連れていかれた。
翌朝、僕が目を覚ましたときには、ハンスもエレーヌもパリに向かって旅立っていった後だった。

それから数週間が経った頃、僕のもとに東京から一枚の絵葉書が届いた。差出人はハンス・ホイマン。「親愛なるフロリアン、君は素晴らしい少年だね。大好きだよ。マルコにも、俺からのキスをしてやってくれ。君のハンスより」

僕はさっそくマルコにキスをし、夜になって父が戻ってくると、絵葉書きを見せた。父は驚いて、手に持った絵葉書きを何度もひっくり返して眺めながら、こう言った。「信じられない。あの爺さん、ずいぶんとまるくなったんだな。人が変わったみたいだ」それから、こう予言した。「きっと、そう遠くないうちにまた会いにくるだろうよ」でも、それを信じていたのは――いや、そう願っていたのは――父だけだった。もしかすると僕も、どこかでそう願っていたのかもしれない。

それに対して、母さんはにべもなかった。「そんなわけがないでしょう、あなた。次に来るのは、もう一人子供が生まれるときよ。つまり、もう来ないってことね」

歳月が過ぎれば、母さんが正しかったことが証明されるのかもしれないが、その晩、母さんの言葉はクラウスを怒らせた。というより、爆発させたと言ったほうが適切かもしれない。目玉をひん剥き、口角泡を飛ばして激怒する父を、僕は初めて見た。「君は最低だ！」とわめいた。「性根が腐ってるんだ。君が父を毛嫌いするのは、金持ちの父から一ペニヒ（ユーロ以前に使用されていたドイツの貨幣単位。百分の一マルク）ももらったことがないからだろう」

僕には、二人がなぜ口論しているのかわからなかったし、父がなぜあれほど激しいリアクションをするのかもわからなかった。僕に理解できたのは、ハンス・ホイマンがお金持ちだということと、両親が互いにぶつけあっている罵り言葉の意味。そして、それまで聞いたことのなかったクラウスの悪態に惹かれた。母さんの口の悪さには、すっかり慣れっこだったけれど。もう少しで殴り合いに発展しそうだというとき、残念なことに僕はお祖母ちゃんに部屋へ追いやられ、二人の怒声を聞くだけになった。

それから三週間、両親は口を利かなかった。クラウスは、銀行から帰ってくると書斎に閉じこもり、僕らがみんなベッドに入ってしまうまで出てこなかった。お祖母ちゃんが取り分けておいたスパゲッティとミートボールを台所で食べ、ロフトにあがって眠った。

最初に折れたのはクラウスのほうで、マルコがなんてこともない微熱を出した夜のことだった。母さんはとことん強情だったから、もし仲直りのために母さんのほうから歩み寄らなければならないとしたら、二人はいまだに口を利かずにいるかもしれない。

それからしばらくして、月末にはロッカルバに帰るつもりだとお祖母ちゃんに告げられると、今度は二人で結託して、もっといてほしいと説得を始めた。二人はまったく同意見で、息もぴったりと合い、お祖母ちゃんを帰らせないためにいくつもの理由や口実を並べたてた。ハンブルクならば安全だとも言っていた。ロッカルバはおそらくまだ危険だから、と。僕にはどういう意味なのかわからなかった。きっと地震の危険について言っているのだろうくらいに思っていた。ロッカルバの周辺では大地が震えることがよくあったからだ。それでもお祖母ちゃんの決心は揺るがなかった。危険なことなど少しもなく、家や、ほかの家族や畑を、これ以上放ったらかしにははできないと言い張った。

そのとき僕は、なぜだかわからないけど、わっと泣きだした。すると、お祖母ちゃんが降参したのだった。「よしよし、わかったよ。もう少しここにいることにしようね」

結局お祖母ちゃんは、それからさらに五か月か六か月、マルコが歩けるようになり、僕の玩具《おもちゃ》を壊し、「うんち《カッカ》」とか、「ばあば《オーマ》」とか、「フローイアン」と言えるようになるまで、僕たちの家にいた。最終的に帰ると決めたのは六月の終わりのことで、その数日まえから学校は夏休みに入っていた。そこで両親は、仲良く手を結び、お祖母ちゃんと一緒に一か月半ものあいだ僕をロッカルバに送り込むという、「素晴らしいアイディア」(両親はそう言っていた)を思いついたのだ。八月の初めにクラウスが迎えにくるらしい。母さんはマルコと一緒にハンブルクに残る。ちっちゃくてぷくぷく肥ったあたしの赤ちゃんが、バターのようにねっとりしたロッカルバの熱気で溶けてしまったらたいへんだから、ということらしかった。

《いちじくの館》とはいっても、実のところただの壁でしかなく、おまけに先端の尖った部分は黒ずんでいた。子供の僕の目には恐竜の巨大な門歯が虫歯になったように見えた。それが、木苺《きいちご》や檉柳《ぎょりゅう》や薊《あざみ》やフィーキ・ディンディアが一緒くたになって繁茂し、尖った部分以外の壁石や砕けた瓦、石段などを覆い隠している島のような場所の真ん中に、ぽつんと立っていたのだ。周囲はジョルジョ・ベッルーシの畑で、葡萄やオリーヴの木々が海のように連なりながら、干あがって石ころだらけの川底をむきだしにした二本の川のあいだにひろがっていた。川沿いには夾竹桃が群生していた。

叔父さん叔母さん、それにテレーザと一緒に、杏や緑のプラムや桑の実を収穫しに行っておいでと、しきりに僕に勧めたのはお祖母ちゃんだった。汚れるのが大嫌いなテレーザは、大きな岩のうえに座ってぶうぶう言っていた。僕はといえば、全身をほてらせながら、手入れの行き届いていない葡萄畑のあいだを歩きまわったり、木に登ったり、もぎたての果物を頰張ったり、虫歯で黒くなった恐竜の門歯を観察したりしていた。無理やりロッカルバに送り込まれてすっかり機嫌を損ねていた僕の頭には、毒々しい考えばかりが渦巻いていた。水も流れていない二本の川に挟まれた旅館になんて、誰が泊まるもんか！　こんなだだっぴろいだけの田舎に！　うだるような熱風に包まれ、蠅が湧く村からだって六キロも離れてるんだぞ。おぞましいあの場所から姿を消していなければ、ジョルジョ・ベッルーシはいま頃、頭のおかしい人の入る病院に閉じ込められていたに決まってる……。そう、僕はなによりもジョルジョ・ベッルーシに対して腹を立てていたのだが、母さんやクラウス、そして僕をロッカルバに送り込もうという二人の「素晴らしいアイディア」に対しても腹を立てていた。それだけでなく、そのアイディアを熱狂的に受け容れたお祖母ちゃんに対して、とりわけ、あのときお祖母ちゃんをがっかりさせないために、「わかった、行くよ」と言ってしまった自分自身に対してむかついていた。

まったく、どれほど後悔したことか。不満はきっと、顔にも出ていたのだろう。テレーザが心配そうに僕をのぞきこんでは、尋ねるのだった。「どうしたの、フロリアン？　あたしたち、なにか悪いことでもした？」

テレーザは十歳の、人形のように子供っぽい女の子で、ぽっちゃり型のバービーといった雰囲気だった。おまけにいつも女子ばかりと群れていて、どの子もみんなテレーザとおなじように気取った服を着て、髪を念入りに梳かし、負けず劣らず鼻持ちならない子ばかりだった。テレーザがそんな女友だちを代わる代わる家に呼ぶものだから、僕は彼女たちの、いっぱしの美女を気取った流し目や、いったいどこからコピーしてきたのかわからない愛のメッセージ、僕がテレビに集中している隙を狙っては不意に仕掛けてくるキスや、思わず部屋に逃げ込み、ドアをばたんと閉めずにはいられない意地の悪い笑い声といったものに、ことごとく耐えなければならなかった。

なかでもいちばんうっとうしかったのはマルティーナだった。僕とおなじ十二歳で、自分は僕の恋人だとうそぶき、勝手に焼きもちをやいてはヒステリーを起こし、それでも僕が相手をしないものだから、自尊心に傷がつくらしく、悪態を吐き捨てるなり帰ってしまう。ところが、一時間もすると、ふくらみはじめたばかりの小さな胸を際立たせるぴちぴちのTシャツに着替えて、またあらわれるのだった。

エルサ叔母さんは僕をからかった。「わたしのかわいいフロリアンったら、いったい恋人が何人いるの！」そして、まるで母さんが恋しくてたまらない僕の気持ちを見抜いているかのように、僕のことを抱き寄せては撫でまわすのだった。たしかに叔母さんは、親戚じゅうでいちばん母さんに似ていた。小柄で、すらりとしていて、ハート形をした唇に、長く伸ばした巻き毛、そして襟ぐりからはみ出しそうな胸……。その胸があまりに溌剌としていて魅力的なので、ブルーノ叔父さんはときおり、重さを測るかのように掌で持ちあげることがあった。ある日の午後、バルコニーでそうしているのを、僕はこの目で見たのだった。手すりに身をもたせかけた叔母さんの乳房を、叔父さんが小鉢のような形に丸めた両の掌にのせ、自慢げに持ちあげてはおろしていた。僕はブルーノ叔父さんが羨ましかった。叔父さんは好きなときにエルサ叔母さんに触ることができる。昼の輝く太陽の下でも、洋服箪笥に作りつけられた鏡に囲まれた、ダブルサイズの大きなベッドが鎮座する夫婦の寝室の薄暗がりでも。さいわいエルサ叔母さんは僕のことも大切に思ってくれているらしく、僕を褒めたたえては赤面させるのだった。「最近の母親たちは、かわいい子供を産まなくなったわね。たとえかわいい子を産んだとしても、この子にはとうていかなわない。この鳶色の瞳と金髪に、女の子たちはすっかり虜よね」けれど、当時の僕は、あの、まるで蠅のようにしつこく家に出入りする、鼻持ちならないバービー人形たちで我慢するしかなかった。おまけに、嘘つきの蠅ときた。マルティーナは、僕から唇にキスされたと得意げに言いふらしていた。本当のところは、テレーザが企画したパーティーで――男子は僕だけだった――一緒に踊っていたとき、マルティーナのほうから唇を押しつけてきたというのに。

マルティーナをはじめとする鬱陶しい蠅の群れから完全に解放されるのは、週末、叔父さんたちに連れられて、コパネッロとソヴェラートのあいだの海岸に行くときだけだった。「ここは……」と、ブルーノ叔父さんは朗読をするような声色で言った。「策略巧みなオデュッセウスが、美女のナウシカと出会った場所だ」ほとんど人の訪れない砂浜で、ティレニア海側の砂浜から遠いからという理由で叔父さんが選んだのだった。あっちは、ロッカルバの煩わしい連中でいっぱいだ。ここなら噂好きの奴らの視線から逃れられる、と叔父さんは言っていた。テレーザは、女友だちのいないその場所で、敵意をあらわにした沈黙に引きこもっていた。僕に対してもその態度は変わらず、終始、パラソルの下で雑誌を読んで過ごしていた。それは僕にとって好都合だった。お蔭で誰にも邪魔されることなく澄んだ海を泳ぐ小さな魚を観察できたし、かろうじて水着におさまっている叔母さんの胸もとに浮かぶ汗の滴《しずく》や、サンクリームを塗るという口実で、好きなだけ叔母さんの身体をいじくりまわす叔父さんの独占的な手つきを盗み見ることもできた。僕は、その小肥りで毛むくじゃらの手を極力見ないようにするために、できるだけ長いあいだ泳いでいた。そして浜にあがると、砂浜でうつ伏せになって寝転がり、照りつける太陽の下で泣きごとも言わずに赤くなっていく、美しい僕の叔母さんをちらちらと見るのだった。テレーザはといえば、相変わらず不満そうに荒い息を吐いていたし、叔父さんはようやく海に入っていったものの、岸からほとんど離れることはなかった。泳ぎの苦手な叔父さんは、浮き輪代わりに身体を浮かしてくれるにちがいない、たぽたぽのお腹に身を委ねようともしなかった。

夕方、僕たちが家のまえの路地に一歩入るなり、マルティーナを先頭に、テレーザの女友だちが僕にぶんぶんまとわりつき、夕飯の時間まで離れてくれなかった。どうにも耐えきれなくなると、僕は祖父母の広い寝室に逃げ込んだ。そこは難攻不落の隠れ処であると同時に、家じゅうでいちばん涼しい場所だった。バルコニーに出られる大きなフランス窓があり、バルコニーからはティレニア海が近くに見えるのだった。たいてい、お祖母ちゃんが濡れ雑巾を片手に、洋服箪笥やサイドテーブル、ベッドのヘッドボード、整理箪笥などをかいがいしく拭いていた。昔の白黒写真が飾られた額は、とくに念入りに拭くのだった。どの写真にもお祖母ちゃんが写っていた。エルサ叔母さんよりも若くてきれいな頃のお祖母ちゃんが一人で写っているもの、まだ小さくてぽっちゃりとした娘たちと一緒のもの、そして、やはり若かりし頃のジョルジョ・ベッルーシと一緒の写真もあった。彼は心ここにあらずといった表情で、一瞬気を失いかけて身体を支えてもらっているかのように、片手でお祖母ちゃんの肩を、もう一方の手では腕をつかんでいた。ひと通り拭きおわると、瑞々しさの増した写真を元あった場所に戻すのだ。開け放たれたバルコニーのほうに写真の視線を向け、九個の抽斗のついた桜材のアンティークの整理箪笥のうえに、よく目立つように置いた。その抽斗のひとつに——僕はそれをはっきりと憶えていた——、ジャダンの絵とデュマの書巻の入った木箱がしまわれていた。ただし、たとえ拷問されたとしてもお祖母ちゃんは抽斗を開けはしなかっただろう。「お祖父ちゃんとの約束だからね。頼むからおなじことを何度も言わせないでおくれ、フロリアン。お祖父ちゃんが帰ってきたら、見せてもらえばいいだろう」

「いつ帰ってくるの？　お祖母ちゃん」

「もうすぐだよ。まもなく帰ってくる」お祖母ちゃんはそう答え、つうっと流れ落ちるふた筋の涙を隠そうと、赤いカーネーションが咲き乱れるプランターの向こうの、海の方角に顔を向けた。そして、すでに寝室じゅうが新築さながらに磨きあげられていたにもかかわらず、またもや掃除をはじめるのだった。僕には、そんなお祖母ちゃんが潔癖症のように思われた。子供だった僕には、お祖母ちゃんがその部屋で、大切な思い出の埃をはらい、磨きあげ、愛情いっぱいに撫でまわしているということが理解できなかったのだ。

ときおり、そんな思い出のいくつかがお祖母ちゃんの手からすり抜け、まったく知らない時代の知らない世界へと僕を引きずり込むことがあった。ジョルジョという名の厚顔無恥な若者の人生を追体験するのだ。ある日、まるで野生人のように髪を長く伸ばしたその若者が、彼女の家にやってくる。まったくの部外者であるオイマーンという名の外国人を伴って。彼女の父親は、その突然の訪問にも驚いた様子は見せない。カミリアテッロですでにジョルジョに会っていたからだ。そのとき、この若者の気性を見抜き、いつの日か、娘さんと結婚させてくださいと言いに来るだろうと思っていたのだ。だが、彼女のほうは驚いた。それは嬉しい驚きだった。しかし残念なことに、彼女の父親は夫婦《めおと》となった二人を長くは見守れなかった。ずいぶん以前から、口にするのは憚られる病に冒されており、赤ん坊のロザンナが生まれる少しまえに死んでしまったのだ。夫婦は、バーリの彼女の実家で裕福に生活することも可能だった。ロッカルバで暮らすよりも、楽をして発展できたにちがいない。彼女の亡き父親は、二人がバーリに新居を構えるのなら会社の一部をジョルジョに譲るつもりだと言っていた。当時、オリーヴオイルの商いは儲かった。彼女は、最初のうちこそいくらか粘ってみた。だが、ジョルジョは岩のように頑固で、一ミリたりとも自分の意見を変えようとはしなかった。とり憑かれていたのだ。夢のなかでまで、このおめでたい《いちじくの館》のことを語るほどだった。お祖母ちゃんは溜め息をついた。ロッカルバは、頭のおかしい人の住む村だよ。まあ村ってものはたいていどこだってそうだけどね、と言っていた。それでもお祖母ちゃんがロッカルバでの暮らしに耐えられたのは、部屋のバルコニーから海が見えたからだった。実家のバルコニーとおなじように。独りぼっちで眠るいま、夜になると優しく温もりのある海の声が聞こえてきて、日々の苦しみや強いられた別れのつらさを癒してくれるような気がした。

僕は、お祖母ちゃんの甘酸っぱい打ち明け話を味わえたことをちょっぴり自慢に思いながら、広い寝室を出るのだった。すると、自分自身とも、世の中とも、うだるような熱風とも、あるいはしつこくつきまとう蠅たちとも折り合いがついたような気がした。それなのに、ハンブルクの両親から電話がかかってくると、とたんに怒りがスズメ蜂の大群のような唸り声をあげてむくむくと頭をもたげるのだった。そのたびに僕は、両親と話さないで済む口実を探した。たいていはトイレに逃げ込み、いまうんこをしてるところだから電話には出られないと大声で言うか、さもなければ電話の呼び出し音が聞こえたとたん、たとえ食事の途中だったとしても、外に逃げだして路地を歩きまわり、遅くなるまで戻らなかった。

　ある日のこと、隠れそびれた僕は、お祖母ちゃんに耳もとへ受話器を押しつけられ、否応なしにマルコの甘えた声を聞かされた。「フロリアン、来て《コム》」と言えるようになったのだ。次いで母さんが感情たっぷりに、会えなくてさびしいわとささやき、クラウスは、ハンブルクは雨ばかりだが、そっちはきっと暑いんだろうね、羨ましいよと言った。僕は電話口めがけて吐いてやりたかった。

　その後、広場に行こうと外に出た僕は、両親に対して無性に腹が立った。僕をハンブルクから力ずくで引きはがし、この熱風地獄に放り込んでおいて、いま頃になって嘘と偽善を並べたててもてあそぶなんて。あまりの暑さに、カーネーションの香りや腋臭まで淀み、紺碧の海もぼやけて見えなくなり、子供たちの騒がしい声や、路地の石垣に腰掛けてお喋りしている老婆たちの蝉のように嗄《しゃが》れた声までも、目に見えない防音壁が存在するかのように吸収されてしまうのだ。忌々しい暑さめ！　それにあの性質《たち》の悪い蠅たちときたら。ぶんぶんと我慢ならない音を立ててまとわりつき、クソくだらないお喋りをだらだらと続けている。僕はもはや我慢の限界を超え、言葉を失っていた。

とばっちりを受けたのが、僕のことを「ポテト小僧《マンジャパターテ》・おいマンマ」とからかった男子だった。それは、「ホイマン」という名字をもじって、ロッカルバの子供たちがつけた綽名《あだな》だった。むろん、そうした挑発に、いつも暴力で応じていたわけではない。大抵は笑って受け流すか、せいぜい追いかけるふりをするだけだった。だが、その日はとうてい耐えがたいことのように思えた。その子を押し倒し、両膝で押さえつけると、両手で髪を引っ張り、頬を平手打ちし、鼻柱に拳骨を食らわせた。そのクソガキが血を流しても、まったくお構いなしだった。僕の汗がそいつの髪の毛や顔、胸ぐらにぽたぽたと垂れた。べとつく素肌に服がまとわりつくのを感じながら、僕は、膝の下でめそめそと泣いているそいつに糊でくっついてしまったかのように、執念深くひっぱたき続けた。たしかにそいつは少し嫌なヤツだったが、僕の両親や、あの凄まじい熱風ほど罪深くはないはずだった。

　そのとき突然、僕らのほうに駆け寄ってくる女の人の悲鳴が聞こえた。それは、どんよりとした熱風を切り裂く銃声のように僕の脳天に突き刺さり、それでなくとも鈍っていた思考を完全に停止させた。「なんてことするの！　うちの子を放しなさい。死んじゃうじゃないの。この人殺し。あんたんとこの爺さんとおんなじね。うちの子に手を出さないで！」

　女の人に襟首をつかまれるよりも早く、僕ははるか彼方の熱風に浮かぶ土煙となっていた。

　村外れの丘まで来てようやく足をとめた僕は、完全に息があがっていた。乾いた草むらで突っ伏した。あの頭のおかしな女、なんて言ってた？　いや、聞き間違えだろう……。僕はその黄色い草むらで、パズルを組み立てるようにせわしなく考えをめぐらせていた。それまで意図的に消し去っていた、僕が最後にロッカルバに来た、あの夏の記憶の断片をつなぎ合わせてみた。お祖母ちゃんの涙だけでなく、ブルーノ叔父さんの、「僕らはここで死ぬほどの暑さに耐えているっていうのに、あの人は涼しい所でのほほんとしてるんだ」という言葉まで。すると、ジョルジョ・ベッルーシが逮捕されたときの光景が容赦ないほど鮮やかによみがえった。それでも、まだなんとか耐えられた。僕はさらに作業を続けた。もう逃がれようがなかったのだ。そうして行き着いた結論は、とうてい受け容れがたいものだった。僕はそれをめちゃめちゃにしたくて、歯で草を嚙みちぎり、遠くに吐きだした。

お祖母ちゃんの家に戻った僕は、誰にもなにも言わなかったし、説明を求めようとも思わなかった。数日後には父が迎えにくるはずだ。なにも急ぐ必要はない。ハンブルクに帰ってから母さんと決着をつけるつもりだった。僕を裏切ったのは母さんなのだから。

最初、母さんは頑なに否定し、怒りだした。「違うって言ったでしょ！　何度言ったらわかるのよ！　そんなの根も葉もない悪口よ」そんなことを言った女が誰だったのかを知りたがり、魔女だの娼婦だのと悪態をついた挙句、ジョルジョ・ベッルーシは本当に北イタリアの工場で出稼ぎをしているのだと言い張った。正確には、ヴァレーゼの靴メーカーだそうだ。「なんなら、会いに行ったっていいのよ」とまで言った。

僕はなにも答えず、嫌悪のこもった眼つきで母さんのことをひたすらにらみ続けた。なおも嘘で塗り固めようとする母さんに対し、ふつふつと怒りがこみあげた。母さんは不意打ちを食らい、心が揺らいでいた。知らない人を見るような目で僕を見ていたが、やがて僕から視線を逸らせた。

あと少しで母さんが折れるというとき、僕は、母さんの瞳をしだいに翳らす乱雲にも、僕をなだめ、自分自身を励ますために、肩にそっと載せられた母さんの手にも、敗北を認めて震えるハート形の唇にも耐え切れなくなり、こう言った。「やっぱり母さんの言うとおりだ。あのおばさんは息子より始末に負えないね」

　ようやく僕も理解した。これまで僕は、真実から目を背ける重病人のようにふるまってきたのだ。いや、もしかすると、母さんの言うことが真実なのかもしれない。もはや母さんからは戸惑った様子が消え、瞳は澄み、唇の震えも止まっていた。少なくとも、口を閉じたまま、こっそりと安堵の吐息を洩らしていた数秒のあいだは。その後、唇がふたたびひらいたと思ったら、巷にあふれる暴力や、人々の悪意、人生がいかに複雑かについて語りだしたのだった。僕には理解できないとでも言うのだろうか。「いつか、あなたにもわかる日が来る。そう遠くないうちにね。そうしたら、一から十まですべて話すわ。お祖父ちゃんのこともきちんと話して……」

　そのとき、マルコが声をあげた。僕らが言い争っているあいだ、部屋で独り遊びをしていたのだ。「ぼく、いっしょにヴィル・シュピーレン。シュピーレンかくれんぼ《アンムッチャ》」と、マルコは独特なごちゃ混ぜ《ハイブリッド》の言葉で喋った。僕自身も幼い頃に使っていた言葉遣いだったので、難なく理解できた。一緒にかくれんぼをして遊びたがっているのだ。母さんがマルコを抱きあげた。「まあ、なんて重たいの」と言いながら。そしてマルコのブロンドの巻き毛に手をうずめると、キスをし、まるで独楽《こま》人形みたいにくるくると素早く回転してみせた。

ある晩のこと、母さんがなんの前触れもなく、ジョルジョ・ベッルーシのことを語りはじめた。つまり、僕にもわかる、「そう遠くない日」がやってきたということなのだろうか。僕は瞼を閉じて話を聞いていた。母さんの話にはまるで音楽のようなリズムがあり、ときおり僕は、話の内容よりもそのリズムに心惹かれるのだった。

ジョルジョ・ベッルーシは、子供の頃から炎のベッル《フォクベッル》という綽名で呼ばれてたの。まるで燃えさかる炎のように気性の激しい少年だったからよ。十五歳にして早くも、団子っ鼻の下と笑窪のある顎にうっすらとひげが生えはじめてた。大人びた眼つきで、額にはナイフで刻んだような二本の深い皺があったわ。茶色い革表紙の手稿を手に抱えて、ページを繰ってたの。その表情には、文字は読めないけれど決して頭は悪くない人の見せる、書物に対する敬意が感じられた。蝶の舞うような、それでいて一定の秩序が感じられる筆跡や、ところどころに丸印が書かれ、小さな家や鐘楼、山や川が描き込まれた、四枚の南イタリアの大雑把な地図に見惚れてたの。もちろん、その丸印がデュマの旅の行程を示しているということまで理解できてたわけじゃなかった。メッシーナ、シッラ、ヴィッラ・サン・ジョヴァンニ、ピッツォ、そして《いちじくの館》……。それだけじゃなく、アレクサンドル・デュマが「アルバム」と呼んで、旅の感想を書きとめていた直筆のノートの一冊を手にしているのだということもわかってはいなかったでしょうね。それでも、それがとても大切なものだと察した少年は、旅人たちを追いかけて、手書きの書物を本来の持ち主に返してきてもいいかと父親に尋ねたの。そして、反対する父親を一時間もかけて説得したわ。「きっとチップをたっぷりもらえるよ」「そんなことあるものか。ケツを思い切り蹴飛ばされるのが関の山だね」どちらも頑固で一歩も譲らなかった……。

最初のうち僕は、母さんが遠い過去から語りはじめたことに気づかなかった。母さんが話しているジョルジョ・ベッルーシというのは、デュマに同伴していたジャダンが、《いちじくの館》で描いた絵のなかの少年のことだったのだ。そして、カウンターの向こうでワインを注ぎながら息子と言い争っていた父親が、ジョアッキーノ・ベッルーシ。口論のせいで、ミロールを連れた三人の旅人とのあいだに、二時間もの差がつくことになった。

こうしてジョルジョ・ベッルーシは、マイダに向かって歩きはじめたわ。三人の旅人は間違いなくマイダで宿泊先を探すはずだった。ところが、あと一時間でマイダの村に着くという頃になってあたりが暗くなり、少年は殺風景な野畑でかろうじて見つけた麦藁の山にもぐりこみ、夜が明けるのを待つことにしたの。

デュマはといえば、その晩、楽園のような場所だと噂に聞いていた宿で眠るつもりだった。ところが実際に行ってみると、そこはうす汚れただだっ広い部屋で、屋根裏に山と積まれた干し草と麦藁のなかで、鼠が踊りまわっているような場所だった。おまけに、部屋の隅で飼われていた雌豚が、優に十匹はいると思われる生まれたばかりの子豚に乳をやりながら、脅すような唸り声をあげてたわ。デュマは、その宿のあまりの汚さに胸がむかつき、夕飯を食べなかった。そして、二つ並べた椅子に身を横たえ、厚手の生地のオーバーにくるまって眠ろうとしたけれど、なかなか寝つけずにいたの。ジャダンは服を着たまま、宿の女主人のつぎはぎだらけのベッドで横になり、万が一誰かに襲われてもすぐに身を護れるよう、ミロールを脇に抱えてた。暖炉脇の床では、客の夜のお慰みにと来てみたけれど無駄足に終わった娼婦と、女主人、そしてその弟が気持ちよさそうに鼾をかいてた。哀れな「うつけ者」とデュマが称しているその弟が、夕餉《ゆうげ》のときに鶏の臓物《もつ》を揚げはじめて、いかにもおいしそうに食べていたせいで、フランス人二人は胸やけがして困ったそうよ。当時は、大半の宿がそんな感じだったのね。

母さんはそこまで話すと、どことなく意地の悪そうな皮肉な笑みを浮かべた。デュマがそんな目に遭ったことをいい気味だと思っているようですらあった。《いちじくの館》に逗留すれば、一睡もできずに夜を明かすことなどなかったはずなのに！

一方、麦藁の山で眠ったジョルジョ・ベッルーシは、翌朝目覚めると腹ぺこだった。山々のあいだからまるで赤い茸のように顔をのぞかせた太陽の下でゆっくりと伸びをし、デュマの書巻についた埃を吹きはらうと、ふつうの人ならば誰もが引き返しただろうに、そうはせず、葡萄の房や晩生《おくて》のいちじくはないものかとあたりを見まわしながら、旅人たちと犬のミロールを探す旅を続けたの。

マイダに向かう道々、あのピッツォ出身のラバ曳きとすれ違ったのだけれど、ラバを一頭連れているだけだった。ジョルジョ・ベッルーシが丁寧な口調で、フランス人旅行者はどこへ行ったのかと尋ねたところ、その男はぶっきらぼうに、フランスにでもどこにでも失《う》せやがれと答えたわ。てめえも、途中で俺をクビにしたあの粗野なフランス人どもも、地獄に堕ちるがいい。飼い主によく似て、歯を剝いて唸ってばかりいる雑種の犬を連れて、ヴェーナ目指して発っていったよ。

　実際、その日のうちにフランス人の二人組はヴェーナに到着したのだけれど、そこでミロールがアルバニアの猫に咬みついて死なせてしまったの。そうよ、ヴェーナはアルバニア人の村なの。カラブリアにはほかにもたくさん、そういう村があるでしょ？　二人は、村人たちの話す言葉と、女の人たちの服装からそのことに気づいたのでしょうね。とにかく、アルバニア起源の猫を殺してしまったお詫びとして、四カルリーノ銀貨を支払うことになった。その代わり、猫の飼い主の女の人に頼んで、お祭り用の民族衣裳を着て、ジャダンのモデルになってもらった。三十分後、女の人が花嫁衣裳をまとってあらわれたとき、二人は口をぽかんとあけて見惚れてしまったわ。ついさっきまで、死んだ猫を胸に抱え、子供みたいに洟を垂らして泣いていたごく平凡な女性が、金の刺繡のふんだんにちりばめられた高貴な生地に包まれ、まるで女王様のように見えたんですもの。

　やがて、フランス人の二人組は山のほうに向かって歩きはじめた。

　ジョルジョ・ベッルーシがようやくヴェーナに到着したとき、二人はそれよりもずっと上《かみ》の、歩いて一時間あまり行ったあたりで、いつものようにお弁当代わりの焼き栗を食べていた。それでも、ジョルジョ・ベッルーシがヴェーナに寄ったのは無駄足じゃなかったわ。一風変わった衣裳を着た老婆たちから、フランス人の二人組と猫を殺した凶暴な犬についての情報を得られたんだもの。おまけに、老婆たちの真ん中には、まるで枯れ草のあいだに一輪だけ咲いている花のように、澄んだ瞳の少女がいて、ジョルジョ・ベッルーシが微笑みかけると、とたんに目を伏せて、編んでいたレースをじっと見つめたの。少女の名はリザベッタ、それから何年かのちにジョルジョ・ベッルーシの奥さんとなる人よ。

　こうして、互いのあいだに距離をはさんだまま旅は続けられた。二人の旅人と犬のミロールは、どこまでも続く栗林のあいだの細道に沿って山をよじ登り、ジョルジョ・ベッルーシがそのあとを追いかける。それぞれ異なる時間に岬の頂上にたどりつくと、旅の不安を吹き飛ばしてくれる景色が眼前にひろがっていた。そこからは、イオニア海とティレニア海、碧く輝くふたつの海を、それぞれ右手と左手に一望できたの。スクイッラーチェ湾とサンタ・エウフェミア湾は、ジャダンの迷いのない筆遣いで描かれた絵画かと思われるほど美しかった。長靴の形をした半島の先端の、いちばん細くなった場所を流れる二本の川で侵食されてできた平原の中央に、《いちじくの館》が小さく見え、三人とも思い思いに挨拶を送ったわ。二人のフランス人にとっては、それが《いちじくの館》の見納めとなったの。もしも望遠鏡を持っていたら、壁に飾られたジャダンの絵のなかの自分を得意げに眺めているか、さもなければ、いつまでたっても戻ってこない息子に、しょうもないろくでなしめと悪態をついている宿の主《あるじ》が見えたことでしょうね。

　少年はきっとくたくただったのね。もう夜も遅い時間だったので、生のまま栗をかじると、樒の巨木によじ登り、次の瞬間には太い枝のうえで翼のない鳥のようにうずくまった姿勢で鼾をかいてた。

　一方、フランス人の二人組は、羨ましいことに快適なベッドで眠ってたわ。ティリオロの旅館でね。旅館に着いた翌日、デュマは偉大な作曲家ベッリーニの訃報を知り、深い悲しみに襲われて人生の儚さに思いをめぐらせていたの。友人ベッリーニが書いてくれた紹介状を何度も読み返しながら、手紙はまだこうして自分の手のなかにあるのに、ベッリーニは永久に還らぬ人になってしまったってね。

ジョルジョ・ベッルーシがシーラ山の方角に歩いていたとき、足の下の地面が滑るような感覚を覚え、次の瞬間、近くの村から人々が慌てふためいて逃げていくのが見えた。彼は、なにがあったのかと尋ね、ついでに、犬を連れた二人組のフランス人を見なかったかと尋ねてみた。すると、「村がてっぺんから麓まで、思いっきり揺さぶられたんだ、お前さん。まるで熟れた実をたわわにつけたオリーヴの木みたいに、続けざまに四回もね。至るところ瓦礫と岩に埋めつくされ、土埃が舞ってるよ」という返事が返ってきたの。一八三五年の大地震よ。それでもジョルジョ・ベッルーシは引き返そうとしなかった。避難者の一人が、あの、人の好さそうなフランス人なら知ってるよ、コゼンツァに行くと言ってたっけ、と教えてくれた。その男は、続けてこうも言ったの。「自分らもこれからコゼンツァに向かうところだ。あそこまでいけば、寝泊まりできる避難所があるらしいからね」

「これで豚《ポルコ》はこっちのもんだ」と、ジョルジョ・ベッルーシは小声でつぶやいた。それは、物事が望みどおりの方向に進みはじめたときに父親がいつも口にする口癖だったのね。

ジョルジョ・ベッルーシは、新しくできた旅の連れと一緒に休むことなくシーラ山を越え、ようやくその日の午後に、瓦礫の山と、崩れた家々や壊れた建物のあいだに建つ、藁葺き屋根のバラック小屋に到着したの。そこは、壊滅的な被害に遭ったコゼンツァだった。ジョルジョ・ベッルーシは何時間もかけてフランス人の二人組を探しまわったわ。開け放たれた避難所はどこも、男たちや裸足の子供たち、帽子のヴェールで顔を覆った御婦人方でごった返してた。地震の被害から逃れてきた町じゅうの人たちが、クラーティ川にほど近いその避難所で夜を過ごすことを余儀なくされてたのね。誰もがそこに身を寄せてた。驚いたことにミロールもいたの。毛並みがよくて気取った雰囲気の猫たちを追いかけながら避難所のあいだを駆けまわるミロールを、ジョルジョジョ・ベッルーシはたしかに見たのよ。でも、二人組のフランス人、デュマとジャダンの姿はどこにもなかった。二人は、久しぶりにひと風呂浴び、南京虫やそのほか煩わしい虫のいないベッドで眠りたい一心で、《アラリック一世の御休息所》という名の、地震のせいで亀裂が入り、いまにも倒壊しかかっている高級ホテルに泊まることにしたの。二人のほかには外国人客なんていなかったわ。まるでゴーストタウンのようになったコゼンツァの町で、デュマとジャダンだけが状況をわきまえない向こう見ずだったのね。

ジョルジョ・ベッルーシはフランス人たちを探しまわったけれど、見つかるわけもなく、夜になると被災者に交じって温かなスープを飲み、親とはぐれた子供たちと避難所で眠ったわ。そして、翌朝早く帰路についたの。もと来た道を、《いちじくの館》目指して急ぎ足でたどりはじめたというわけ。少しも後悔はしてなかった。旅人たちに追いつこうとできるかぎりのことはしたのだから。彼の努力に反して、旅人たちのほうで敢えて追いつかれないようにしてるみたいだった。あるいは、誰かから逃れるために旅をしていたのかもしれない。

ふたたびヴェーナの村を通ったジョルジョ・ベッルーシは、期待したとおり、石垣に座っていたリザベッタと再会し、燃える眼差しで、近いうちにまた会いにくると約束したの。

こうしてジョルジョ・ベッルーシは、小生意気な書生のようにデュマの書巻を小脇に抱え、《いちじくの館》に戻ってきた。父親はげんこつを喰らわせることもなく、よくぞ帰ってきたと喜ぶでもなく、いままでどこに行っていたのかと尋ねることもしなかった。帰るなり、埃だらけの梁を脇にどけるから手伝えと言いつけたの。ジョルジョ・ベッルーシが発った翌々日、地獄のような揺れに襲われ、《いちじくの館》と厩《うまや》の屋根が崩れてしまったのね。それでもベッルーシ一家は、全員が奇跡的に助かった。フランス人が描いた絵も無事だった。息子が帰ってきた数日後には母屋に新しい屋根がかかり、厩の屋根も春には修理された……。

いよいよこれから現代のジョルジョ・ベッルーシの話が始まるんだと僕はわくわくした。精肉店を営み、《いちじくの館》の再建にこだわり、冷えた西瓜がなによりの好物の彼がいったいなにをしでかしたのか、ようやく語ってくれるにちがいない。母さんは、そんな僕の心の内を読んだ気になっていた。「わかってるのよ。あなたは、どうして母さんがそんな話を知ってるのかと思ってるんでしょ？」なんてことはない。母さんは、アレクサンドル・デュマが著した『アレーナ大尉』を読んだのだった。この紀行文には、一八三五年の秋、デュマが友人のジャダンと犬のミロールを連れ、カラブリアを陸路で縦断しなければならなくなった経緯が書かれていた。北に向かって進んでいた帆船《拍車《スペロナーレ》》号が激しい嵐に遭い、航行不能となったのだ。コゼンツァに向かう途中、一行は《いちじくの館》に立ち寄った。そのことについてデュマは数行しか触れていないものの、立ち寄ったことは確実だ。宿に手稿を置き忘れたことにも、家族に囲まれた宿の主の絵を描いたことにも、言及は一切ない。むろん、炎のベッル《フォクベッル》と呼ばれていたジョルジョ・ベッルーシのことも書かれてはいない。だが、そのときに彼がした旅については、僕の母にあたるロザンナ・ベッルーシまで、一族のあいだで何世代にもわたって語り継がれてきたのだ。母さんは、自分の父親であるジョルジョ・ベッルーシの話は、なんとしてでも避けようとしていた。

ハンス・ホイマンに久しぶりに再会したとき、僕はこの世で誰よりも傲慢な人物を目の当たりにしたような、なんとも不快な印象を受けた。展覧会場を訪れた人たちに対して辛辣な皮肉や批判を述べたてたうえ、僕の父に対しても、「優秀な銀行マンで、素晴らしい家族がいて、なにひとつ不自由なく、当然ステーションワゴンだってお持ちだ」などと容赦なかったのだ。しかし、そんな彼の口から飛びだす皮肉のせいだけではなく、また、まるで陽気な酔っぱらいのように――事実、美術館《クンストハレ》での回顧展の内覧会がはじまってからというもの、ひっきりなしにシャンパンを飲んではいたのだけれど――次から次へと吐きだす自画自賛の嵐のせいでもなかった。彼のいくぶんふざけた口調を聞いていれば、批判も自賛も、なかば冗談の挑発だということぐらい僕にだって理解できた。そうではなく、彼から発散される傲慢は、そのふたつの眼に凝縮されていた。明るいグレーに鮮やかなブルーを重ね塗りしたようなその瞳は、見る者を動揺させた。一見したところ父の眼にそっくりなのだが、よく見ると父の眼よりもはるかに力強かった。ハンスはその眼で、俺の額に唾を吐く勇気のある者などいまいという不遜な態度で相手を見据えるのだった。あの男が僕の祖父だなんて！　あの傲慢な眼、そしてあの二枚舌とおなじ血が、僕の血管にも流れているなんて！　ああ、畜生《シャイセ》！　僕は信じたくなかった。

　そのとき、ふと頭に浮かんだ考えに僕は捕らわれ、知らないうちに針でも刺されたかのように眼をかっと見ひらかずにはいられなかった。あのジーンズのパンツとオーバーシャツで若づくりをしている、のっぽで痩せで禿げの傲慢な年寄りと、もう一人の、負けず劣らずろくでなしにちがいなく、母さんは頑として認めたがらないものの、いまごろ確実にイタリアのどこかの監獄で朽ち果てているであろう、おぼろげにその顔つきを覚えているだけの年寄りとの到達点が、この僕なのだ。僕はなんて最悪な遺伝子を持って生まれてきたのだろう。僕の血管には、有毒な血がしっかりとブレンドされて流れているのだ。外見をなにより重視する両親は、ほかでもなく人種の異なるカップルから生まれてきたために、うちの息子は二人とも特別だと自慢していた。マルコも、自分の輝く碧い瞳が自慢でたまらず、まだ三歳半なのだから仕方ないにしても、早くもドイツ側の祖父とおなじく自己中心的だった。そんな考えがくっきりと頭に浮かんだとき、僕はいわゆる「普通」のルーツを持つ友だちが羨ましくてたまらなくなった。両親ともにドイツ人の子供であり、それ以外の何者でもない。対する僕ときたら、ひとたびルーツを探りはじめるといつの間にか迷子になってしまうのだった。荒野を流れる小さな沢の水のように。おまけに、僕の川に流れる水は澱んでいた。

あまりに重たすぎるその考えが胸に突き刺さり、眼を見ひらいたままでいたにちがいない。僕の驚愕を見てとったハンス・ホイマンが声を掛けてきた。「俺の写真がそんなに怖いのかい？」愛想のいい声だった。僕は戸惑いのあまり顔が赤くなり、咳き込むと、まるでロボットのような返事をした。「いいえ……はい……きれいな写真です……素晴らしいです、おじさん」

ハンス・ホイマンは、愉快そうに笑った。「おじさんだって？　こいつはいいや。孫におじさんと呼ばれるなんて」そう言いながらも、愛おしさのこもった、降りそそぐような優しさに洗われた眼差しで僕を見つめていた。その眼差しに父の眼差しを見いだしたとたん、僕はそれまで抱いていた恐怖心が消え、微笑むことができた。「明日、お前のうちに昼飯を御馳走になりにいくよ。そうすれば落ち着いてゆっくり話ができるからな」左手の甲で僕の頬を撫でながら言った。

そこへ一陣のそよ風のように若い妻がやってきて、著名な来客に挨拶するからと、ハンスを連れていってしまった。

しばらくのあいだ僕は、クラウスが展示ホールを行きつ戻りつしながら片目でちらちらと写真を見る様子を観察していた。もう一方の目はハンスの動きを追っているようだった。特別な機会のためにすぐ近くにいるというのに、相変わらずよそよそしい父親ハンスの態度を見ないで済むのなら、彼はきっとどんなことでもしただろう。

続いて目に入ってきた母さんの姿にも、僕は強烈な印象を受けた。母さんはホール内を勝手に動きまわるマルコを追いかけてゆったりと歩きまわっていたのだが、その立ち居振る舞いがまるでモデルのようだったのだ。形のいい胸を前に突き出し、褐色の脚はハイヒールのお蔭ですらりとした美しさが際立っている。おろしたての白いテーラードスーツに身を包んだその姿を、エキゾチックな風景にでも見惚れるかのようにうっとりと眺めているいくつもの眼差しに、母さんは得意げな笑みで応えていた。その美しさが会場の女性たちのなかでもひときわ抜きんでていることを、僕は子供ながらも容易に理解した。ハンス・ホイマンの写真のなかから、なじるような視線や物憂げな眼差しをこちらに向けている、ほとんどヌード姿の女性たちにだって負けてはいなかった。母さんは温もりのある光を受けて輝いていたのだから。

帰りの車に乗るとき、僕はどうしても母さんに後部座席の僕と弟のあいだに座ってほしかった。別れ際ハンスは、ごく普通の親が息子にするように、クラウスを抱きしめていた。父は運転しているあいだずっと、煙草をふかしながら、サーカス小屋から出てきたばかりの子供のように興奮してその晩のことを話していた。すでに十時をまわっていただろう。マルコは車が走りだしたとたんに眠ってしまい、僕もうとうとと眠りかけているふりをしていた。母さんの膝に頭をのせ、家の車庫に着くまでずっと、優しく撫でてもらっていたのだ。

　翌日は日曜日だった。マルコと僕がテレビのまえで朝食をとっているあいだも、キッチンからは飽きもせず写真展について話す両親の声が聞こえていた。二人は一緒に、ハンス・ホイマンを歓迎する昼食会の支度をしていたのだ。生ハムやンドゥイヤ（ペースト状の辛いサラミ）、野菜の酢漬け《ジャルディニエーラ》をベースにしたカラブリア風前菜《アンティパスト》、ラザーニャのオーブン焼き、ナスの肉詰め、そしてベリー類のタルトだ。

　ハンス・ホイマンは、昼の十二時きっかりに僕らの家の呼び鈴を鳴らした。母さんはスカートを整え、クラウスはネクタイをまっすぐに直してから、ひろげた指を櫛代わりにして僕ら子供たちの髪を撫でつけた。

　ハンス・ホイマンは嵐のような勢いで家のなかに入ってきた。一人だった。エレーヌはホテルで待っている、荷造りをしてるのだとハンスは説明した。一時間もしないうちに、パリに向かう便に乗ることになっている。慌ただしい挨拶で申し訳ないと彼は謝った。コートを脱ぎもせず、立ったままで食前酒を飲み、十分ほど喋り続けた。僕らも立ったまま、黙って話を聞いていた。ハンスは、さながら障害走に挑む短距離選手のように、めまぐるしく話題を変えるのだった。パリで先延ばしにできない予定が入っていたのをうっかり忘れててね。テレビのインタビュー番組なんだ。写真展は、技術も流儀も誠意も感じられない、さんざんなものだったよ。どうも世間には無能な者ばかりがはびこっていて困る。今度会うときにはゆっくり話そうな、フロリアン、約束するよ。そう言いながら写真展のカタログとお金の入った封筒を僕に渡して寄越し、好きなものを買いなさい、お前になにか贈り物をしたかったのだが、探す時間もなかったし、なにがいいのかもわからなくてね。あいにくお前の好みも知らない。もっとお互いのことを知らないといけないね。もうひとつのお金の入った封筒は、マルコに渡してくれ。俺のかわいいマルコにな。それにしてもクラウス、お前は顔色が悪すぎる。子供たちとヴァカンスにでも行ってきたらどうだね。反対にロザンナ、君はいつだって元気そうじゃないか。さすがだね。俺が興味をひかれるのは、被写体じゃなくて光なんだ。実家の親父さんに会いにいくか、手紙を書くことがあったら、くれぐれもよろしく伝えてくれ。いいか、みんな。よく憶えておくんだぞ。人が生まれ、死んでいくのとおなじように、光も死んでいく。俺はその事実に心惹かれるんだ。エレーヌが、うちの二人の孫には惚れぼれするって言ってたよ。まったく信じられん話だ。君の親父さんは記念碑にもふさわしい人物なのに、いまだに監獄に入れられてるんだからね。次の個展はパリでひらくんだ。俺は疲れてるが、充実してもいる。この世には正義のかけらもありゃしないね……。

そして来たときと同様、慌ただしく帰っていったのだった。

「一生懸命準備したことが全部無駄になるなんて！」これが直後の父の感想だった。その落胆たるや相当なものだった。僕は母さんの顔をうかがった。母さんは、落胆というよりも激怒していた。「あの人ったら、ほんとに最低よね。せっかく作ったこの神の恵みのような料理を、いったい誰に食べさせればいいの？」

「僕が食べるよ、ママ。僕が食べる！」それは、腹をすかせたマルコのお追従だった。弟なりに母さんを慰めているつもりなのだろうが、母さんを慰めることなんてしょせん不可能なのだ。その理由は母さんと僕にしかわからなかった。

ふんだんなご馳走をほとんど口も利かずに食べ終えると、僕は自分の部屋にこもった。ベッドに寝転がり、カタログをひらいてみた。写真のなかには、五～六枚、ヌード姿の女性のものもあって、ほとんどがアフリカ人だったのだが、僕は最初、そのふくらんだ乳首を眺めていた。それからしだいに女性たちの瞳や、瞳の奥できらめく光に惹かれていった。風景のなかで光が宙返りし、空を跳ねまわり、雲に質感を与え、なにかミステリアスな別の存在に変えているようだった。ハンス・ホイマンが偉大な写真家であることは、素人にもじゅうぶん理解できた。彼が切りとったイメージは、甘く切ない空気で見る者を包み込み、ときにやるせなくなってくるのだった。長いこと見つめていると、頭のなかで物哀しいメロディーが響きだす。まるで恋愛映画のバックミュージックのように。母さんが部屋に入ってきたとき、僕は若かりし頃のジョルジョ・ベッルーシの写真に見入っていた。足もとには犬のミロール、背後には虫歯になった恐竜の門歯が写っている。《いちじくの館》の残骸だ。

母さんがベッドの枕もとに座り、怯えるような眼差しを僕に投げかけた。それに対して僕は皮肉な笑みで応じたが、すぐに後悔した。

約束どおり、僕が真実の一部始終を知る日がやってきたのだ。前置きなどいっさいなかった。いつもどおりの音楽を奏でるような口調で話してくれたのだが、それは、話の内容には不似合いだった。そんな母さんの歌を聞きながら、僕はあの忌々しい夏の凄まじい熱風にまとわりつかれたような錯覚を覚えた。火を放たれた店のドアや、咽を掻っ切られてフェンスに吊るされた羊や犬が瞼の裏によみがえり、口のなかにはよく冷えた特大西瓜の「雄鶏の鶏冠《クレスタ・ディ・ガッロ》」の味がひろがった。西瓜のせいで、夜中に何度も小便に起きたものだ。

あの七月の日曜、お午《ひる》近くだったかしら。新しくなったばかりの店のドアすれすれに、排気量の大きな車が停まったの。立派な白のメルセデス・ベンツで、ドイツへ出稼ぎに行った者たちが好んで乗る車だった。運転席にいた男が降りてきた。ずんぐりとした体格で禿げた、四十代の男だったわ。ほかに同乗者はいなかった。その男はアルミ製のドアを震わせながら猛烈な勢いで店内に入り、ジョルジョ・ベッルーシのまえに仁王立ちになったの。ジョルジョの肩にようやく届くほどの背丈だったけれど、怒りに血走った眼でまっすぐ彼の眼を見据えてこう言った。

「で、しみったれよ、暗示の意味はわかったのか？ 忠告はじゅうぶん受けとめてくれたかね？ カネさえ出せば、てめえのそのクソみたいな平穏な暮らしに戻れるんだぞ。クソみたいな家族にも指一本触れないでいてやろう。旅館だって好きなだけ建てるがいいさ。だからカネを払え。さもなけりゃ、俺らがてめえの宿をこしらえてやることになるぞ。永久《とわ》の旅路につく者向けの宿をな。意味がわかるか？」

家族をクソ呼ばわりされたことに我慢できなかったのか、大切な夢を踏みにじるような下卑た皮肉に耐えられなかったのか、その場の衝動によるリアクションが度を越えただけなのか、もしかすると、フェンスに吊るされた家畜の姿を見た朝にすでに決めていたことだったのかもしれない。いつもより先端が鋭く尖った鋼の鉤棹《かぎざお》が、その見ず知らずの男の咽もとに、寸分の狂いもなく力任せに突き刺さったの。男の口からは、吐こうとしているのになにも吐けないときのような、苦痛に満ちたうめき声が洩れた。両手で首を押さえた男の腕づたいに、黒々とした濃い血が流れてた。気を失ったのか、あるいはすでに息絶えたのか、力が脱けて床に倒れ込んできたその男を、ジョルジョ・ベッルーシが宙で受けとめ、両腋を抱えあげた。そして、やはり寸分の狂いもなく力任せに、白いタイルが貼られた壁に吊るした。ほかでもなく、売れ残った最後の一頭の羊の隣にね。

鮮血にまみれ、男の軀《むくろ》と羊の軀のあいだで寒さに震えるジョルジョ・ベッルーシ……。それが、ひと足違いで店に入ってきた老いた女性客の見た光景だったの。彼女のけたたましい悲鳴を聞き、近所のバールから駆けつけた数十人の男たちも、おなじ光景を目にし、我が目を疑った。ロッカルバでは誰一人、そんなことを信じたがらなかった。軍警察《カラビニエーリ》も、そしてジョルジョ・ベッルーシ自身もね。

母さんは、透明なおできのようにハート形の唇から浮きでていた最後の涙の粒を舐めた。怪我をした仔犬さながらに、慎重にゆっくりと舌を動かしている。母さんを抱きしめてやると、殺人犯として刑務所に入れられた父親に対する羞恥心を何年ものあいだ包み込んでいた、毒気を帯びた空気がすうっと抜けていく、その最後の吐息を首筋に感じた。そのあと、母さんはつくり笑いを浮かべ、愛情をこめたキスをふたつした。ひとつは僕の額に、母親としての感謝の気持ちとともに。もうひとつは、たくましい野生人さながらに長髪を風になびかせて微笑む、若かりし頃のジョルジョ・ベッルーシの光沢のある写真に。

第二の旅

僕の母さんも、初めてハンブルクに向かって旅立ったとき、ものすごくきれいだった。長く波打つ髪は漆黒で、小柄ながらもプロポーションは抜群、豊かな胸にすらりと伸びた脚、なかでも肉厚のハート形の唇は、紅をささなくても褐色を帯びた赤で、もし僕が父だったらいつまでも飽きずにキスをしただろう。

旅のあいだ、ジョルジョ・ベッルーシのこと、母親や妹のこと、そして《いちじくの館》のことを考えていた。主題節《エピファニー》のあと旅行鞄いっぱいに本を詰め、ハンドバッグに卒業証書をしまい、ロッカルバを発ったのだ。ローマ大学の外国語学部、四年制のドイツ語学科を卒業していた。卒業論文のテーマは「フリードリヒ・レオポルト・ツー・シュトルベルク＝シュトルベルクとグランドツアー」だった。このシュトルベルクというのは、十八世紀の末にイタリアを旅し、書簡体の紀行文にまとめて刊行した人物だ。大の親友だったゲーテが『イタリア紀行』を出版するよりも以前のことだ。むろん母さんは、教授に助言されたとおり、ゲーテについて卒論をまとめることもできただろう。シュトルベルク伯爵は優れた文学者であり、偉大な博識家であり、外交官でもあり、クロプシュトック、クラウディウス、ヘルダー、フォスといった著名人と親交があったが、あまりに無名だった。彼女がシュトルベルクを選んだのはひとえに感傷によるものだ。ハンブルクを一七九一年七月二日に出発したシュトルベルクは、一七九二年の五月二十二日の昼に《いちじくの館》で休息した。ちょうどデュマがそうしたように。ゲーテにはそのような「功績」はなく、彼女に言わせると、「あたしの」シュトルベルクほど偉大な存在ではなかったのだ。

　実家には、客に肉を包むときに使うグレーの薄紙に旅館の設計図を引いている父親を置いてきた。アイディアはいろいろあるんだ、と彼は言っていた。だが、下の娘はまだ親の援助が必要だし、リスクを負うわけにはいかない。郵便局の貯金では、新しい《いちじくの館》の鉄筋コンクリートの骨組みを建てるぐらいがおそらく精一杯だし、たとえなによりも大切に温めてきた夢を実現するためであっても、ローンを組むわけにはいかなかった。それでもジョルジョ・ベッルーシはあきらめたわけではなく、それどころか決心はますます固くなるばかりだった。彼の体内にはすでに《いちじくの館》が根づき、血迷った植物のように育っていたのだ。石垣のわずかな隙間から芽を出し、一粒の水と二粒の土で命をつなぎ、いつの間にか見たこともないほど美しく生長しているような植物だ。重要なのは根を引っこ抜かないことだ、と父親は言っていた。あとはなんとかなるものさ。根っこが生きていて、茜のように血が流れてさえいれば、時とともに大きくなり、生の激震にも耐え抜くに決まってる。

　出発するとき、母さんの心は軽やかだった。これからは自分の食べる分は自分で稼ぐんだ。いくらか節約すれば貯めたお金を実家の父親に送ることもできる。ところが、車窓の向こうにプライア・ア・マーレやディーノ島が見えた途端、胸が張り裂けんばかりの悲しみを覚えた。八月に、ロッカルバの友人と一緒に、そのあたりの海岸を散策したのだった。小舟で小さなディーノ島のまわりを一周し、碧の洞窟《グロッタ・アッズッラ》や獅子の洞窟《グロッタ・デル・レオーネ》に入っては、大声をはりあげて互いの名前を呼び合ったっけ。次いで、巨大アーチ《アルコ・マーニョ》をくぐり抜けると、そこはこの世の楽園だった。うんと細かな黒い砂とトルコブルーの海水からなる、周囲から閉ざされた砂浜がひろがっていた。岩でできた巨大なアーチのうえには古代ローマ人の築いた砂利道が見え、そのさらにうえの天空には、とてつもなく大きな太陽が輝いていた。旅のあいだにかいた汗を心地よく流してくれる冷たい海水に浸かりながら、みんなで感傷的な約束を交わしたのだった。それがいかに実現の困難なことかなど、考えもせずに。「この土地を絶対に捨てないこと。世界でいちばん美しいところなんだから」

　あのとき一緒に散策した友人は、一人、また一人と発っていった。ほかの同世代の若者たちも、北イタリアへ、あるいはドイツへと旅立った。仕事を求めて。そしてこんどは彼女の番だ。代用教員として、ハンブルクで一か月と二十五日、イタリア語を教える仕事が見つかったのだ。シュトルベルクやハンス・ホイマンの旅の起点となった町だ。こうして、彼女の最初の旅がはじまった。

　ローマのテルミニ駅で乗り継ぎの列車を待つあいだ、四年間の大学生活で知り合った大勢の友だちに、順に電話をかけた。「これからエルベ川へ行って溺れてくる」冗談めかしてそう言った。「でも、見てて。必ずまた浮上するから。私は戻ってくる」

　胸の内では、列車が一キロ進むごとに悲しみが募っていった。

　夜は寝台席で横になり、車窓をじっと見つめていた。闇と明かり、明かりと闇。列車は名もない駅に入っては出て、長い距離をひたすら呑み込んでいく。ときおり、思い出が窓のスクリーンに白黒の映像となってあらわれた。にこやかな笑顔。復活祭翌日の月曜日、子供の頃の彼女と妹。空にも届きそうなブランコ。《いちじくの館》のまわりを駆けまわったこと。まるで幼い恋人どうしのように唇を尖らせてキスをする両親。にこやかな笑顔は父親のものだ。炎のベッル《フォクベッル》とデュマのエピソードを語って聞かせているにちがいない。だが、列車の汽笛とブレーキ音で声が掻き消され、なにを話しているのかさっぱりわからなかった。ただ、聞くに堪えないうめき声が尾を引くばかり。

翌日、とうとう一睡もできなかった長い夜に疲れ切ってハンブルクの駅に降り立った彼女めがけて、雪の玉が飛んできた。投げたのは、モニカという名の、ブロンドのお茶目な娘だった。

初めてハンブルクを訪れたときのことを話す際、母さんはよく、語りに合わせて当時の写真を見せてくれた。ハンス・ホイマンの写真のように芸術的ではなかったが、僕は母さんの見せてくれる写真が好きだった。撮影者の目線は、恋をしている父のものだ。そして被写体は若くて美しい母、ロザンナ。ふてくされた目つきで額に皺を寄せていても、濃い眉を吊りあげていても、きらきらとした眼を軽くつぶっていても、それは変わらなかった。

若いロザンナは、モニカの家に間借りした。ローマで知り合ったドイツ人の女友だちだ。ハンブルクに到着した当初のロザンナの感想は、いまだに語り草となっている。「この町には、たとえ一か月だろうと住めそうにない」それまで生きてきて、これほどたくさんの雪を見たことはなかったのだ。五十センチか、あるいはそれ以上に雪が深く積もり、見わたすかぎり白一色。それも、眩しくて現実味のない白銀だった。翌朝、道を歩いていてその途方もない量の雪と、白い空に挟まれて押しつぶされそうになり、思わず語気を荒らげた。「こんなところには死んだって住まない」

ところがその翌年、ロザンナはハンブルクに住みついていただけでなく、結婚し、赤ん坊まで身籠っていた。あなたのせいで両手両足をドイツの大地に縛りつけられてしまったの、母さんはよく、冗談めかして僕にそう言った。その実、たいして後悔しているふうでもなく、生まれ変わってもその旅をしただろうし、ふたたび父に恋をしただろうと母さんは真顔で言っていた。まあ、初めて会ったときからひどい人だと思ってたけれどね。ただし、母さんにとって「ひどい人《ストロンツォ》」というのは褒め言葉の類《たぐい》で、「しょうもない人《シンパティカ・カナッリア》」とおなじような意味合いだった。もし本当に相手を怒らせたければ、「性根まで腐った悪党《ストロンツォ・パテンタート》」だと言っただろう。ともかく、ハンブルクにはせいぜい二か月弱しか滞在しないはずだったのに、そのあいだに想像もしていなかったことが起こったのだ。

　ハンブルクにやってきて数日後、ロザンナはモニカに付き添ってもらって、父親の友人の写真家、ハンス・ホイマンを訪ねた。その人というよりも、正確には、小さい頃から父親に聞かされていたその名前に憧れていたのだ。ローマ大学の外国語学部に入学し、ドイツ語を専攻することにしたのも、ローマでドイツ人に出会うと必ず友だちになろうとしてきたのも、おそらくそのためだった。そうやって知り合ったモニカに連れられて、いま彼女はホイマンの家を訪れようとしていた。住所の書かれた紙は黄ばんでいた。「ハンス・ホイマン。レーゲンテン通り《ヴェク》24番地、ハンブルク＝ダムトーア（イタリアりょじかんから100メートル、しろのいえ）」父親は、財布からそのメモ用紙を取り出すと、懐かしそうな眼差しで娘に差しだしたのだった。「あいつがまだ生きてたら、俺がよろしく言っていたと伝えてくれ。いつでもロッカルバに来てくれ。待ってるぞってな」

　ホイマンの白い一軒家は、難なく探しあてることができた。門もすんなり開けてもらえた。ロザンナは、例の歌うような声で、自分はイタリア人の娘であり、「死にもの狂いで《フェアツヴァイフェルト》」ホイマンさんを捜していると言ったのだ（ほかでもなく、「フェアツヴァイフェルト」という単語を使った）。

すると門がひらき、ロザンナとモニカは、両側を木立ちに挟まれた通路の奥で、長身痩躯の男が自分たちを待ち受けているのを見た。そこが屋敷の入口だった。「ヘア・ホイマン？」と、モニカが尋ねた。すると男は、「私が当人です《ヘヒスト・ペルゼーンリヒ》」と答え、二人を客間に招き入れ、座るように言った。次いで自分も腰掛けると、丁寧な口調で要件を尋ね、返事を待ちかねるような笑みを長いこと浮かべていた。禿げていたのはロザンナの想像どおりだったが、顔には皺ひとつなく、碧い瞳には生気が漲っていた。彼女はその瞳に魅了され、父親が繰り返し語ってくれたあの旅の頃のまま、ホイマンさんの時は止まっているみたいだと考えていた。どう見てもせいぜい四十過ぎとしか思えなかった。感激のあまり、若きロザンナはしどろもどろ自己紹介をした。「ロザンナ・ベッルーシと申します。ジョルジョ……ジョルジョ・ベッルーシの娘です。父は二十五年前、あなたと一緒にカラブリアを旅行しました。憶えてらっしゃいますよね？」

　ホイマンはどっと笑いだした。「ドイツ紳士」などというものとはほど遠く、無礼千万にもひとしきり笑った挙句、「いやあ、失礼、失礼」と謝った。笑い続けるのを堪《こら》えるために頬を両手で押さえている。「僕を父と勘違いされているようだ。あなたがお捜しなのは、ハンス・ホイマンでしょう。僕は、息子のクラウス・ホイマンです。がっかりさせて申し訳ないが、父は五十歳、僕はまだ二十四です」それから、真顔に戻って言った。「父は、もうずいぶんまえからこの家には住んでいません」

　ロザンナは、その場から消えてしまいたかった。自分の愚かさ加減が恥ずかしく、顔が真っ赤になり、穴があったら入りたいほどだった。これで、ハンブルクに滞在しているあいだずっと、モニカにからかわれるに決まっている。モニカは友だち全員にこの失敗談を触れ歩き、みんなが自分のことを笑うだろう。このクラウスという馬鹿な男にさんざん笑われたように。ロザンナは、彼に対して反感さえ抱いていた。二十四だというのに髪は禿げあがり、四十近くに見える。しかもロッカルバの酔っぱらいのように、人のことをげらげら笑う無礼きわまりないドイツ人なんて。ロザンナはやにわに立ちあがった。「お邪魔してすみませんでした、ホイマンさん」鳶色の瞳をかすかに細め、にらむように彼を見据えた。そして、「さようなら」と言うと、足早に玄関へ向かった。モニカは、そのあいだもソファーに身を投げだしたまま笑い続け、クラウスはロザンナのあとを追いかけ、腕をつかんで引き止めようとした。「ちょっと待って、お願いです」クラウスは、そのとき初めて彼女に触れたのだった。「笑ったことは謝ります」そして、感電したかのようなショックを受け、慌てて手を引っ込めた。

それから数か月間、二人が会うことはなかった。ところが、ロザンナがロッカルバに戻ってしばらくしたある日、クラウス・ホイマンが突然ベッルーシ家にやってきて、以来、二度と彼女から離れなかった。二週間後には厚かましくも結婚を申し込み、その晩から、ロッカルバに滞在しているあいだずっと、夜ごと猫のようにこっそりと彼女の部屋に忍び込み——母さんは、そんなことまで僕に話してくれた——、明け方まで居座るのだった。ベッドからおりることも、水を飲みにいくこともせず、互いの唾液で咽《のど》をうるおし、キスをむさぼった。そんな細部についても母さんは臆さずに話した。あなたは、息子というより友だちみたいな存在だから、と言いながら。僕はドイツでできた、たった一人の真のボーイフレンドなのだそうだ。

ロザンナのたっての願いで、ロッカルバで挙げることになった結婚式に、ハンス・ホイマンの姿はなかった。マドリードから祝電を一本寄越しただけだった。クラウスは、教会での式の最中と、その後、海に臨むレストランで開かれた披露宴で涙を流していた。誰もが感極まって泣いているのだと思っていたが、実のところそうではなく、人生において重要な節目に立っているというのに、自分はこの世に独りだと気づき、胸が痛んだのだった。子供の頃に母親を亡くし、父親は世界を飛びまわっていて不在、親戚も友もいなかった。

　僕の胸の内では、父に対して、母さんを独り占めできたことへの妬みと、親も友だちもいない結婚式を挙げなければならなかったことへの同情とが相半ばしていた。そんないろいろなことについて父と話をし、個々の出来事が父の目線から語られるのを聞いてみたいと思っていた。けれど、父はいつだって自分の「王国」――書類や本が信じられないほどうずたかく積みあげられた父の書斎を、母さんはそう呼んでいた――にこもっているのだった。僕らが父と顔を合わせるのは夕飯のときだけで、僕はたいてい、学校での出来事を話したくてたまらない弟のマルコに父を譲る。そして夜になるのを待ち、ベッドに入るまえに、書斎のドアをためらいがちに二度ほど叩くのだった。でも、すぐに叩いたことを後悔し、父の邪魔をしないようにドアを閉めたまま、「おやすみ《グーテ・ナハト》」と声を掛けた。すると父は、キーボードを叩く手を止めもせずに「おやすみ《グーテ・ナハト》、愛しい息子《シャッツ》」と返すのだった。

「それで、六月のある晩、彼女に会いにいこうと決心したんだ」うちで新年を祝うパーティーをしていたとき、父がそう言った。父は酔っていて、まわりをとり囲む陽気な友人たちが聴衆だった。片隅にいた僕は、不意打ちを食らうかたちで、父の視点から出来事が語られるのを聴いたのだった。

　その六月の晩、父は中心街の映画館で『ゴッドファーザー』を観ていた。ベティという名のブロンドの女学生と一緒だった。映画の真ん中あたりで、復讐心に燃えたアル・パチーノがシチリアに向かう。おそらくアル・パチーノは、きらめく海のうえの広大な空も、土埃の舞う田舎道の両側に自生するフィーキ・ディンディアも目に入らなかったし、オリーヴの葉陰に隠れて狂ったように鳴く蟬の声も聞こえなかっただろう。ところが若きクラウスは、光あふれるその風景をまえに、酔った心地になったのだった。話をしているときよりもうんと酔っていて、まるでウィスキーのボトルを一本飲みほしたかのような気分だった。目がくらむほど眩しいその光は、父親ハンスの写真で見たものとおなじだった。その後、アル・パチーノは褐色の肌の娘と出会い、彼女の美しさに心を打たれ、数シーンのあいだに恋に落ち、結婚する。それを観ていたクラウスは、自分も旅立ちたいという衝動に駆られた。そして、その褐色の肌の娘が、鳥肌が立つほど美しいバックミュージックとともに下着を脱ぎ、アル・パチーノがあの鋭い眼差しで、キスを待ち焦がれて震える彼女の穢れのない硬い胸のラインを舐めるように見つめると、クラウスは強烈な勃起を抑えることができなかった。ベティの手をズボンのジッパーのあたりに置いた。ベティが「クラウスったら、いやらしいのね……」と耳もとで囁いて手を引っ込めつつも、彼の腕のなかで、心地よさそうに、愛おしそうに身をまかせるのを感じながら、クラウスは汗ばんだ褐色の肌のヒロインの、温もりのある瞳に見惚れていた。オー・ゴット、ヒロインの瞳に浮かぶ笑みの美しいこと。なんてシャイで、官能的なのだろう。その瞬間、自分でも驚いたことにクラウスの脳裏にロザンナがよみがえり、恋に落ちた者に特有の胸の疼きを感じた。それまでもずっと心の奥では、アル・パチーノの花嫁によく似た、褐色の肌のロザンナだけを追い求めていたかのように。それは不思議というより、狂気の沙汰だった。何か月もまえに、しかもわずかな時間会っただけの彼女が突然、いったいどこからあらわれたのか。

　アル・パチーノが一人でアメリカに帰るシーンに移ったとき、クラウスは頭が痛いという口実を残し、一人で映画館を出た。アル・パチーノの物語がどのように終わるのかも、自分とベティとの恋愛がどうなるのかも、もはやどうでもよかった。彼の胸で疼いていたのは、ロザンナに対する想いであり、まるで間抜けのように彼女を逃してしまった自分に対する悔恨の念だった。

街全体が、生ぬるい液体に浸かっているようだった。クラウスは、息苦しさを感じながら街路を歩いていた。まったく最低な街だよ、と心の内で吐き捨てた。ここには澄んだ空気も、海から吹く潮風も、風にそよぐ木々の葉もないじゃないか。旅に出ろ、クラウス。出発するんだ。さもないと、この悪臭を発する窯のなかで、心までどろどろに溶けちまう。

道行く人たちが振り返って彼を見た。ふと気がつくと、アル・パチーノのようなジェスチャーをしながら独り言をつぶやいていたのだ。


こうしてクラウスは、ロッカルバという名前と、目指すべき方角をかろうじて知っているだけの村へと旅立った。ローマの南、長靴がもっとも細くなった部分の、ふたつの海のあいだにある丘のうえだ。自分の姿を見たときにロザンナが浮かべるであろう表情を想像しながら、時速百五十キロでヨーロッパを縦断した。

そしてついに、まぶしい光と、広大な空の下、左手にきらめく海と、土埃の舞う田舎道の両側に自生するフィーキ・ディンディアが見えてきた。オリーヴの葉陰では蟬たちが狂ったように鳴いている。そこには父親ハンスの足跡があり、彼はいま、無意識のうちにそれをたどっているのだった。クラウスは一連の景色を、あたかも写真を撮るように瞳の奥で静止させた。そうしてロッカルバの平原にさしかかったとき、廃墟のあいだにひっそりと佇む《いちじくの館》の焼け焦げた壁を見逃さなかった。

ジョルジョ・ベッルーシは、ハンス・ホイマンの息子が訪ねてきたことを喜んだ。なんといっても、クラウスは父親にそっくりだったのだ。だが、肝心のロザンナは、鳶色の瞳をかすかに細め、にらむように彼の顔を見据えた。それは、ハンブルクで彼のまえから立ち去るときに見せた眼差しとおなじものだった。それからドイツ語で「あなたにまた会えて嬉しいわ。ひどい人ね」と言った。その言葉を聞いたとき、一瞬、クラウスの顔から喜びの色が消えた。ところが次の瞬間、ロザンナは唇をかすめるようにして彼の頬にキスをしたのだった。

「つらいことはね、服の汚れとおなじで、家庭で洗い流すものなのよ」実際の行動で示しながらこの金言を教えてくれたはずの母さんが、自身のつらさについても、ジョルジョ・ベッルーシの汚れた服についても、長いあいだ口を閉ざしていたのだ。そればかりか、《いちじくの館》やロッカルバのことも一切語らなくなった。

　そんなある晩、母さんが僕の部屋に入ってきた。地中海沿岸の人に特有の、吸い込まれそうになる瞳で僕をじっと見つめると、いまにも堰が切れそうなすすり泣きの合い間に、ハート形の唇から、あらかじめ考え抜いた声を押しだして、ドイツ語で言った。「あたしの可愛い《マイン・シャッツ》フロリアン、お願いだから、ノーと言わないで《ザーク・ビッテ・ニヒト・ナイン》！」

　そしてひと呼吸おいた。母さんが、ノーと言わないで！　と頼んでいる。僕は状況が呑み込めずにいた。そのとき僕はマルコの相手をして、かつては自分のだった古い電車の玩具《おもちゃ》を組み立てるのを手伝っていた。気がつくと口でガタンゴトンと言い、電車の発着のアナウンスを真似ながら、一緒になって遊んでいた。そんな僕に、状況がわかるはずもない。母さんが話の続きを口にするのを待ちながら、僕はレールの切り換えをしていた。母さんがドイツ語で話すのは、なにか悪意のある策略で僕をからめとりたいときだった。ふだんは僕とはイタリア語で話す。僕は、母さんとおなじカラブリア方言の抑揚と、豊かで含蓄に富む言いまわしを身につけていた。母さんが続けた。「クリスマスに一緒にロッカルバまで行ってほしいの。あなたが必要なのよ。あなたの支えがね。お願いだから母さんを独りにしないで」

彼女の眼差しに宿る力すべてが僕の唇一点に注がれるのを感じた。まるで口をこじあけようとするかのように。するとそこから、思いつくかぎりでいちばん弱々しい答えがイタリア語でしぼりだされた。「僕が？　クリスマスにロッカルバまで？　クラウスと行けばいいじゃないか。母さんの夫はクラウスだろ？」

母さんは、僕の提案を一撃で打ち砕いた。「あの人と？　あの人は紙でできた人間みたいなものよ。頭はパソコンのモニターみたいに角張ってるし、小さな目をぎょろつかせるだけで、ベルリンの壁がとっくに崩壊したことにも気づいてやしない。話にならないわ。母さんは頼れる人が必要なの。手を貸してくれる人がね。ギターでも奏でながら歌ったらわかってくれるかしら？　書類のファイルしか頭にない人じゃ駄目なんだったら！」

母さんの言うこともあながち間違いとは言えなかった。銀行の仕事に忙殺される一方のクラウスは、家に帰ると、僕たち家族に愛情のこもった挨拶こそするものの、できるだけ早く自分の「王国」にこもりたくてたまらないのが見え隠れしていた。報告書をまとめたり、パンフレットを作成したり、あるいは銀行のローンを最大限有効に活用しながらマイホームを建てる方法だとか、社会に役立つプロジェクトを実施するために銀行から融資をとりつける方法だとかいった記事を執筆していた。週末、僕らと一緒に映画館やピッツァ店に行ったり、散歩をしたりすることもあったが、ごく稀だった。彼の仕事に対する情熱はひときわ強かった。知ってのとおり、情熱というものは自らをとりまく世界を見えなくさせてしまう危険がある。だけど僕は、クラウスに対して母さんほど批判的にはなれなかった。僕にとっての父は、不在というよりも控え目だった。僕が父を必要としていると、「王国」の薄暗がりから出てきて、手を差しのべてくれるのだ。それにひきかえ母さんは、「控え目」という言葉がなにを意味するのかさえ知らないような人だった。あまりにずけずけしていて、あの頃、よく僕が一緒に出かけていたハンネローレという名前のガールフレンドと、セックスをしているのかと訊くほどだった。それも、平然と尋ねるのだ。その日も、平然とこう言ってのけた。「あなたの父親をあてにしちゃ駄目。あの人は、活動的なことには向いてないんだから。母さんとあなたとマルコの三人で出発するの。ちょうど一週間後にね。飛行機のチケットも手配してあるから」

それは完全に度を超えていた。母さんがとっくに全部決めていたのだ。マルコは飛んだり跳ねたりしてはしゃいでいたけど、僕は怒りで爆発寸前だった。母さんはなに食わぬ顔をし、ときおり厚かましくも眼にきらりと光るものさえ浮かべながら、微笑んでみせるのだった。これで問題は解決したとばかりに。僕には、その旅がどれほどの緊急性を持つものなのかわからなかったし、母さんも敢えて説明しようとはしなかった。最後に家族そろって夏休みをロッカルバで過ごしてから、すでに七年半が経過していた。考えてみれば、ジョルジョ・ベッルーシが逮捕されてからというもの、夏をロッカルバで過ごす習慣をやめてしまったのは、ほかでもなく母さんだった。おそらく世間体を気にしてのことだろう。ときおり郷愁に駆られ、胸もとに拳をぎゅっと押しつけられたような感覚になることもあったが、それでも母さんは気をとりなおし、夏になると、僕らのために、ロッカルバによく似た、スペインやギリシアやトルコの小村での休暇を計画するのだった。白壁の家々のあいだを這うように路地が続き、至るところに熱風が滞留し、開け放たれた窓からはバジルとニンニクと唐辛子の香りが放出される、そんな村々だ。

そうやって何年も休戦状態を続けてきたくせに、いまごろになって僕を巻き込もうというのか。ロッカルバの凄まじい熱風の下で荒い息を吐きながらなんとかやり過ごしてきたいくつもの夏のあと、ようやく訪れたその方向転換に、誰よりも喜んでいたのは僕だったのに。

そのとき、クラウスが絶好のタイミングで書斎から出てきた。あと少し遅かったら、僕は四十という年齢を少しも感じさせない母さんの、あのビロードのようなすべすべの首ねっこにつかみかかっていただろう。クラウスは、いつものようにもの静かに母さんと話してから、晴れやかに言った。「ステキじゃないか。季節外れのヴァカンスが楽しめるなんて。いまの時期のカラブリアは、きっと信じられないほどきれいだぞ。休暇という贅沢が許されるなら、代わりに行きたいくらいだ」

もはや僕は完全に逃げ場を失った。こうなったらクラウスの首も絞めるか、情けないけれどおとなしく母さんについて行くしかない。僕にできるのは、怒りにまかせてドアをばたんと閉めて、家を飛びだすことぐらいだった。

怒りはなかなかおさまらなかったが、吹いてきた冷たい風に顔をぴしゃりと叩かれ、僕は平常心をとり戻すことができた。生きているという実感があり、幸せだと思えた。母さんの話については、それ以上考えないことにした。夜の時間まで台無しにしたくなかったからだ。その晩、僕はクラスメートの家でひらかれる誕生会に招待されていた。友だちに会えるし、ハンネローレとキスをし、僕がいまいる世界を心ゆくまで味わうことができる。もうひとつの、母さんに属する世界は、その存在を思い起こすだけで汗がじっとり滲んでくるのだった。一度も返事を書いたことがないのに、相変わらず送られてくるマルティーナの手紙を手に取るときもそうだ。親愛なるフロリアン、会いたくてたまらないの。親愛なるフロリアン、心から愛してる。大好きなフロリアン、なぜ返事をくれないの？　親愛なるフロリアン、日々は過ぎていくけれど、あなたへの想いは募るばかり。愛しいフロリアン、いつになったらロッカルバに戻ってくるの？　マルティーナは母さんとおなじく、頑固でしつこかった。やたらと甘ったるいところまで母さんに似ていた。

家に帰ると、母さんがテレビのまえに座っていた。一人で恋愛映画を観ていたのだ。どことなく寂しげで元気がなかった。思いっきりドアを叩きつけて出ていった夫か愛人を泣きながら見送るヒロインと、心の痛みを共有しているらしかった。父は書斎にこもって仕事をしているし、マルコはとっくにベッドに入っている。家のなかに漂うわびしさに、僕まで悲しくなった。もしかすると、騒々しくて活気に満ちた場所から戻ってきたせいで、そう感じただけなのかもしれない。

高速のエレベーターで二十階から一気に降りたときのように、胸の内がキーンとするのを感じた。息子としての思いやりが頭をもたげ、カモミールティーを淹れてあげようかと声を掛けたものの、ひと足遅かった。母さんは、まるで愛情たっぷりの支えであるかのように、湯気の立ちのぼるティーカップにすがりつきながら、ロッカルバでのクリスマスの話題を持ちだした。教会の広場で焚かれる大掛かりな篝火は、絶対に見逃すことのできない素晴らしい光景なのだと。そして、僕が母さんの話を嫌がらずに聴いていたものだから、自分のことを話し続け、初めてハンブルクに来たときのことを話してくれたのだった。母さんは終始穏やかで、楽しそうに語っていた。ところが、話が最高潮に達したところでいきなり口調を変え、話題を逸らした。そして、最期の望みを託す瀕死の病人のような声で、こう囁いたのだった。「それで、フロリアン、決めてくれた？　ノーと言わないでね。あなたに一緒に行ってほしいの」

僕は、母さんの哀願するようなうるんだ眼差しをはねのけることができず、下を向くと同時にうなずいた。

飛行機のなかでは、マルコを相手にひたすらスコーパ（トランプに似たカードゲーム）をしていた。ほとんど毎回、僕はわざと負けてやった。弟は、負けるたびにあれこれと言い訳をし、挙句の果てには兄さんがインチキをしたと訴え、反論すると泣きだすこともあったからだ。母さんは、心を奪われたかのようにイタリアの雑誌に読みふけっていた。祈禱書でもひろげているみたいだった。とはいえ読んでいたのではなく、きっと前もって心のウォーミングアップをしていたのだろう。一筋縄ではいかない生まれ故郷との久しぶりの対面が控えていたのだから。

途中、ローマのフィウミチーノに着陸する直前、母さんは読んでいた雑誌から顔をあげ、不快そうにあたりを見まわした。そのあと、ラメーツィアに向かう飛行機のなかでも、まるで旅のせいで舌が渇ききってしまったかのように、ひと言も喋らなかった。

僕らがラメーツィア空港に到着したのは午後の五時、叔父と叔母、それにテレーザがひとつの傘の下で待っていた。土砂降りの雨だった。母さんとエルサ叔母さんは、土砂降りと張り合うかのように泣き、しばらく固く抱き合ったまま離れなかった。カラブリアで雨に遭うのは僕にとって初めての経験であり、記念すべき発見をしたように息を呑んだ。母さんと叔母さんの感極まった泣き声や、従姉のテレーザから受けるキスや抱擁の嵐に恐れをなしたマルコは、僕のコートにぎゅっとしがみついていた。マルコがテレーザに会うのはそれが初めてのことであり、かくいう僕でさえ別人かと思うほど、テレーザは見違えていた。叔母さんの若い頃にそっくりの、グラマーな娘に成長していたのだ。エルサ叔母さんは以前に比べて肥ったようだった。あるいは、いまでもモデルのようにすらりとしている母さんの隣にいたせいで、そんな印象を受けただけなのかもしれない。「雨に濡れる姉妹は、幸せ姉妹」とブルーノ叔父さんは二人をからかった。「それにしても、いいかげん気が済んだだろう。いつまでもそんなことをしてると肺炎になっちまうぞ」と言って、二人を車に押し込んだのだった。

馴染みのない雨は別として、ブルーノ叔父さんのフィアット・テムプラがロッカルバの村に入ると、僕は、自分が一年ぶりに、つまり夏ごとに訪れていた子供時代とおなじ間隔で戻ってきたような気がした。いまや村はすっかりきれいになり、家々にも手入れが行き届き、道路や広場には四角い斑岩の敷石が敷きつめられていた。それでも、すべてが僕にとっては見慣れた風景であり、湧き起こる軽い眩暈《めまい》のような感覚も、かつてと少しも変わらないものだった。ただし、今回はうだるような熱風ではなく、降りしきる雨のせいでくらくらしたのだけれど。

僕はキッチンにいたお祖母《ばあ》ちゃんと久しぶりに抱き合い、歳とともに丸っこくひろがった、その懐かしい柔らかなふたつのふくらみを感じていた。バジルやオレガノやローズマリーの香りがする蒸気をまとったお祖母ちゃんが大小の鍋のふたを開けるたび、火山から噴きだす水蒸気のように手料理の匂いが立ちのぼるのだった。このときの眩暈は心地よいもので、僕を昔へと一気に連れ戻してくれた。ジョルジョ・ベッルーシのことを思いださずにはいられなかった。遠い昔の夏、うんと大きな西瓜《すいか》を肩にかつぎ、まぼろしのような笑みを浮かべた彼が、キッチンの白い光のなかに入ってくるのが見えた。あの頃はみんなで彼を出迎え、お帰りなさいと声を掛けたものだ。それがいまでは、誰も彼の名前を口にしようとすらしない。母さんさえも。そんな母さんが夕飯の席で、空っぽの家長の椅子を見て眼をうるませ、苦悩のあまりハート形の唇をぴくぴくと震わせはじめた。一瞬、その眼からは涙がこぼれ落ちそうになったが、もしかするとそれは、小悪魔《ディアヴォリッキオ》（カラブリア特産の強烈な唐辛子）を食べていたせいだったのかもしれない。

翌日は春のような温もりのある太陽が顔をのぞかせた。僕らに会いに来る人は皆、開口一番に言った。「お帰りなさい。いい天気を連れてきてくれたんだね」そして、お世辞めいた質問を続けた。「この立派な若者は誰だい？　そっちのかわいらしい坊ちゃんは？　美しい御婦人ときたら、ちっとも歳をとらないねえ」

ありがたいことに、母さんが僕やマルコの分も返事をしてくれた。母さんはたちまち昔のように饒舌になり、しだいに声も同郷の人たちに負けず劣らず大音量になっただけでなく、身ぶり手ぶりや表情まで、パントマイム役者並みに派手になった。ロッカルバの方言が理解できないマルコは、はじめのうち母さんが喧嘩しているのではないかと怯えたほどだった。

喧嘩しているわけじゃないと説明して、安心させてやると、マルコはほどなく、引っ込み思案にも警戒心にも打ち克ち、やがてここはちょっとした天国なのではあるまいかと思うようになった。大人は玩具やお小遣いをくれる聖人みたいだし、近所の子供たちは競い合うようにしてマルコのご機嫌をとり、一緒に遊びたがるのだった。

二時になるとテレーザが学校から帰ってきた。そして僕のそばに来ると、耳もとで囁いた。

「ほら、外で待ってるわよ」

すぐに僕は誰のことだか理解し、慌てて外に飛びだした。案の定、マルティーナがベランダの手すりにもたれて待っていた。僕の姿を見るなり、歩み寄ってきて手を差し伸べた。それは普通の友だちとしての握手だった。考えてみれば当然のことだ。いったい僕はなにを期待していたのだろうか。彼女が僕に抱きついてくるとでも？　マルティーナはタイトスカートに芥子《からし》色の革のジャケットを着ていた。その下で、小ぶりだけれど突きだした乳房がふたつ脈打っていた。細くてデリケートで、僕の記憶のなかの彼女よりも美しかった。ただ、冬のせいか、顔が青白いことに僕はちょっとがっかりした。鮮やかな緑のふたつのつぶらな瞳と、滝のように流れ落ちる艶光りした黒い巻き毛のおかげで、明るいイメージではあったけれど。

僕らはローマ通りを歩きだした。ときおり、見覚えのない人が挨拶してくる。たいていは母さんの親戚か、さもなければ僕の幼い頃の友だちだった。マルティーナは、僕が誰のことも憶えていないので呆れていた。「そんなことないさ」と僕は反論し、彼女を喜ばせるために言った。「マルティーナのことならいろいろ憶えてるよ」すると、険しい眼つきでにらまれた。おそらく僕の言葉を信じていないのだろう。そこで僕は話題を変え、飾らない質問をいくつかしてみた。そして、彼女も僕と同様あと一年半で高校を卒業すること、お姉さんは結婚し、旦那さんと一緒にスイスで働いていることを知った。マルティーナには彼氏がいなかった。これまで一人も彼氏ができたことはなかった。口説かれたこともあったし、付き合ってと言われたことも何度かあったけれど、本当の意味で彼氏や恋人と呼べるような相手は一人もいなかった。僕にはその理由がわかるはずだとも言っていた。ありがたいことに、彼女は手紙のことには触れなかった。僕を困らせるつもりはなかったのだろう。

ロッカルバの集落のいちばん外れの家を通りすぎ、僕らはしばらく黙りこくったまま歩いていた。運動場を通り越し、舗装のされていない道を歩いていくと、常盤樫《ときわがし》の森に分け入り、やがてちょっとした公園に出た。できて間もない公園らしい。僕はその新しい発見に心が弾み、話しているうちに、森のさわやかな空気で肺が満たされるのを感じた。そのうちに、ベンチや子供が遊べる滑り台などが設えられたピクニック用の広場に行き着いた。中央には8の字形の小さな池がある。粘土色の水面に、数枚の枯れ葉や、池を取り囲む木の杭の皮が浮かんでいた。金魚が何匹か、力なくわびしげに泳いでいた。まるで世界の終わりがすぐそこまで迫っているとでもいうように、希望が感じられなかった。僕には金魚たちのおかれた境遇があまりに哀れなもののように思えた。逃げ場のない孤独を強いられている気がしたからだ。思わず、マルティーナの温かな手をぎゅっと握った。どうしていいかわからずに戸惑う子供のように。マルティーナはそんな僕の行動を彼女なりに解釈し、こう言った。「あたしも、会いたくてたまらなかった」

それからの一連のシーンは、僕が実際に体験したことというよりも、映画館の座席から鑑賞しているような感覚だった。僕らの目のまえで森がゆっくりとひらけ、一羽の駒鳥が春が訪れたかのようにさえずり、下方の渓谷からは沢の静かなせせらぎが響く。マルティーナの瞳には常盤樫の葉が映り込み、ふだんよりも濃い緑になっていた。僕の唇が触れるよりも早く、彼女の唇の温もりが伝わってきた。

クリスマスの前日も、僕はマルティーナと一緒に森のなかの池に行った。そこは二人のお気に入りの場所になっていた。静かで人気《ひとけ》がなく、互いの話をし、キスを交わすにはうってつけの場所だった。金魚には、パン屑や、釣りを趣味にしているお父さんからマルティーナがこっそりくすねてきた生きたミミズを持っていった。デザート代わりにパネットーネ（クリスマスに食べるドーム型の菓子）の切れ端を少しあげてみたら、大喜びで食べていた。このあいだよりも元気に跳ね、幸せそうに見えた。「僕みたいだ」とマルティーナに言い、君のおかげでロッカルバでの冬休みが楽しく過ごせると打ち明けた。

家は興奮の渦に包まれ、上を下への大騒ぎとなっていた。それは僕にとって馴染みのない光景だった。クリスマス前夜の晩餐には十三種類の料理を食べる伝統があり、女の人たちはみんなその準備にかかりきりだったし、マルコはマルコで、クリスマスの晩に焚く篝火用に各家庭が寄付する薪を集めるために、友だちと一緒に村をあと一周するのだと話していた。村の子供たちはもう一か月以上もまえから、ときには手押し車も使いながら、薪集めの仕事をしてるんだ、とマルコは言っていた。ここ数日は大人たちも手伝い、トラックや耕運機に常盤樫や楢やオリーヴの幹や根を積み込んで、野山から運んでいるらしい。マルコは一連の作業に夢中で、ロッカルバで永遠に薪を集めていたいと思っているらしかった。

ご馳走を味わったあと、僕らは妊婦のようなぱんぱんのお腹で教会のまえの広場に行き、薪の山に火がつけられるのを見た。こんなにうずたかく積みあげられた薪でも、翌日にはすべて燃えつきるんだよと、ブルーノ叔父さんが話してくれた。そのあいだにも、風ひとつない夜の闇のなか、火はゆっくりと燃えあがり、まるで大きな灼熱のドリルのように薪の山に穴をあけていくのだった。

若者のグループに交じってマルティーナの姿が見えた。それからほどなくして、ミサの始まりを告げる教会の鐘が鳴り、家族がみんな教会に入っていったので、彼女と二人になれた。僕はまず、クリスマスの篝火について話した。本物を見るのはこれが初めてだけど、母さんからしょっちゅう話を聞いてたから、懐かしい気がする。それから、マルティーナへの想いを口にした。午後もずっと僕らの金魚のいる池で一緒に過ごしてたのに、夜にはもう会いたくてたまらないんだと。僕は彼女の手を握り、自分の体内から湧きだしたとはとうてい思えないほどの優しい気持ちで篝火を見つめていた。そのとき、炎の向こうに一台のタクシーが停まり、僕の注意はそちらに引きつけられた。一人の乗客が降りてくる。片方の肩に提げた軍用リュックがいかにも重たげで、あやうくバランスを崩しそうになっていた。篝火を囲んでいた群衆が、いっせいに好奇の眼を向けた。背が高く、腰がいくぶん曲がっている。顔の輪郭は、つば広の夏用の帽子と頬骨のあたりまで覆っているシルバーグレイの長くて濃い鬚に隠れてよく見えなかった。春秋物の黒っぽいだぶだぶのスーツに、白のワイシャツを着ていたが、襟は皺くちゃだった。僕には、それが誰なのか咄嗟にはわからなかった。おそらく、ひと目でわかった者は誰もいなかっただろう。イタリアでは十二月の二十四日は冬だということも知らずに、南半球のどこからかやってきた、老いた旅行者のようだった。篝火のまえに立つと、足もとにリュックを置き、村の若者や老人たちがあれはいったい誰なのかと小声で尋ね合っていることなどお構いなしで、放心した様子でひたすら炎を見つめていた。

それは荘厳な炎だった。男が到着するまでは、ロッカルバの住人の大半が、鐘楼に届きそうな勢いの火焔や、八方に爆《は》ぜたかと思うとたちまち闇に呑み込まれていく火花を驚嘆の眼差しで見守っていた。ところがいまや、その男が群衆の注目を一身に集めながら、まるで昔の恋人のように篝火を独り占めしていた。炎を手で撫でたかと思うと、その手を力いっぱいこすり合わせた。そうして、顔だけでなく、両腕をひろげて全身を温め、しまいには、まるで古代のダンスを踊っているようにゆっくりと回転しながら、曲がった腰まで温めるのだった。その晩は湿気を含んで寒かった。そのため、男の頭がおかしいのだとは誰も思わなかった。その光景をおもしろがって見ていた子供や若者も、ふだんなら知りもしないうちから判断を下し、悪口を言う傾向にある彼と同年代の年寄りたちも。それよりも、タクシーから降りてきたその男がいったい何者なのだろうかと尋ね合っていた。どこかで見た顔のような気もするが、いつ会ったのかもどこで会ったのかもわからなかった。いずれにしてもボンザイレ（ブエノスアイレスのこと）から戻った移民ではなさそうだ、と年寄りたちは言っていた。連中は荷物を行李に詰めてくるからな。たいして物が入らない軍用リュックなんて使わんだろう。まったく、どこまで詮索好きなんだ！　僕はそんな村人たちに我慢できなかった。一対一で話をするのならまだ救いようがある。たしかに考え方は古いが、筋が通っていた。ところが大勢で野次馬をしはじめると、蟬よりもやかましく、しつこくてお節介、おまけに噂好きで厚かましくなるのだった。その一方で、僕自身もその男に好奇心をそそられていた。好奇心というより、むしろ不安が募ったといったほうがいいのかもしれない。僕はマルティーナを目線で撫でまわし、彼女の火照《ほて》った乳房を肘でまさぐるのをやめ、篝火の向こう側で炎とのゆったりとしたダンスを続けている見知らぬ男をじっと見た。

　マルティーナは、僕が目を開けたまま眠ってしまったみたいだと言った。僕が石のように動かなくなったので、彼女のほうから、僕のぬくもった肘に乳房を押しつけてきた。

そのときふいに、僕は全身が震えるのを感じた。篝火の熱とマルティーナの熱が混じり合って、石まで溶かすほどの熱さだったというのに。その男の正体を理解した僕は、遠くから到達する間延びした雷に打たれ、心臓が引き裂かれそうになっていた。母さんがなんとしてでもロッカルバに帰りたがっていた理由は、これだったのだ。僕は、ジョルジョ・ベッルーシが刑期を終えることがあるなんて思ってもいなかった。終身刑を宣告されたものとばかり思っていたのだ。

いや、ジョルジョ・ベッルーシは間違いなく終身刑になったはずだ。ということは、ここで踊っているのは彼ではない。僕は、真実を告げる雷鳴に打たれたことも忘れ、心の奥でそう念じていた。冬なのに夏だと思い込んでいる血迷った男。ロッカルバをリオと勘違いし、クリスマスの篝火をカーニヴァルに見立てている。マルティーナの瞳から放たれる恋の稲妻に集中する代わりに、心のなかで轟く雷鳴に耳を傾けるなんて、僕まで頭がおかしくなったんだ。マルティーナはキスが欲しくてうずうずしてるじゃないか。硬く突きでた乳首なんて、いまにも破裂しそうだ。もし今晩、出稼ぎに行って留守にしているお姉さんの家にマルティーナを連れていかなかったら、尻を蹴飛ばされ、二度と会ってもらえないだろう。

夜中の十二時まであと数分だったので、僕は聖夜をどのように過ごすつもりでいるのか、マルティーナの耳もとで囁いた。「もう少ししたらここから抜けだそう。真夜中の鐘が鳴ったら、みんなが祝福をかわすために騒がしくなるから、その隙に出ていくんだ。どうかな？」

秘密を共有し、そわそわしはじめた彼女が巻き毛を揺らしながらうなずいた瞬間、男は踊るのをやめ、大仰な身振りで両手を天に掲げ、陽気な声でわめいた。「俺のことがわからんのか？ ジョルジョ・ベッルーシだよ。ジョルジョ・ベッルーシ。俺の声を憶えているだろ？ 忘れるわけがない。俺だよ。俺だ。生身のジョルジョ・ベッルーシだ。こうしてまたみんなのもとに戻ってきたんだ。故郷のクリスマスの篝火のまえにな。ジョルジョ・ベッルーシが帰ったぞ」

御子イエスの誕生を告げる鐘がロッカルバの村に鳴り響きはじめると、ジョルジョ・ベッルーシの声色は滑稽なほど大袈裟になり、大盤振る舞いをはじめた。「俺は今日、みんなのもとに生まれ変わったんだ。ここが俺のベツレヘムだ。みんな、飲んでくれ。俺がご馳走する。若い者たち、バールに行って、ビールにオレンジジュース、コカコーラをケースごと運んでくれ。コニャックの瓶も忘れるな。支払いは俺が持つ。このジョルジョ・ベッルーシがな！」

教会の鐘がにぎやかに鳴り響き、御子イエスの誕生とジョルジョ・ベッルーシの再生を祝って群衆が拍手し、篝火の炎がパチパチと陽気にはじけ、人々が握手をしたり頬にキスをしたりしながらクリスマスの祝福を交わし合うなか、ビールのケースやコニャックの瓶の第一陣が到着した。最初は遠巻きに囲んでいたジョルジョ・ベッルーシと同世代の昔馴染みたちが、驚きと好奇心に満ちた眼差しで代わる代わる彼を抱擁し、本当に生身のジョルジョなのか確かめるために、前屈みになった肩をぽんぽんと叩くのだった。

「フロリアン、あなたのお祖父《じい》ちゃんが帰ってきたのよ！　挨拶をしに行かないの？」マルティーナが言った。僕は返事もせずに、知らぬふりをしていた。なにも理解できず、なにも聞こえていなかった。お前にはれっきとした口実がある。少しも確信が持てないまま、自分自身にそう言い聞かせていた。堪えろ。堪えるんだ。義務感に負けてあの男を抱きしめになんて行くんじゃない。クリスマスの夜が台無しになるじゃないか。

「フロリアン、どうしたの？　あの人はあなたのお祖父ちゃんよ。お祖父ちゃんが帰ってきたのよ」マルティーナは引き下がらなかった。僕はクリスマスおめでとうと言いながら、やっとのことで彼女を力いっぱい抱きしめた。
「あとで挨拶に行くよ。あとでね」彼女の耳もとで囁いた。一刻も早くその場を逃げだしたかった。彼女と一緒でも、一人でもいい。ロッカルバの村から、なによりジョルジョ・ベッルーシから遠く離れた、世界の果てに行ってしまいたかった。母さんが教会から飛びだしてくるのが見えた。次いでお祖母ちゃん、エルサ叔母さん、そしてテレーザが一列になって、群衆をかきわけながら篝火のほうへと突進していく。ジョルジョ・ベッルーシの首にすがりつくために。僕はマルティーナの手をつかむと薄暗い路地に紛れ込み、ときおり互いの服の下に手をしのばせたり、舌先を耳のなかに入れたりしながら、マルティーナのお姉さんの家へと向かった。ふだんは人がいないせいで冷え切っていたその家も、十八歳の僕らの肉体からほとばしる炎ですぐに暖まるはずだった。頭のなかでさえ「お祖父ちゃん」と呼べないあの男には、明日、家で挨拶をすればいい。ちっとも気が進まないけれど。

マルティーナに最後のキスをしたのは朝の四時、彼女を家の門まで送っていったときだった。燃えさかる情熱と驚嘆がひと晩じゅう続いたあとで、僕は消耗しきっていた。リコッタチーズのようになった脚には力が入らないうえ、頭がぐわんぐわん鳴っている。遠くに、もう炎のあがっていないクリスマスの篝火が見えた。あれほど壮大な山だった薪が、いまや見る影もない炭火の丘となっている。教会のまえの石段で、若者がいくつかのグループに分かれて座り、談笑し、酒を飲み、煙草を吸い、暖をとっていた。ジョルジョ・ベッルーシについて答えに窮するようなことを言われるのが嫌だった僕は、姿を見られないようにわざと遠まわりし、犬のおしっこ臭い裏道を通った。僕も犬の真似をして、通り沿いのガレージの壁に派手な音を立てながら長々と立ち小便をしたあと、家に入った。

　家族を起こしたくなかったから、灯りも点けなかった。コウモリのように感覚を研ぎ澄まし、物音を立てないよう注意しながら、ほとんど息をとめたまま進んだ。みんな寝静まっている……。最初はそう思った。ところが、お祖母ちゃんたちの寝室がある二階から、苦しげな犬のような、押し殺したうめき声が聞こえてきた。僕はその声の正体を突きとめたいという衝動に駆られ、靴を脱ぎ、足音を忍ばせて大理石の冷たい階段をのぼっていった。ドアの隙間からひと筋の光が洩れていた。おかげで、僕は声を聞くだけでなく、部屋の光景をのぞき見ることもできた。誓ってもいいが、いつもの僕だったらのぞきなんて考えられないことだけど、そのうめき声が聞き慣れないものだったことと、なによりジョルジョ・ベッルーシが七年半ぶりにお祖母ちゃんと寝ているという事実に、たまらなく好奇心をそそられた。

　僕は、二人が抱き合って眠っているか、あるいは感極まって泣いているところを想像していたのだが、とんだ思い違いだった。二人はセックスの真っ最中だったのだ。服を着ていたときよりもさらに痩せて見える腰の曲がった白髪のジョルジョ・ベッルーシが、ぽってりとした僕のお祖母ちゃんを鷲づかみにし、マルティーナに負けないくらい激しく弾んでいる豊かで大胆な乳房をしゃぶりながら、その道のプロのように突きまくっていた。正直なところ、そんなふうに欲情に衝き動かされた愛の営みが年寄りにできるなんて考えたこともなかった僕は、その様子に見入っていた。心のなかでは嫉妬し（お祖母ちゃんをとられたことに対して）、腹を立て、嫌悪感を抱いている自分を演じようとしていたが、しょせん偽りの感情を並べたてているにすぎず、眼のまえの薄闇にほとばしる情熱の美しさを打ち消せるものはなにひとつなかった。お祖母ちゃんがお尻を突きだして腹這いになり、ジョルジョ・ベッルーシがそのうえに猛る若馬のようにまたがるのを見たとき、僕はあまりに情けないことをしている自分に気づき、部屋に戻った。

ベッドに入ってからも、小一時間は喘ぎ声が聞こえてきた。やがて二人はとうとう睡魔に負けたらしく、僕もまた彼らと一緒に眠りに落ちた。

翌朝の十時、母さんは僕をベッドから引きずりおろした。「お祖父ちゃんがいるの。お祖父ちゃんが帰ってきたのよ。いつまでも寝てないで起きてちょうだい。お祖父ちゃんが帰ってきてるの」息もつかずにまくしたて、パジャマ姿の僕を居間に押し込んだ。クリスマスという聖なる日、そこには神聖なる家族が顔をそろえていて、まるでおくるみに包まれた赤ん坊のようにジョルジョ・ベッルーシをちやほやしていた。愛情、荒れて赤味を帯びた唇や額へのキス、愛撫、愛や喜びをささやく声……そういったものが、麻のシーツで永久に保護された革のソファーへと波のように押し寄せた。それは実質的に小さな玉座であり、彼がいないあいだは誰も座ることのできなかった場所だ。筋金入りの夢想家ジョルジョ・ベッルーシは、そんなふうに凱旋の歓迎を受けることを、きっと何度も獄中で夢見たことだろう。それでもやはり驚きは隠せないらしく、心の底から湧いてくる笑みが、鬚を剃り落としたばかりで若返って見える顔に輝きを添えていた。

「おはようございます」僕は、革の玉座のまえで足をとめて挨拶したものの、戸惑いを隠すために欠伸《あくび》をした。

ジョルジョ・ベッルーシは黒いコーデュロイのズボンを穿き、僕の赤いハイネックのセーターを着ていた。その若者のような出で立ちと鬚のない顔、ひと晩じゅう愛を交わしていた者ならではの瞳のきらめきのおかげで、昨晩、クリスマスの篝火のまえで踊っていた老人の息子ではないかと思えるほど若々しかった。腰までぴんと伸びている。

「礼儀がなってないんだから」と母さんが僕をたしなめた。「お祖父ちゃんにきちんとご挨拶なさい」それでも僕がその場ででくの坊のように突っ立っているものだから、僕をお祖父ちゃんの腕のなかに押し込んだ。

「フロリアン、おおフロリアン」ジョルジョ・ベッルーシは感極まってつぶやくと、そのまま二分ほど僕を抱きしめ、繰り返しキスをした。「フロリアン、ずいぶん立派な若者に成長したな。ほら、どれくらい背が伸びたのか見せておくれ。とっくに俺を追い越してるじゃないか。背にかんしては、母親の血をひかなくてよかったな。お前の母親はコルクの栓みたいにおちびだからな。でも、それ以外は母親によく似て美男子だ。文句なしだよ。お前の母親は、マルコとフロリアンという二人の宝を産んでくれた。二人ともロッカルバ一の、いや世界一の孫だよ。マルコや、お前もこっちにおいで。この祖父さんを抱きしめておくれ。テレーザ、お前も美しい娘になったもんだ。女優さんみたいにきれいだな。お前の母親が若い頃も、そんなふうにきれいだったね。父親にはちっとも似てない。俺の娘のエルサにロザンナ、お前たちもここに来ておくれ。二人とも自慢の娘だ」

ブルーノ叔父さんは舅に向かって微笑もうと努力はしていたものの、内心ではきっと首を絞めたいと思っていたのだろう。お祖母ちゃんはといえば、神々しいまでに幸せそうだった。無事家に帰った夫、ふたたびそろった家族、素晴らしいクリスマスの晩……。愛にあふれるその光景に、自分の眼が信じられない思いだったにちがいない。

僕は、何人も折り重なるようになっていた家族の塊から抜けだし、ちびちびとコーヒーをすすった。ジョルジョ・ベッルーシはなおも言葉を続けた。「フロリアン、おおフロリアン。お前は機転が利き、頭もよく、立派な若者だ。高校に通ってるんだってな。成績も優秀で、落第したこともないそうじゃないか。学校というのはいいもんだ。俺は中卒だが、本だけはたくさん読んだよ。ここにいるお前の高卒の叔父さんだって敵わないくらいにな。ところで聞かせてくれ。彼女はいるのか？　その怪傑ゾロ風のちょび髭から推測するに、どうやらいそうだな」挙句の果てには、片目をつぶりながら、耳もとでこう言った。「突き刺すんだ、フロリアン、やれるかぎりやっておけ。さもないとあとで後悔するぞ。一人たりとも逃すんじゃない」その場にいた全員が聞いていた。女の人たちも、マルコもだ。七歳のマルコだけが、いやらしい笑い声をあげた。

　僕は軽い笑みで受け流した。おはようございますと言ったあと、僕の口から出たのは、「うん」が二度ほど、「ふうん」が何回か、それと「どうも」と「ありがとう」だけだった。マルコはといえば、もうずっと昔から使い慣れていたかのように「お祖父ちゃん」という言葉を連発し、「ジョルジョお祖父ちゃん」に、クリスマスの篝火や飛行機での旅のこと、カードゲームではいつも僕を負かしていたことなどを得意げに語るのだった。さいわいジョルジョ・ベッルーシは、マルコの話に耳を傾け、嬉しく思っていることが伝わってきた。マルコをかわいがり、褒めもした。そして僕が無口なことなど気にも留めていないようだった。その後は――昼食のあいだと食後――僕がいることにすら気づいていない様子だった。というのも、家がまるで混雑したバールのようになり、男や女が入れ替わり立ち替わり入ってきたからだ。大半が祖父母と同年代の年寄りだったが、なかには若い親戚や、学生や子供も交じっていた。そして、アマーロ（薬草から作られる苦味のあるリキュール）やウイスキーやコニャックをショットグラスで飲み交わし、ビールやオレンジジュースや炭酸水や果汁を飲んでいた。飲んでは、ジョルジョ・ベッルーシと抱擁やキス、小声を交わし合い、おなじ挨拶や褒め言葉をなんども繰り返すので、しまいには聞いていて反吐が出そうになった。元気かい？　お蔭さまで悪くないね。こっちもだ。ああ、お前もか。ちっとも歳をとらないねえ。そういうお前さんだって変わらんよ。いくらか白髪が増えて、歯が何本か抜けたくらいだ。とにかくお前がいなくてさみしかったよ。俺もだ。若い衆とおなじくらい元気だね。ああ、当然だろう。そっちは？　そっちもかい？　ああ、わしもだよ。そのたびごとに無理に声をあげて笑い、時には、もはや苦悩の存在しない世界へと旅立っていった知り合いの名前で言葉がつまり、感極まるのだった。俺たちは健康でありがたいねと言いながら。監獄での暮らしに触れる者は誰一人おらず、ジョルジョ・ベッルーシが犯した残忍な殺人のことも話題にのぼらなかった。それは紛れもなく気遣いであり、思いやりであり、忘れたいという願望でもあった。あるいは弱さだったのかもしれないし、当時の新聞に書かれたような、「勇敢な殺人者」の心を乱すことになるという危惧だったのかもしれない。なににせよ、アメリカに移住し、二十年ぶりに帰国した老いた知人に挨拶しているようだった。ただしジョルジョ・ベッルーシは、老いたラ・メリカ帰りの者たちとの共通点はひとつもなかった。故郷の村や辛い郷土料理、永久《とわ》の安らかな眠りにつくための小さな墓地といったものに対して強烈な思慕の念を抱いてはいなかった。彼は、歩みを中断することを余儀なくされた血塗られた場所から、ふたたび歩きだすために戻ってきたのだということを、僕はそれから間もなく理解することになる。とにかく彼は試みるつもりでいた。何年も服役していた者にしては、あまりに晴れやかだった。少なくとも表面的にはそう見えた。頭のなかで実際になにを考えているのかは、本人しか知りようがないのだから。軍用リュックに手を突っ込んでは満面の笑みを浮かべ、挨拶に訪れる客たちに、煙草の箱やナイロンのストッキング、板チョコ、チューインガム、リキュールのミニボトル、こぶし大のパネットーネ、ミニサイズのトローネ（ヌガーに似た菓子）や飴、あるいは最新モデルの赤いフェラーリのミニカーなどを配るのだった。こうして、「ほんの気持ちだよ」という言葉とともにジョルジョ・ベッルーシから渡された品を手にした大勢の人々は、うちの居間やキッチンから出ていき、その足で村の広場やバール、あるいは親族の家まで、クリスマスの挨拶に向かうのだった。なかには、本人から遠く離れ、相手をすくみあがらせる彼の鋭い視線の届かないところに行ってから、若者や余所《よそ》から来た者に、ジョルジョ・ベッルーシがなにをしてそれほど重い刑罰を科せられたのかを話して聞かせる者もいた。

ようやく出掛けることにした僕は、仲間たちと広場でジョルジョ・ベッルーシについて話しているマルティーナを見つけた。敬意をこめて「ズ・ジョルジョ」つまり、ジョルジョおじさんと呼んでいる。マルティーナをはじめとする何人かは、彼のことをなんでも知っていて、勇敢で「肝のすわった男」だと言っていた。なかでも、仲間内では早くも「アルクーリ弁護士」と呼ばれている法学部の学生などは、専門知識を交えながら、ジョルジョ・ベッルーシには脅迫や暴力を受けていたという情状酌量の余地があったにもかかわらず、加重事由のために八年近くも収監されることになったのだと解説していた。つまり、殺し方があのように残酷だったうえに、遺体を店の壁に羊肉のように吊るすという残忍な仕打ちをしたからだ。もしジョルジョ・ベッルーシを早々に釈放したならば、連中にみすみす報復しろと言うようなものだったと「アルクーリ弁護士」は言い添えた。国家としてはそんなことを認めるわけにはいかなかったのだ。

僕は頭が混乱していた。なんと言えばいいのだろう。ジョルジョ・ベッルーシが自分以外の誰かのお祖父ちゃんだったらよかったのに、なんて言えるわけもない。そんなに英雄が欲しいなら、くれてやる。あと十日もすれば、僕はジョルジョ・ベッルーシからもロッカルバからも遠く離れたところに帰ることになっていた。残念なことにマルティーナからも。そう考えたとき、僕は悲しくなった。僕が二人きりになりたがっていることを表情から察したマルティーナは、口実をつくって友だちの輪から離れてくれた。そうして僕らは二人で金魚のところに行き、あたりが暗くなるまでずっと唇を重ねていた。

夕食のあいだ、ジョルジョ・ベッルーシは終始朗らかで、やっと家に帰ってこられて嬉しくてたまらないのだと見られるよう、精一杯の努力をしていた。それでも僕は、なにか言葉では説明のつかない脅威のようなものを感じていた。彼のことを注意深く観察してみた。黄ばんだ歯にオリーヴ色の肌をしていて、閉じた目を指の腹でこすっているときには、疲れ果てた病人のような印象を受ける。ところが目を開けたとたん、瞳からは途切れることのない、野性味あふれる輝きが放たれるのだった。それは、いままさに半狂乱のギャロップを始めようとしている馬の眼の輝きに似ていた。

ジョルジョ・ベッルーシはクリスマス休暇が明けるのすら待たなかった。聖ステファノの祝日（クリスマスの翌日、十二月二十六日）の次の日にはもう、野畑に出て働きはじめたのだ。そしてその晩、ブルーノ叔父さんを捕まえて激怒していた。俺の楽園を、茨や灌木、雑草のはびこる地獄に変えてしまったと憤っていたのだ。《いちじくの館》は藪に呑み込まれ、息もできないありさまだ。オリーヴの木はぼさぼさの髪のように枝が伸び放題で、いちじくや、サン・ジョヴァンニ種の洋梨や、枇杷の木と枝がからみあってる。あれじゃあ、秩序のないジャングルだ。まったく信じられない。それにあのフィーキ・ディンディア。そこかしこから芽を出したフィーキ・ディンディアが密生し、巨大化し、かつては宝石のような畑だった一帯を我がもの顔で占領している。もはやフィーキ・ディンディア畑だ。「よく見たら、お前のケツの穴にもフィーキ・ディンディアの杭が突き刺さってんじゃねえのか?」そんなふうにブルーノ叔父さんを罵倒したのだ。「お前の目は節穴か？　あんなふうに畑が荒れ果てるのを見ても、心が痛まんのか？　そのでっぷりふくらんだ腹を酷使したくなかったら、せめて日雇いの労働者でも使えばよかったんだよ。それでも利益は確実に出たはずだ。あそこは誰もがうらやむいい土地なんだからな」

ブルーノ叔父さんは、数日前、台無しになりかかっている畑をどうにかしてくれないかとお祖母ちゃんに頼まれたときにわめいていたのとおなじ弁明を口にした。「僕は自分にできることをするまでだ。僕は農夫じゃない。支店長なんだ。支店長としての義務はきちんと果たしてる」

「支店長なんて聞いて呆れるね」ジョルジョ・ベッルーシが応じた。娘婿とは昔から全然そりが合わなかったのだ。「俺がいなくなったら、野も畑もお前らのものになる。お前の義務は、子供を育てるのとおなじように土地にも手をかけ、きれいに保つことなんだ」

僕には、ブルーノ叔父さんが哀れに思えた。なにもあんなふうに口汚く、野卑に罵ることはないだろう。だけど、ジョルジョ・ベッルーシの言っていること自体は正しかった。ブルーノ叔父さんは間違いなく怠け者だったのだ。畑には月に二度ほど、保険会社の仕事を午前中で切りあげ、午後に行くだけだった。そして翌日も、そのまた翌日も、午後はまず昼寝をし、それからバールに行って、サラリーマン仲間とカードゲームに興じるのだった。しかも、高慢で疑り深い性質《たち》だったため、ごまかされることを恐れ、農夫に土地を貸そうともしなかった。

ワインを一口すすったジョルジョ・ベッルーシは、ついでに葡萄畑のことも思いだした。「葡萄畑だってひどいもんじゃないか。放置された葡萄の木が、あちこちに落とされた獣の糞のようにうねってる。まったく、泣きたくなるね。信条に反するから泣きはしないが。とにかく、お前も明日から、仕事が休みの日はいつも、俺と一緒に畑に出て働くんだ。どうやったらおまんまが食えるのか、教えてやろうじゃないか」

ブルーノ叔父さんは怒りのあまり青ざめていた。「なにもかも思いどおりにするために帰ってきたのなら、勘違いもいいところだ」そう言い放つなり、食卓から立ちあがると、ドアをばたんと叩きつけて出ていった。

ところが翌朝、叔父さんは誰よりも早く起きだした。おまけに、僕のことを六時に起こすという素晴らしい考えを思いついた。「フロリアンも来て、手伝ってくれよ。一緒に楽しもうじゃないか」僕は、目を開けていられないほど眠かった。マルティーナと夜じゅう、お姉さんの家で一緒に過ごし、二時間ほどまえに帰ったばかりだったのだ。それでも嫌だとは言いたくなかった。失礼だと思ったのだ。ただ、身体《からだ》がちっとも思いどおりにならず、毛布は鉛のように重く感じられ、手足は石のようで、動かすことができなかった。ブルーノ叔父さんは、僕をベッドから引き剝がそうとした。「さあ、ほら、フロリアンも来るんだ」

それは命令というより、助けてほしいという哀願だった。叔父さんは、舅であるジョルジョ・ベッルーシと二人きりで丸一日を過ごしたくなかったのだ。その気持ちは容易に察することができた。ありがたいことに、僕の手足がようやく言うことをきいて動きはじめた頃、ジョルジョ・ベッルーシの声がして、叔父さんにこう告げた。「若いもんは放っておけ。昨晩《ゆうべ》は四時に帰ってきたんだ。別の日に手伝ってもらえばいいだろう」

そうは言っても、それからも毎晩、僕は明け方近くに帰宅したし、ジョルジョ・ベッルーシは僕を起こそうとしなかった。疲れ切っていた僕は、そんな彼に感謝しつつ、正午近くに起きだし、午後はマルティーナと大通りや公園を散歩して過ごした。そして夜になると、彼女の仲間たちと街に繰りだしては、ピッツァを食べたり映画を観たりした。それから、いったん家までマルティーナを送り、そのまま暗い路地に身を隠して、彼女の両親が寝つくのを待った。やがて、お姉さんの家の鍵を握ってマルティーナが出てくる。その長い時間、僕は身を震わせていた。ようやくベッドで二人きりになると、心を奪われた不慣れな旅人のように唇で彼女の身体を縦横にまさぐりながら、マルティーナがハンネローレよりもはるかに美しく、温もりがあり、恋焦がれていることに気づくのだった。

そんなある午後のこと、ジョルジョ・ベッルーシは、メタルグレーの古ぼけたシムカに僕を乗せて、「《いちじくの館》に行くぞ」と言った。後部座席には母さんとマルコが乗っていた。「お前たちが帰るまでに、工事が始まるのを見せておきたいんだ」彼がそう言うのを聞いて、僕は深く考えもせずに尋ねた。「なんの工事？」ジョルジョ・ベッルーシは、鋭い眼光で僕のことを射貫いた。背後では母さんとマルコがひそひそとなにかを言い、苦笑している。

「なんの工事？」ジョルジョ・ベッルーシが、信じられないという面持ちで、僕の口調をそのまま真似た。「いまやロッカルバだけじゃなく、近隣の村々までこの噂で持ちきりなんだぞ。マルコだって知ってるというのに、お前さんはよくぬけぬけと『なんの工事？』だなんて訊けたもんだ。フロリアンは阿呆か？　それとも阿呆のふりをしてるのか？」ブルドーザーのまえに車を停めた。

「阿呆なんだよ。兄ちゃんはすごく阿呆なんだ、お祖父ちゃん」彼のまわりをぴょんぴょん跳ねながら、マルコが口を挿んだ。ジョルジョ・ベッルーシは黙ってろという手振りをし、人差し指で舗装された道路の向こうを示した。生い茂るオリーヴやいちじくや洋梨の枝のあいだに、いたずら好きの子供が出した舌のように、粘土質の空き地がある。僕たちは無言のまま、近くまで歩いていった。父親の手をしっかりと握っていた母さんは、とりわけ感無量だった。ひっそりと静まり返った平原で、《いちじくの館》の廃墟が僕らを待ち受けている。高さがまちまちの壁石やその破片が連なり、境界線をなしているのがはっきりとわかった。そのうえに、ほとんど無傷のままの正面の壁が高くそびえている。先端の尖った石壁は、僕の記憶のなかのそれよりも大きく感じられた。からみあって壁を覆っていた茨や雑草をとりのぞいたせいだろう。その真ん中に、青くきらめく石に囲まれて、すっと伸びる緑の線があった。壁から芽を出した小さないちじくの若木だった。

僕らがハンブルクへと旅立つ前日、ジョルジョ・ベッルーシは彼の大きな寝室に僕を呼んだ。

「そこに座れ」と言って、サイドテーブルの脇にある椅子を指差した。

昼食を済ませたばかりで、僕は意志とは裏腹に軽い眠気に襲われていた。そのままベッドに横になり、マルティーナとの待ち合わせの時間まで眠っていたかったが、ジョルジョ・ベッルーシが僕のまわりで燕のようにせわしなく、神経質に動きまわっていた。サイドテーブルから鍵を取りだし、部屋の反対側に移動すると、その鍵で洋服箪笥を開けて、ワイシャツの山の下に手をつっこんだ。そして、大きさの異なる二つの鍵を引っ張りだした。次いでベッドの反対側にまわり、大きいほうの鍵で、整理箪笥の九つある抽斗《ひきだし》のうちのひとつを開けた。なかには彼の夢が詰まった象嵌細工の木箱がしまわれていた。彼はそれを両方の手で慎重に取りだすと、フランス窓からこぼれる白い光のなか、目の高さに持ちあげた。その表情からは、バルコニーの下に群がる群衆に、生まれたばかりの世継ぎを披露する王のような誇りが感じられた。といっても群衆は僕一人だ。ジョルジョ・ベッルーシは両手に宝物を抱えて歩み寄ると、愛おしそうにそれを僕の膝に載せた。そして小さいほうの鍵で箱の蓋を開けると、こう言った。「ほら、手にとってごらん！」

開けた木箱からは、鼻をつくベルガモットの香りが立ちのぼった。あるいは、その光景からの連想で鼻腔がくすぐられただけなのかもしれない。僕はデュマのものだった書巻を手にとった。そして、その茶色の革の外装を撫でながら、指がかすかに震えるのを感じた。破けてしまわないよう、おそるおそるページをめくった。扉に活字体で書かれたタイトルを読んだ。南イタリア《ヴォヤージュ・ダン・ル・》をめぐる旅《ミディ・ディタリ》、第二巻、一八三五年十月。その下に、はためくような文字でサインがあった。アレクサンドル・デュマ。四十ページほどの手稿で、なかでも、ちょっとした図や丸印がたくさん書き込まれた四枚の南イタリアの大まかな地図が目を引いた。最後のほうのページは――十枚にも満たなかったが――空白だった。

　次いで僕の目に飛び込んできたのは、ジャダンの描いた絵だった。それを一目見ただけで、僕は一八三五年当時の《いちじくの館》にタイムスリップし、文章を書きとめるデュマと絵を描いているジャダンのあいだにいた。二人のまえでは、生き生きしているけれどもじっと動かない、ジョアッキーノ・ベッルーシと妻のディアマンタが笑っている。娘は母親のひだスカートにぴったりとすがりつき、息子は父親の隣に立っている。彼らの視線は、時の流れの薄闇へと消えていた。娘はアウレリアという名でな、とジョルジョ・ベッルーシが語りはじめた。このときは十歳だったが、十三歳でマラリアに罹って死んだんだ。当時、この一帯では恐ろしい蚊による被害が蔓延しててな、老いよりも、盗賊よりも、ブルボン王朝の圧政よりも、大勢の人の命を奪っていたんだ。息子は当時十五歳。この肖像画から、たくましい身体つきで、すでに父親よりも背が高かったことがわかるだろう。おかげでマラリアにも肺炎にも命を奪われず、生き延びることができたのさ。《いちじくの館》の最後の主《あるじ》となったが、父親の後を継ぐのは三十を過ぎてからのこと。ヴェーナに住むアルバニア人女性と結婚した。村では、「炎のベッルーシ」、または「炎のベッツル《フォクベッツル》」として知られていたよ。些細なことですぐにかっかと怒りだす性質《たち》だったからな。ただし、その綽名《あだな》が彼の運命を予言しているとは誰も思わなかった。当時《いちじくの館》では、盗賊たちがしばしばナイフの刃を突きつけていたが、小さい頃からそれを見ていた彼は、横暴者たちのまえで刃を剝きだしにしたナイフをふりまわした。すると連中は驚いて息をのみ、尻尾を巻いてもと来た場所へと逃げ帰ったそうだ。

ガリバルディがメッシーナ海峡を越え、ナポリに向かって行軍していると聞くと、彼はロッカルバの六人の若者と連れだって出迎えにいき、クリンガ村で千人隊に加わった。将軍ガリバルディは、その村のベヴィラックア邸に宿泊しとったんだ。一八六〇年の八月の終わりのことだ。はじめのうちは、まるでお祭りのようでな。千人隊が到着するところはどこだろうと、マイダでもティリオロでも、サン・ピエトロでもソヴェリーアでも、ロリアーノでもコゼンツァでもカストロヴィッラーリでも、人々は拍手で歓迎し、女たちはひざまずき、ガリバルディの手にキスしたものだ。ところが十月頃になると、最初の戦闘が始まった。血が流され、足もとで仲間が倒れていく。それでも炎のベッル《フォクベッル》は、鋭い銃剣を手に最前線に立ち続けた。ますます烈しく燃えさかる炎となって彼がロッカルバの村に戻ってきたのは、両シチリア王国が征服されたあとの、クリスマスの頃だった。

《いちじくの館》は彼とともに繁盛した。いつだって満室で、四季を通じて余所から来た人や近隣の村々の人で賑わっておった。一帯の盗賊までが、十人、あるいはそれ以上の集団で食事をしにきたものだ。仲間が食事をしているあいだ、二人は店の入口付近で、もう一人は厩《うまや》で見張りをする。脚に散弾銃を立てかけ、射殺すような眼つきだったが、ほかの客たちと変わらず勘定はきちんと置いていった。盗賊どもは炎のベッル《フォクベッル》に一目置き、彼のほうでも連中に一目置いていた。友だちと呼べるほどの間柄ではなかったが、大半が子供の頃からの顔見知りだった。一帯の村々の若者だったのさ。ロッカルバの者も何人かいた。南部では家族が飢えで死んでいくというのに、北イタリアまで兵役に駆りだされ、顔も知らない王のために人生の何年も捧げるだけでなく、場合によっては王のために命を落とすことになるかもしれない。そんな現状に納得がいかず、盗賊行為に手を染めるようになった若者たちだ。一方で、あくまでパンはパンであるように、生まれも育ちも極悪人という者もいた。盗賊のなかでも凶悪な部類に属し、盗みを働くだけでは飽き足らず、人を殺すこともあった。そこでイタリア王はカラブリアに軍隊を送り込み、地上から盗賊を消し去ろうとした。そうして、知ってのとおり、互いに落ちぶれた同胞どうしで熾烈な争いが繰りひろげられることになったんだ。

一八六五年の七月のある日のこと。一人の農民が、盗賊の逮捕や殺害に協力した者に出される賞金につられた。首領級には八千五百リラ、平《ひら》の盗賊には二千リラという、当時としては破格の大金だったんだ。裏切り者のこの農民、盗賊どもが首領と一緒に《いちじくの館》でどんちゃん騒ぎをしていると、国家警備隊の大尉にたれこんだ。連中はピッツォ近辺で王立憲兵の巡視隊を待ち伏せて襲撃し、三人の憲兵を殺した挙句、武器や弾薬や馬まで手に入れたことを祝っておったのさ。《いちじくの館》ならば安心だと、祝杯をあげ、飲み交わし、見張り役の者以外は全員が酔っぱらっていた。宿のなかにいた盗賊たちは、銃声がたて続けに響くと同時に、見張り役が悲鳴をあげてどすんと地面に倒れ込む音を聞き、もはや包囲されていることを悟った。あたりがふいに静まりかえり、盗賊たちも警備隊も息をひそめた。その瞬間は間違いなく、蟬しぐれと、渡りのまえの燕の鳴き声だけが響きわたっていたことだろう。心地よいこの季節になると、燕は夕暮れ近くまで空を飛びまわり、羽虫を捕るんだ。その後、国家警備隊の司令官が、訛りのないイタリア語で、ほんの数言、しかしはっきりと告げた。「降参しろ。手を挙げて外に出てくるんだ。逃げられないぞ！」

盗賊たちは逃げ道がないことぐらいわかっていた。だが、午前中にあんな派手な襲撃を仕掛けた以上、そこで降参なんかしようものなら、たとえイエス・キリストだろうと、即刻銃殺刑になる運命から彼らを救うことはできなかったろう。ならば、こっちも銃で応戦しようではないかということになった。奇跡に賭けるか、さもなければ果敢に戦い、ピエモンテから派遣されてきた憎らしい犬どもを幾人か地獄に送ったうえで、撃たれて死んでいくかのどちらかだ。賊の首領はとりあえず、炎のベッルと、アルバニア人の妻、そして二人の娘に、両手を挙げて宿の外に避難するように言った。次いで、クリンガ出身の若い仲間の盗賊にも外に出るように命じた。恐怖でちびり、震え、子供のように泣いていたからだ。「おらは死にたくねえ」とわめきながら。

「死にてえ奴がおるか！」首領はそう怒鳴りつけると、尻を蹴飛ばし、外に追いだした。その後、烈しい銃撃戦が繰りひろげられた。《いちじくの館》の四方の壁には、ざるのように無数の穴があき、宿のまわりに生えていた木々の皮はぼろぼろになった。二人の兵士《たち》が致命傷を負ったものの、盗賊は一人として弾に当たらない。すると、国家警備隊の司令官が性質の悪いことを思いつき、炎のベッルの燃えさかる血を凍らせた。厩の隣にある枯れ枝の束を持ってきて、《いちじくの館》のまわりに積みあげるよう、兵士たちに命じたんだ。

「やめてくれ。そいつは罪だ。そんな必要はない。頼むからよしてくれ。そんなことをせずとも、遅かれ早かれ連中は降参する。やめろ。宿が焼けてしまうじゃないか。俺の人生まで燃えちまう」炎のベッルがいくら叫んでも、詮無いことだった。

　司令官の合図で、兵士たちは狂ったようにわめきつづける宿の主を押さえつけ、何か所かで同時に火を放った。司令官は言った。「そう心配するな。炎があがるのを見たら、連中は慌てて外に飛びだしてくるだろう。そしたら火は消してやる」

　まず、藁がいっぱいしまわれていた厩がみるみるうちに炎に呑み込まれ、一瞬のうちに燃えつきた。盗賊たちはもはや万策尽きたことを知り、炎の外側に向かってむやみやたらと撃ちはじめた。炎は瞬く間に《いちじくの館》をぐるりと囲み、昔ながらの表門や、丁寧に乾燥させた胡桃材の窓、建物の近くに生えていた大きないちじくの木やポプラ、桑や枇杷など、壁の周囲に生えていた木々まで嬉々として呑み込んでいった。その様子は、忌々しい炎が舌舐めずりをしているようだった。まだ炎の燃え移っていないわずかな隙間から、いまにも賊たちが両手を挙げて飛びだしてくるにちがいないと誰もが固唾を呑んで見守っていたが、銃撃がやむ気配はなかった。とはいえ、しょせん無駄な抵抗でしかなく、弾は誰にもあたらず、降りそそぐ銃弾などものともせず、炎は建物を舐めつくしていったんだ。

　ふいに銃声がやんだ。いったいなにごとだろう。盗賊たちがなにか仕組んでいるのではあるまいか？　火焔がめらめらと燃えひろがる音のなか、飲み干されて空になったコップがいくつも置かれていたテーブルのうえに、梁が崩れ落ちる大音響がした。次いで、客用の寝室が並んでいた二階の屋根が焼け落ち、床の中央部分をぶち抜き、家具やベッド、ドアや窓、梁や壁を巻き込みながら崩れた。瓦礫に埋めつくされたために、炎の勢いはいったん収まったように見えたが、それは外側だけで、焼け焦げた石の山と化した《いちじくの館》の地下蔵の内側では、ワインの樽やオリーヴオイルの甕、冬のために蓄えていた薪などが燃え続けておった。盗賊たちは生きたまま火で炙られ、手負いの獣のような、いいや、それよりももっと恐ろしい叫び声をあげ、いっそのこと早く息が絶えてくれないものかと願っていたんだ。

　地獄というものが本当に存在するならば、まさしくそれが地獄だったんだろうよ。

「これで埋葬する手間が省けるというものだ」国家警備隊の司令官は言った。「自分たちで勝手に埋まってくれたのだからな。主よ、そんな絶望的な顔をするな。損害は残らず補償してやる。私の名誉にかけて誓おう。燃えた宿よりも素晴らしい旅館を再建するがいい」

その言葉を聞いた炎のベッルは、押さえつけようとする兵士たちの手を振りきり、ひとっ飛びで司令官につかみかかり、目ん玉をくりぬこうとした。だが、すんでのところで四、五人の兵士に組み伏せられ、叶わなかった。そしてそのまま、怒りが収まるというよりも、精根尽き果てて眠ってしまうまで、何時間も縛りあげられていたそうだ。

　司令官の約束は果たされ、賠償金はたしかに支払われたものの、何年もあとになってからのことだ。炎のベッルは、その前年、村の自宅のうっすらと雪が積もって滑りやすくなっていた階段で足を踏みはずし、すでに還らぬ人となっていた。頭部に、熟れた柘榴《ざくろ》のような裂け目がざっくりと口を開けていたそうだ。その頃はもう、毎晩のように酔いつぶれ、極貧で、頭はいかれておった。

　炎のベッルのアルバニア人の妻は、ゾーニャ・リザベッタという名で、しっかり者だった。賠償金の額を数え、《いちじくの館》の内装を除いた一階部分を建てる資金にもならないことを理解した。おまけに、もはや彼女にとってそこは、地面の下で叫び声をあげ続ける盗賊の魂がさまよう恐ろしい場所でしかなかった。そこで、家族が生きていくために必要なわずかばかりの額を手もとにおき、残りはすべて、一人息子に託すことにしたんだ。炎のベッルがすでに半ばアル中になりかかっていた頃に生まれた、ジョアッキーノだよ。俗に紙切れ《ペッツェッティーノ》と呼ばれている、ラ・メリカ行きの船のチケットを買うためさ。ポッリーノの聖母マリアさまのご加護によって彼の地でチャンスをつかみ、生きて元気に帰ってきてくれることを願ってたんだろう。ゾーニャは毎年欠かさず、ポッリーノの聖母マリアの至聖所へ巡礼に通っておってな。その習慣を、血気盛んな夫のジョルジョ――ジョルジョ・ベッルーシのことを「ジョルジョ」と本当の名前で呼んでいたのは、彼女だけだった――の亡きあとも続けてたんだ。魂よ、どうか安らかにお眠り下さい。

ラ・メリカから無事に戻ってきたとき、ジョアッキーノにその気があるのなら、《いちじくの館》を再建すればいい。その頃にはゾーニャ・リザベッタも、間違いなく天のジョルジョのもとにいることだろう。

　ところが、ジョアッキーノは旅立ったきり、善きアメリカ《ラ・メリカ・ボーナ》で行方知れずとなった。読み書きはできたはずなのに、母親に一通の手紙を寄越すこともなかったんだ。行方知れずになったか、さもなければ死んでしまったんだろう。それでもロッカルバの誰かが、ブロッコリーノ（ブルックリンのこと）周辺の工事現場でトラックを運転しているのを見かけたと言っていた。当時のロッカルバはといえば、自転車すら走っておらず、乗り物といえばラバくらいだったよ。ラバとロバ、それに荷車がちらほら。その後、ジョアッキーノが肉屋を営んでおり、高い服といかがわしい女に金をつぎ込んでるという噂が流れた。それから、またしても消息が途絶え、梅毒に罹り、父親とおなじように頭はいかれ、極貧のまま、病院で死んだものと誰もが確信した頃になって、ようやくジョアッキーノは帰ってきたのさ。正真正銘のラ・メリカ人のような服装をし、薬指には金の大きな指輪をはめ、毛皮の襟のついた冬用のオーバーまで着てな。だが、金は大して持ってなかった。少なくとも、《いちじくの館》を再建できるような金額は持ち合わせてなかった。なにより、ジョアッキーノはおそらくそんなことには興味がなかったんだろうよ。その代わり、肉屋を構え、《いちじくの館》と境界を接する川沿いの肥沃な土地を少しばかり買い、サン・ジョヴァンニ・イン・フィオーレという遠くの村まで嫁を探しに出掛けていったのさ。その村の女性は美しいと、カラブリアじゅうでもっぱらの評判だったからな。そうして、マリアンジェラという名前の、貧しいが実直な家庭の娘と一緒になった。ジョアッキーノよりもうんと若く、器量のよい娘だったよ。一九二七年には男の子が生まれ、二人は迷うことなくジョルジョと名付けた……。

「それがこの俺さ」誇らしげにそう言って、ジョルジョ・ベッルーシは昔語りを締めくくった。「それでな……」彼は大切な宝を木箱に納めると、箱を抽斗にしまい、最後に鍵をサイドテーブルに隠してから、言い添えた。「俺は誓ったんだ。十二のときに初めてこの話を聞いたときから、死んでいった祖先の魂にかけて、《いちじくの館》を再建するってな。以来、その誓いが頭から離れたことは一度もない。天罰が下って服役している最中もだ。ようやくこうして自由の身になり、実現が可能になったいま、誰にも俺を阻止することはできやしない」

最後のほうは、なかば乱心したように熱を帯び、眉間に皺を寄せ、夢中になってまくしたてていた。そうかと思うと、こんどは黙り込み、僕の瞳の奥をまっすぐのぞいてくる。いったい僕になにを求めているのだろう。

「万が一、実現するまえに何者かに阻止されるようなことがあったら……」ジョルジョ・ベッルーシは言った。

そこで彼はふたたび押し黙った。わずか数秒だったが、明らかに意図した沈黙だった。

「万が一、実現するまえに何者かに阻止されるようなことがあったら……」重々しい声色で繰り返した。「お前が計画を最後まで遂行すると約束してくれないか」

僕は黙っていた。はじめのうちは息もできなかった。彼の言葉に不意打ちをくらったのだ。ジョルジョ・ベッルーシの夢なんて、僕にはなんの重要性も持たないはずだった。

僕は目のまえに立ちふさがった障害を、避けて通ろうとした。「いったい誰に阻止されるって言うの？　阻止する理由だってないじゃないか。一人で最後までやり遂げられるに決まってるよ」

「いいから約束してくれ」ジョルジョ・ベッルーシが業を煮やした。「約束すると言うんだ。話を変えるんじゃない！」

　正直なところ、僕はにわかに翳りを帯びた彼の眼差しと、これ以上の躊躇は許さないというような大声で突きつけられた最後通牒にたじろいでいた。

「わかった。しろと言うなら……約束するよ」

「それでいい」ジョルジョ・ベッルーシは言った。「当面は、しぶしぶ口にした約束を受け取っておくことにしよう。お前が少しも納得していないことは承知のうえだ。だがな、時が経てば必ずわかる。俺もそうだったようにな。これは生きるか死ぬかの問題で、後に引くことなどできないんだ。尻込みは許されない」

　いったい彼がなにを求めているのか、はじめから僕にはよくわからなかったが、この謎かけのような言葉はさらに解読不可能だった。心理学者か、さもなければ彼のように頭のおかしな人でなければ到底わかるまい。

　しまいにジョルジョ・ベッルーシは歩み寄り、僕の髪を手でぐしゃっと撫でた。

「最近、色の濃い巻き毛になってきたな。母親の髪に似てきた」愛情のこもった口調でそう言った。「いいからもう行け。お前の頭がここにないことはわかる。まるで雄羊のように虚ろな眼をしているぞ。若い娘《チェルヴェッラ》が待ってるんだろう。突き刺すんだ、フロリアン。やれるうちはやっておけ。さもないと、俺ぐらいの歳になってから苦い後悔を味わうことになるぞ」

　僕はその晩マルティーナと過ごしたが、一度も笑わなかった。マルティーナは、翌日にドイツへ帰るのが嫌で僕が不機嫌な顔をしているのだと思い込んでいた。けれどもそうではなくて、僕の脳裏には炎のベッルや地下蔵のなかで生きたまま火炙りにされていった盗賊たちの姿がちらつき、ジョルジョ・ベッルーシに無理やりさせられた約束のことが頭から離れなかったのだ。そして、怒りにまかせてマルティーナを抱きしめ、キスをしたのだが、僕のそんな怒りを、彼女は燃えあがる情熱と受けとめたようだった。本当のところは、強者の鋭い爪の届かないところで発散された、弱者の鬱憤だったのだけど。

旅先で手に入れたいわくありげな土産物を、家に帰りつくよりも早く処分したくてたまらない旅人のような心地で僕はハンブルクに降り立った。たしかにマルティーナに会えないのは少し寂しかったが、だからといって心が痛むほどではなかった。恋わずらいをしていたわけでもなければ、彼女に対して癒されることのない思慕を抱いているわけでもない。ロッカルバに対しても、祖父母に対してもおなじことが言えた。そもそも、そんな気持ちを抱かなければならない理由などなかった。

ほどなく僕は、クリスマスのまえに送っていたとおりの生活に戻った。学校、家、ディスコ。それだけでなく、ハンネローレともまた会うようになっていた。まるでロッカルバでの休暇など僕にはなんら跡を残さなかったかのように。母さんもマルコも、細部まで繰り返し父に報告していたが、僕にしてみればどうでもいいことだった。父は父で、聞いている素振りをしてはいたものの——額には汗の粒が小波《さざなみ》となって噴きだし、海のようだった——その実まったく興味がなく、本当のところは「人生最大のチャンス」と位置づけていた出来事で頭がいっぱいだった。アメリカの権威ある雑誌に、欧州の主要国で新たに始まった低利融資制度についての長文記事を執筆するよう依頼されたのだ。放っておけば僕らが帰ってきたことにさえ気づかなかったかもしれない。昔と変わらぬロマンチストで、おそらくいまでも父に恋をしている母さんは、ずいぶん癪に障ったらしかった。それだけでなく、留守のあいだに家は豚小屋と化していて——これは母さん自身の言葉だ——、とりわけキッチンには、汚れていないものは、お皿一枚、コップ一個、スプーン一本たりとも残っておらず、ナイフもないから父の頭を切りつけることもできないと嘆いていた。書斎などはブルドーザーで物をどかさないと身動きできない状態だったし――といっても、これは僕らにはかかわりのないことだった――ベッドルームは留守中いちども風を通した形跡がなく、父の鼻も肺も、部屋に充満しているガスに対して耐性を獲得したようだった。マッチを擦っただけで爆発し、家族全員が吹き飛んでしまいそうなほど強烈だったというのに。それでも父は、激怒している母さんをまえに、まるで終止符《ピリオド》のような小さな笑みを浮かべるだけだった。無駄にしている時間はないんだ、勘弁してくれ、という意味合いだろう。

ある晩、父がそんなふうに完全に、しかも長いこと仕事に没頭しているのに乗じて、僕は車のキーを借りることにした。ひと月ほどまえに免許を取ったにもかかわらず、ボルボを運転させてもらえたのは一度きり、それも助手席に父が同乗してのことだった。父はパソコンの水色の画面から視線をそらそうともせずに、キーを投げて寄越した。僕は礼を言い、母さんにはなにも言わずに外に出た。心配性の母さんのことだから、言えば家から出してもらえないことは確実だった。外は雪だし、もう夜も遅い時間だし、おまけに夕食のときに僕はビールを二杯飲んでいたのだから。

ボルボの長い車体は、雪で白くなった道を撫でるように進みながら、時折、自分勝手な動きをみせ、車線からはみだしたり、不器用に滑ったりして、僕を冷や冷やさせた。アルトナ、レーパーバーン、そして港に、エルベ川、真っ白に雪化粧した広い公園……。至るところほんのり暖かな光と、曲芸さながらの舞いを見せたかと思うと車のヘッドライトに吸い込まれていく白い雪片からなる絶景だった。雪にうずもれたハンブルクは、音が消え、神秘的だった。僕がその橙色の光にうっとりと見惚れていると、ときおり、そのうちのいくつかがふと点いたり消えたり、ウインクを寄越すのだった。

僕はダムトーアまでやってきた。完全に凍結したアルスター湖では、降りしきる雪もものともせず、夜だというのに二、三十人の人たちがスケートをしていた。僕は車を停めると、歩いて川を渡った。ときおり助走をしては何メートルか滑ってみる。何日かまえ、マルコを連れてここに来ていた。昼過ぎから夕方まで滑っただけだったのに、マルコは何度も転び、そのたびに笑い声をあげ、いつの間にかそこそこ上手に滑れるようになっていた。僕はといえば、以前、スケートのとても上手い父から滑り方を教わったことがあった。

僕は、ときに肘をかすめながらびゅっと走り過ぎたり、くるくる旋回したりするスケーターのあいだを縫って歩いていた。氷上に撒かれたように積もる雪を踏みしめる自分の足音を聞きながら。それは驚きに満ちた体験だった。あの素早く泳ぎまわる鱒たちが足の下で眠っている。春にはアルスター湖の水面で小型のイルカのように盛んにジャンプしていたというのに。おそらく昆虫でも捕まえていたのだろう。鍛え抜かれたボクサーのような戦闘的な顔をして、はじける空気に果敢に立ち向かいながら、楽しげだった。それに比べると、ロッカルバの公園のミニサイズの池にいた金魚たちは、この世の最果てのリングで目に見えないパンチを食らい、ノックアウトされたフェザー級のボクサーといったところだ。

僕は走ってアルスター湖を後にし、電話ボックスを探した。微塵の迷いもなかった。なにがなんでもマルティーナの声が聞きたい。元気でいるのか、僕のことをまだ好きでいてくれるのか、あれから僕らの公園に行ったのか、金魚はどうしているのか、尋ねたいことがたくさんあった。

僕は精神を集中させた。彼女の電話番号を押すだけで自然と笑みがこぼれる。「誰なの？」というマルティーナの眠たげな声に、「驚いた？　マルティーナ、僕だよ」といくぶん媚びるように応じた。

彼女は無言だった。遠くで、まるで空気が足りないとでもいうように、彼女の息遣いが途切れるのだけが聞こえた。僕は続けた。「君がたまらなく恋しくなってね」

これが返事だとばかりに、マルティーナはがちゃんと電話を切った。僕の耳は、その平手打ちのような乾いた音に衝撃を受けた。まったく予期していなかった反応だったのだ。僕はもう一度、番号を押した。するとマルティーナが受話器をあげ、怒りにまかせて言った。「勝手にしたら！ フロリアンの声なんか聞きたくない！ あたしは、あなたの好きなときに、思いどおりにできる商売女じゃないんだから。ひと月半ものあいだ連絡もしないで、いまさらなによ。誕生日におめでとうの電話だってくれなかったじゃないの。フロリアン、あなたってほんと最低」

がちゃん。新たな平手打ちが、彼女の口汚い別れの言葉に追い討ちをかけた。

たしかに彼女の言い分には一理あった。いや、一理なんてものじゃない。僕はロッカルバを発った日から一度だって連絡しなかったし、彼女の誕生日も忘れていた。でも、だからなんだって言うんだ。何様だと思ってる？ 恋人《ビッチ》気取りはやめてくれ。僕になにを求めてるんだ？ 二度と会いたくないだって？ だったらどうぞ。残念だけど、べつに心が痛むほどじゃない。僕はちっとも悲しくなかった。そんな身勝手な自分を、誇りにさえ思っていた。僕は十八歳で、頭のうえには無数の雪片が積もっていた。あたかも自分が、ジョルジョ・ベッルーシのような年嵩の賢者のような気がしていたのだ。突き刺すんだ、フロリアン、やれるうちはやっておけ。さもないと歳をとってから後悔するぞ。僕はふたたび車に乗り込んだ。そして怒りに任せて完璧なUターンをし、そのままハンネローレの家に向かった。

それから三日もすると、あれだけ降った雪がすべて融け、路肩のところどころにある水たまりを残すだけとなった。まだ二月の終わりだというのに、思いがけない陽射しが五月のように降りそそいでいた。

「あんたがたドイツ人は、いつだって天気が悪いと嘆いとるが、ここはロッカルバよりよっぽどいい天気じゃないか」列車から降り立ったジョルジョ・ベッルーシは、開口一番にそう言った。僕らは家族全員で中央駅《ハウプトバーンホフ》まで彼を迎えに行った。なんと、重い腰をあげて父も一緒に来た。そうでもしなければ母さんは生涯、根に持ったことだろう。ジョルジョ・ベッルーシは正装をしていた。とっておきのエレガントな背広にネクタイ、それに、ロッカルバでは一度も着たことのないウールのオーバーコートを羽織っていた。頭にはおろしたてのソフト帽《ボルサリーノ》。母さんに執拗にうながされて、やっとのことで僕らに会いにくる決心をしたのだった。三週間か、長くてもせいぜい一か月。《いちじくの館》の再建工事がすでに始まっていて、長いこと留守にしたら、石積み職人がどんな手抜きをするかわかったものではなかった。要するに、抜けてしまった歯をつくってもらい、複数の腕のいい専門医の検診を受けるために最低限必要な期間というわけだ。どれもホイマン家の医療保険証《クランケンシャイン》を利用して診てもらえば、カラブリアでは夢のような医療サービスを受けられるうえに、費用も少なくて済むと母さんが説得したのだ。

ジョルジョ・ベッルーシは片手で僕の肩を抱き寄せ、もう片方の手でマルコの手を引いて、駅の駐車場の方向に意気揚々と歩きだした。父は荷物の入ったカートを押していた。母さんはみんなの先頭に立って道案内をし、嬉しそうに喋りまくっていた。

三十分後には家に着き、リビングに二個のスーツケースと五個の包みが並んでいた。

「一人でこんなにたくさんの荷物、どうやって持ってきたの？」母さんがジョルジョ・ベッルーシに尋ねた。

「いや、なにも俺が運んだわけじゃない。列車が運んでくれたんだ」ジョルジョ・ベッルーシは冗談めかして答えた。腸詰め《サルシッチャ》、ソップレッサータ（豚の足、耳、舌などを煮詰めてゼラチンで固めたもの）、ンドゥイヤ、生ハムのブロック、プローヴォラ（水牛の乳でできた柔らかなチーズ）、そのほかいろいろな種類のチーズ、乾燥いちじく、栗、オレンジ、サルデッラ（シラスの唐辛子漬け）の瓶詰め、野菜の酢漬け《ジャルディニエーラ》の瓶詰め、塩漬けの黒オリーヴに緑オリーヴ、缶入りのオリーヴオイルと、ワインの大瓶……。「こんなにたくさんの物、どうやって持ってきたの、お祖父ちゃん？」マルコまで、目をまるくして尋ねた。

「お祖父ちゃんは強いのさ」ジョルジョ・ベッルーシは、愛情たっぷりにマルコの頬を指で弾いた。僕はそんな彼を観察していた。疲れ切り、顔色は青ざめている。そのときのジョルジョ・ベッルーシに強さがあったとしたら、それは口先だけだった。それと、いつもと変わらぬ不遜な眼差し。


僕らは、みんなで手分けしてジョルジョ・ベッルーシの面倒をみた。母さんは総合診療医と循環器内科の診察に付き添い、僕は歯科クリニック、父さんは泌尿器科に連れていった。マルコは彼を外に連れだし、エルベ川沿いの公園を一緒に散歩した。

　こうして僕は、ジョルジョ・ベッルーシが実は医者を死ぬほど怖がっていることを知った。虫歯の根に麻酔を打とうと歯医者さんが手にした注射器の針を恐ろしげに凝視し、その手を阻止すると、痛くしないように頼んでくれと僕に言うのだった。次いで、ブリッジをつくるために歯型をとる段になると、眼窩から目玉が飛びでるかと思うほど目を剝き、意味不明のジェスチャーをした。歯をずっと嚙みしめてたら息ができないと抗議しているのだ。「あと一分でも長く続いてたら、俺はあの世に行ってたね」歯型をとる道具を口から外してもらい、ようやく肺いっぱいに空気を吸い込むことができたとき、ジョルジョ・ベッルーシは言った。

　それでいて、行き帰りの道やバスや車のなかではいつもの横柄で機知に富んだ彼に戻るのだった。まるでハンブルクが生まれ故郷であるかのように、道を尋ねようともしない。ずっと以前からそこに住んでいる者のさりげなさで、周囲をきょろきょろと見まわすこともなく、まっすぐ歩いていくのだった。その際、彼の視線は、記念建造物や教会や道路やビルといったものに魅せられるのではなく、もっぱら女性たちに向けられた。若かろうが歳をとっていようがお構いなしで、「豊かな乳房《ミンネ》」さえあればそれでよかった。

「フロリアン、お前にはチェルヴェッラがいるのかい？」

　僕は質問の意味がわからなかったふりをした。「チェルヴェッラってなんのこと？」

「チェルヴェッラというのは、チェルヴェッロの雌だよ。だが、頭のなかにある脳《チェルヴェッロ》みそじゃないぞ。イタリア語でいう山羊《カプラ》のことさ」

「へえ、そうなんだ」

「お前は本当に敏い子だな。わからんふりをしてるだけなんだろう。このあほんだら！」ジョルジョ・ベッルーシはそう言うと、やっと白くなった、入ったばかりの歯を見せて笑うのだった。

　家に帰ると彼は、夕飯のまえとあと、マルコとブリスコラ（カードゲームの一種）をして遊んだ。ありとあらゆるトリックだけでなく、トレセッテやフランス生まれのセッテ・エ・メッツォといった、これまで知らなかったゲームのルールまでマルコに叩きこんだ。二人が組んで僕と母さんに勝負を挑んでくると、とても勝つことはできなかった。それもそのはず、運に見放されれば、忌々しいほどあからさまにイカサマをするのだから。

「かわいいマルコや、お前はハンス・ホイマン祖父ちゃんと、このジョルジョ・ベッルーシ祖父ちゃんと、どっちが好きかい？」年寄りのイカサマ師が子供のイカサマ師に尋ねた。

「そんなこと訊かなくても、ジョルジョ・ベッルーシお祖父ちゃんに決まってるでしょ」ご機嫌とりの得意なマルコが答えた。

ジョルジョ・ベッルーシは満悦の笑みを浮かべ、父の顔を見た。すると父は、なにも聞いていなかったくせに慇懃な笑みを浮かべるのだった。

「ここは居心地がいいところだな。少なくとも俺は住みやすいと思う。心の片隅にはロッカルバに戻りたくないという気持ちもあるのさ」ジョルジョ・ベッルーシは、ときおり真面目な顔をして話しはじめ、そんなふうに素直な思いを吐露することもあった。「それでも帰らねばならんのさ。こっちの言葉で言うなら義務《ムス》だよ」お祖母ちゃんや家族のみんなに会いたいからとか、村が恋しいからとかいった理由ではなかった。いちばんの理由は相変わらず、「《いちじくの館》が待ってるからな」というものだった。

ある三月の午後、家に帰ってきたジョルジョ・ベッルーシの様子がおかしかった。歯科医の検診から戻ったところだったのだが、母さんに腕を支えられて家に入ってきた。驚くほど青ざめた顔をしている。玄関の小卓に帽子を置き、ネクタイを緩めたところで、「いやだ、どうしたの？」と母さんが悲鳴に近い声をあげた。その言葉が終わらないうちに、ジョルジョ・ベッルーシはどすんという音を立てて床に倒れ込んでしまったのだ。両手で引っ掻くようにして胸を押さえている。

「救急車、救急車を呼んで！」と母さんが僕に向かって叫んだ。それから途方に暮れて泣きだし、髪を掻きむしりはじめた。心筋梗塞に間違いなく、もう助からないと思ったのだ。

母さんの泣き声にマルコの泣き声が加わり、家じゅうに悲痛な声が響きわたった。それは隣近所にも洩れ聞こえていたにちがいない。それなのに、なにがあったのかと訊きにくる人もいなければ、助けにきてくれる人もいない。僕は電話で救急車を呼んだあと、落ち着かなければと思った。ジョルジョ・ベッルーシは本当に死んでしまったのだろうか。人はこんなふうになんの前触れもなく死んでしまうものなのか？　口に口を当てて人工呼吸をすればいいのか、それとも身体を起こしたほうがいいのか、あるいはこれ以上ダメージを与えて手の施しようがなくならないよう、このままそっとしておいたほうがいいのだろうか……。僕たちがこんなにも助けを必要としているのに、相変わらず銀行で仕事をしている父がたまらなく恨めしかった。僕はかろうじて思考をめぐらすことはできたものの、動けなかった。身体が石のように固まり、母さんとマルコの世も末かという叫び声さえ聞こえてこなかった。

救急車が到着する音で僕は我に返った。救急車はまたすぐに、けたたましいサイレンを鳴らして走り去り、母さんまで連れていってしまった。

弟と二人きりで家に残された僕は、頭を撫でてやったり、ぎゅっと胸に抱きしめてやったりしてなんとか弟を慰めようとした。言葉は出なかった。ひとたび口をひらいたら嗚咽があふれだし、どんなひどい状況になるか予測がつかなかったからだ。苦痛はやがて無力感にとって代わられ、無力感は、逃げ場のない確固とした孤独感へと変化していった。僕たちに手を差し伸べてくれる人は誰一人いなかった。二百万人近くの人が住む都会の真ん中で、僕たちは二人きりだった。しばらくのあいだ僕は、ジョルジョ・ベッルーシが死んでしまったか、あるいは死にかけているという事実よりも、その考えに苦しめられていた。

そんなつらい時間を二時間ほどやり過ごしたところで、ようやく電話が鳴った。父からだった。母さんから知らせを受けてすぐに病院に駆けつけたらしい。父は消え入りそうな声で言った。

「お祖父ちゃんの容体はよくない。かなり深刻らしい。でも、神様のお蔭で一命はとりとめた。奇蹟的に生きてるよ」

その晩から、ロッカルバの人たちが次々に電話を掛けてきた。最初は、母さんから知らせを受けたお祖母ちゃん、そして叔母さんと叔父さんとテレーザ、次いで親戚の人たちや友人、僕の知らない人からも。そのたびに起こったことを繰り返し説明するのは大変だった。とりわけ、愛する夫がすでに亡き人になってしまったかのように嘆き悲しむお祖母ちゃんをなだめるのは一苦労だった。すぐに駆けつけられるように荷造りはできてるんだよ、とお祖母ちゃんは言ったけれど、お祖母ちゃんもエルサ叔母さんも、ハンブルクには来ないようにと母さんからきつく言い渡されていた。役に立つどころか、面倒が増えるだけだからだ。ジョルジョ・ベッルーシは腕のいい医師たちに任せてあるし、母さんがいつも付き添っていた。母さんは一日じゅう病院にいたし、父も仕事帰りに欠かさず寄っていた。

それからも何日か電話は続いた。誰もがジョルジョ・ベッルーシはどんなふうに倒れたのか、いまはどんな具合なのか知りたがった。そのうえで、最悪の事態は避けられたのだから、それほど心配しなくて大丈夫だとか、しっかり食事をとってねなどと言って、僕を慰めるのだった。

そんなある晩、マルティーナから電話があった。感情の昂ぶった、どこかおそるおそるといった感じの声でこう言った。「フロリアン？　大変なときに邪魔してごめんね。ジョルジョおじさん《ズ・ジョルジョ》の具合はどう？」

「だいぶよくなったよ」僕はとりあえず彼女を安心させた。「だけど、難しい心臓の手術をしなければならないんだ」マルティーナの声が聞けて僕は素直に嬉しかったし、それは声にもにじみでていたはずだ。それから、そっちはどうしているのかとか、学校の様子などを訊き、あれから金魚たちのところに行ったか尋ねた。

するとマルティーナは胸のつかえが下りたように感情を表に出し、以前とおなじ、恋心たっぷりの声で喋りはじめた。あの公園には最後にあなたと会った日から一度も行ってないの。行ったら堪えきれなくなるから。きっと子供みたいにわんわん泣いちゃう。だって……、とはにかみながら言った。いまでもあなたのこと愛してるんだもの。

僕は、頬から一センチのところにマルティーナの存在を感じていた。いまにも涙があふれ落ちそうな緑色の瞳がそこにあり、耳もとには温かい息遣いが感じられた。「僕もだ」それだけ言うのが精一杯だった。やさしく受話器にキスをした一瞬あとに、彼女のテレホンカードが空になった。

それから三日後、ようやくマルコと僕も、母さんに連れられてジョルジョ・ベッルーシのお見舞いに行くことができた。鼻や腕や胸につながれた何本もの管や線やコードが、もつれあって恐ろしげな蜘蛛の巣状になり、ジョルジョ・ベッルーシをがんじがらめにしているようだった。僕らを見てとると弱々しい笑みを浮かべ、ウインクしようとしたが、うまくいかなかった。

枕もとにはハンス・ホイマンがいて、まるで子供にするようにジョルジョ・ベッルーシの手を握っていた。のぞき込むようにして無言で見守っている。その光景に胸を打たれ、僕たちも黙っていた。そして、二人の邪魔をしないようにそっと病室を出た。

しばらくして病室から出てきたハンスは、僕たちを抱きしめた。眼は涙ぐみ、心配でたまらないようだ。それから、空腹かと尋ね、中国料理レストランでお昼を食べようと誘ってくれた。ハンス・ホイマンがいろいろと気を遣ってくれることに僕は驚いた。食べなければ駄目だと繰り返し言い、僕たちの顔色がすぐれないと心配した。とくにロザンナはものすごくやつれてるじゃないかと言った。このまま看病を続けたら、ロザンナまで病気になってしまう。そんなことになったら困るだろう。

お見舞いに来てくれてありがとうと母さんが御礼を言うと、ハンスは一瞬、むっとした表情を浮かべた。「なにを言いだすんだ。冗談はよしてくれ、ロザンナ。当然のことだろう。あいつと俺は昔っからの親友なんだ。それに、ちょうどおなじ欧州のパリにいたんだから、近いもんだよ。さいわいジョルジョは危険を脱した。それがなにより大事なことだ」

「ええ、本当に」母さんはそう言うと、不機嫌そうに黙り込んでしまった。なぜなのか僕には理解できなかった。もしかすると、不機嫌だったから黙り込んだのではなく、単に疲れ切っていたか、あるいはハンスに対する気後れからだったのかもしれない。

マルコと僕は食欲旺盛だった。ハンスは小さなスプーンに何杯もの辛いソースを、ライスにも、北京ダックにも、筍にもかけていた。いつしか母さんとのあいだで、どちらがより辛いものを食べられるか、どちらがより辛味に耐えられるか、競争になっていた。

予想にたがわず、辛いもの競争は母さんの勝ちだった。たとえドラゴンだろうと、母さんには敵わないに決まっていた。一方、ワインにかんしてはハンスの圧倒的な勝利だった。モーゼルワインのボトルを二本空けてしまったのだ。一杯飲み干すたびに、強いワインではないからと言いわけしながら。「あんたがたのワインとは比較にならない」と、母さんに言った。「カラブリアのワインは、グラスに三杯飲むだけでひっくり返っちまうが、こいつは軽いからな。子供だって飲める。マルコ、お前も飲んでごらん」マルコが繰り返しうながされるまでもなく飲みはじめたのを見ると、ハンスは褒めそやした。「いいぞ、マルコ。それでこそ男の鑑《かがみ》というものだ」そこからはハンスの独白《モノローグ》だった。自分は酒も飲むし、大食漢だが、決して肥らない。若いもんに負けないくらいセックスも盛んだし、大陸から大陸へと、まるで落ち着く場所を知らない燕のようにあちこち飛びまわっている。ストレスは自分にとって、日々の糧といったところだ。いつか心筋梗塞を起こして倒れるぞとみんなに脅されても、相変わらず元気で飛びまわっている。だって燕が心筋梗塞を起こしたなんて話は聞いたことがないだろう？　なのに、この世でいちばん強い男が心筋梗塞にやられちまった……。クラウスから電話で聞いたときには驚いたね。すぐにでも駆けつけたかった。我ながら意外なことに、あの遠い昔の旅行から帰って以来、一度も連絡しなかった自分を生まれて初めて責めたんだ。想いを馳せたことはむろんあった。何度もね。やつにはずいぶん借りがあるからな。人生の転機となった写真だけじゃない。

　そのあたりから、僕はワインがまわっているのだと気づいた。ハンス・ホイマンは、方向性を変えながらも、ひとしきり後悔の念について話を続けた。ずいぶん以前から胃袋につかえていたその想いを、いま頃になってワインが無理やり吐きださせたとでもいうように。息子のクラウスに対しても、深い自責の念を抱いているのだと彼は言った。息子が父親に求めていた愛情を注いでやれず、母親のエリカに任せきりにしてしまったんだ。エリカは、俺が生涯でもっとも愛した女だった。そして、彼女が交通事故で死んだあとも、俺は息子を独りぼっちにさせてしまった。エリカはいつも酒浸りで、不幸な女だったよ。

　なにも自分は故意にそうしてきたわけじゃない、とハンスは言った。どうしたら父親になれるかわからなかったんだ。なりようがなかった。父親という存在を知らなかったのだから。自分はまだ乳飲み児のうちに父親を亡くし、顔も憶えてない。父親が死んで数年した頃、お袋は、日増しに拡大しつつあったナチスの横暴から遠く離れたスウェーデンに、子供だった自分を連れて帰ることにした。お袋はストックホルムの出身だったんだ。知識人ぶっていた多くの人々よりも早く危険を嗅ぎとり、爆撃や苦悩だけでなく、おそらく死からも息子の俺を遠ざけてくれた、素晴らしい女性だった。戦争が終わってからも二度とドイツの地を踏みたがらなかった。ドイツ人の眼をまともに見ることなんてできないもの、とお袋は言ってた。でも俺は違った。ナチスの殺人犯と、そうでない真っ当な人間を見分けることができた。だから、一九四七年にハンブルクに戻った。二十二歳のときだ。そして、瓦礫のなかに無傷で建っていた我が家と再会した。まるで、その家の住人はおぞましい戦争とは無関係だからと、爆弾がよけて通ってくれたかのように。あのとき、俺はなんで帰ってきたのだろう？――ハンスはそう自身に問いかけ、いい質問だ、と自分で応じた。ハンブルクで生まれたからというだけでなく、きっと死んだ父親に再会したかったのかもしれない。誰しも生きている人から距離を置くことはできるが、死者からは逃れることはできない。とはいえ、死んでしまった親父は、どうしたら父親になれるかを教えてくれるはずもないのだから、いきなり自分に父親になれというのが無茶な話なんだ。ああ、たしかに息子との距離を縮めようと試みたことは何度かあったよ。ところがクラウスときたら、恨みつらみを無数に抱え込んだハリネズミのようにふるまった。それも、長年のあいだ内に溜め込んで、強烈な毒を含むようになった恨みだ。歳月を重ねるにつれ、父子《おやこ》の距離は離れる一方だった。「そんなとき、君があらわれたのさ」ハンスは母さんに向かってそう言った。「君は俺に会いにやってきて、息子のクラウスと出会った。そして、あいつの母親代わりだけでなく、父親代わりまで務めてくれたってわけだ。否定しても無駄だよ。見てりゃわかる。子供たちだって感じてることさ。君は最高の妻であると同時に、最高の母親でもある。おまけに美人ときた。これ以上なにを望むことがあろうか。二人が結婚すると聞いて、嬉しかったね。息子のために喜んだんだ。率直に言って、あれ以来、俺の心はすっかり軽くなった。息子を信頼できる人の手に託すことができたのだからね。これで自責の念を永遠に封じ込められると思ったよ。ところが、そうじゃなかった」

ハンスはずいぶんと酔っているようだった。軽いワインでよかった、そう僕は思った。それでも、つまずくこともなくまっすぐに歩いていた。僕らはタクシー乗り場まで彼を送っていった。タクシーの運転手に向かって飛行場まで行くようにと告げるハンスの眼に、いつもの傲慢な光が戻るのを、僕は見逃さなかった。

僕らはボルボで帰途についた。マルコが言い張って譲らなかったので、母さんは後部座席に座ることになった。マルコはその膝に頭をうずめ、ほどなく寝息をたてていた。

車が家のガレージに着くと、僕はマルコを抱きあげ、ベッドに寝かしつけた。

母さんが居間で僕を待っていた。疲れ切った様子だ。まるでつねられてるみたいに身体がぼろぼろよ、母さんはそんな比喩を好んで用いた。僕はてっきり、ジョルジョ・ベッルーシの容体や、医師たちが避けられないと言っている心臓の手術について話してもらえるものと思っていた。ところが母さんは、すらりとした脚をソファーのうえに伸ばし、くつろいだ姿勢をとった。そして、教師のように人差し指を突き立てて、こう言ったのだ。「あの人を信用しちゃ駄目。さっき彼が話したことは、どれも信じられない。あれは偽《にせ》のハンスよ。芸術家は多かれ少なかれみんなそうだけれど、彼はとくに救いようのないエゴイストだから、自分のことしか見えていない。これまでだって、自分に都合のいいことしかしてこなかった。最初は妻と息子を捨て、その息子が一人ぼっちになってからも、親としての義務を怠った。そのくせ自分は人生を謳歌してきたのよ。お金なら憎たらしいくらい持ってる。たわいもない写真を何枚か撮るだけで、わんさか儲かるんですもの。まったく、なにが自責の念よ。女遊びをしてたし、いまだってしてるに決まってる。前の奥さんが死んだのだって、あの人のせいよ」

これまでの発言も考え合わせると、母さんの指摘は客観性を欠いていたし、あまり正当なものとも思えなかった。ハンスのことを、エゴイストで、女と金に目がない芸術家という常套句で切り捨てたのだ。だからといって、さんざん言いたいことを言って憂さが晴れたのか、身体をつねられた状態のまま居眠りをはじめた母さんを責める気にもなれなかった。

「ミロール……」心臓の手術のあと、病院のベッドで麻酔から覚めたジョルジョ・ベッルーシが最初に口にしたのは、この言葉だった。自分がどこにいるかわからなかったんだと、のちになって彼は説明した。死の砂漠をさまよう、咽が渇ききった旅人のように、途方にくれ、力が入らなかったそうだ。そんな状態でなぜミロールを呼んだのか。母さんにはその理由がわかっていた。

ジョルジョ・ベッルーシは、ミロールに二度も命を救われたことがあったのだ。最初は、まだ若かった彼がバーリを目指して旅していたときのこと。二度目はその何年ものちの、ある冬の晩のことだった。

ジョルジョ・ベッルーシは、家畜小屋に羊の群れを追い込んだあと、家に帰ろうとしていた。ところが、うっすらと雪の積もった上り坂の砂利道で足を滑らせ、下へ下へと牛車《ストラヴォラ》のように崖の向こうへ転げ落ちてしまった。彼がいつまで経っても帰らないので、夜も更けた頃、妻は近所の人たちに助けを求めた。十人あまりの男が、手に手に懐中電灯や松明《たいまつ》を持って探しに出た。

明け方の仄白い光が感じられる頃、遠くから犬の鳴き声が響いてきた。霧に紛れた崖の底からのぼってくるようだ。もはや男たちは観念していた。たとえジョルジョ・ベッルーシが転落の際に即死しなかったとしても、極地並みだったその晩の冷え込みでは、確実に凍死するだろう。二人の男が、絶壁に群生している檉柳《ぎょりゅう》や金雀枝《えにしだ》につかまりながら、崖の向こうへと慎重に降りていった。するとそこには、厚手の毛布さながらに、ジョルジョ・ベッルーシのうえに覆いかぶさっているミロールの姿があった。夜のあいだじゅう吠えたり唸ったりしながら狼を追いはらったただけでなく、彼の手や頬を舐めていたのだった。そのときもまた、眼を剥いて男たちをにらみ、悲痛な唸り声をあげていた。ジョルジョ・ベッルーシは脚の骨を一本と、肋骨を二本折り、身体のあちこちに痣や引っ掻き傷があったものの、生きていた。そればかりでなく、全身が、まるで妻とベッドで眠っていたかのようにぬくぬくと温かかった。

「ミロール……」ジョルジョ・ベッルーシが繰り返した。

その日の夜、僕たちがふたたび様子を見に行くと、ジョルジョ・ベッルーシは頭も冴え、皮肉を言えるまでになっていた。「家から遠く離れた場所で死ぬなんて耐えられない」彼はゆっくりとそう言った。「それに俺は死ぬわけにはいかないんだ。いまはまだな。すべきことが山のようにある。いまの俺には死んでる暇なんてないのさ」そう言うと、僕に向かって微笑もうとしたが、苦しげに顔をゆがめただけだった。

翌日、僕はお祖母ちゃんを飛行場まで迎えにいき、その足で病院に連れていった。「ほらね、ちゃんと元気に息をしてるでしょ」病室でお祖母ちゃんの顔を見るなり、母さんがそう言った。

お祖母ちゃんは夫を優しく抱きしめた。堪えきれずにこぼれた二粒の涙をぬぐうと、夫を頭のてっぺんから足の先まで眺めまわしてから、言った。「ああ神様、こんなにやつれてしまって……。具合はどうなの、ジョルジョ。隠さず、本当のことを言ってちょうだい」

ジョルジョ・ベッルーシはこう返事をした。「お前の顔を見たらたちまち元気になったよ。お前の匂いが鼻に入ってきただけで、三十そこそこの若い衆に生まれ変わった気分だ」

「クラウスは、一度だってそんな素敵な台詞をあたしに言ってくれたことがない」母さんが苦笑しながらつぶやいた。するとお祖母ちゃんは、まるで少女のように頬を赤らめるのだった。

ハンスとエレーヌが訪ねてきたのは、ジョルジョ・ベッルーシがロッカルバに帰って一週間ほどしたときのことだ。退院してからも、ジョルジョ・ベッルーシは、僕ら家族全員と、とりわけお祖母ちゃんの献身的な世話を一身に受けながら、長いことうちで静養していた。難しいバイパス手術を受けたのだが、母さんは肉屋の娘らしく、見舞い客にこんなふうに説明していた。「のこぎりで胸骨を切りひらいて、脚からとってきた血管を埋めて、心臓の健康な部分から血液が流れるようにしたのよ。そして、ワイヤーでぜんぶ綴じ合わせたってわけ」

マルコは「のこぎり」という言葉にショックを受けたようだった。きっとホラー映画かなにかで見たシーンを思いだしたのだろう。そのため、手術の細かな手順を父に繰り返し尋ねていたが、そのたびに医学的な説明を聞かされて、がっかりするのだった。

「ということで、ほんとうに久しぶりに、ちょっとひと息ついているところなの」と、母さんはハンスにありのままの気持ちを語った。たしかにそのとおりだった。僕も以前のように、学校から帰ってきて少し家でくつろいだあと、毎晩のようにボルボに乗って出掛けていた。一人で、気ままで、幸せだった。ただし、夕方までは高校の修了試験に備えて勉強に専念した。

ハンスは、僕らがようやく平穏な暮らしをとり戻したところに訪ねてきたわけだ。彼もそれを感じとり、その空気を尊重するようにふるまった。父に対しても愛想がよかったし、母さんのことはさかんに褒め、マルコや僕には優しく接してくれた。

僕のほうでも、二日ほどまえにロッカルバから届いた二枚の写真を自分から進んでハンスに見せた。一枚は建設現場を撮影したものだ。新しい《いちじくの館》の基礎部分に卵と小銭と塩を撒いて、工事の無事を祈願するジョルジョ・ベッルーシとお祖母ちゃんが前方に、その後ろにはセメントを流し込むコンクリートミキサー車が写っている。もう一枚は、迷宮のように入り組む《いちじくの館》の柱を下から見あげるように撮影したもので、そのあいだから、例の先端の尖った石壁が手つかずのままに飛びだしていた。中央ではひとすじの緑が成長を続けている。宿の象徴のいちじくの木だ。

「ここの、川のあるほうにプールを造るんですって」母さんが横から口を出し、二枚目の写真の、葡萄の木が勢いよく繁っているあたりを指差した。

「母さんがずいぶんまえに思いついたアイディアなんだよ」僕はすかさず言った。母さんがそう言ってほしがっていることを知っていたからだ。

ハンス・ホイマンは写真をよく見るために眼鏡をかけた。顔を輝かせ「ジョルジョ、やるじゃ《イン》ないか《ガンバ》」とイタリア語で言った。そしてドイツ語で続けた。「ようやくあいつの夢が実現するんだな！　まあ途中で投げだすような奴じゃないことは最初からわかってたがな。とことん頑固な男だ。あの炎のような眼差しを見たときからそう思ったよ。俺はあいつを心から尊敬し、慕っている。このあいだ会ったときは辛そうだったが、こんどこそ喜んでいるあいつに会いにいきたいね」

そう言うと、ハンスはもの想いに耽り、黙り込んだ。すかさず、ハンスがうちに来たときからチャンスをうかがっていた父が行動に出た。学校で満点をとった子供のような得意顔で、アメリカの権威ある——彼はこの言葉を強調するのを忘れなかった——雑誌に掲載されたという長い論文と、その論文を好意的に紹介する新聞記事の切り抜きが整理されたスクラップブックを見せたのだ。

なぜそんなことをしたのだろうか。

たちまちハンスの声と眼つきに、辛辣な皮肉が凝縮された。「さすがだな。これでお前もさぞ有名になることだろうよ。ただし言っておくが、そのアメリカの雑誌は、信用できんというもっぱらの噂だ。いつだったか、有名な写真家の作品を購入するように勧める記事が掲載されていたよ。世界の上位百人の写真家の番付と、それぞれの写真の相場という、商魂丸出しのリストつきでな。野菜かなにかと勘違いしてやがる」

父が心外だという素振りで雑誌とスクラップブックを閉じ、母さんが傍目にもわかるほどの軽蔑をこめた眼差しでハンスをにらみつけるなか、僕は好奇心を抑えきれず、ハンスは何番目だったのかと尋ねてみた。

「間違いなく上位だったろう」と彼は答えた。「だが、正直なところ、そんなくだらん雑誌はひらきもしなかったから、わからんね」そして、あてつけがましい笑い声をあげた。僕は、父に対する彼の挑発よりも、その傲慢な態度に幻滅した。

言葉というのは、ときに信じられないほど破壊的な威力を持つことがある。ハンスがそれを知らなかったわけがないし、関心がなかったとも考えにくい。けれども彼は、ようやくとり戻した平穏の真ん中で爆弾を破裂させ、僕の両親の笑顔を殺しただけでなく、このところ芽生えはじめていた彼に対する僕の敬意を打ち砕いたのだった。こうなると彼にはもう、マルコを相手に冗談を言うか、あるいは古臭いやり方で若い妻を撫でるぐらいしかなかった。エレーヌはといえば、その夜を通じてほんの数言しか喋らず、夫の壊滅的な暴言も、またそれに対する僕の両親の憤慨も理解できていない様子で、自然な笑みを浮かべていた。それは偽りのない笑顔ではあったが、その場にはそぐわないものだった。僕は彼女のことをじっと観察した。健康的で生命力にあふれた、ほとばしるような美しさだった。カラブリアだったら、露骨に「いい女《ボナッツァ》」と形容されるタイプの女性だ。年老いたハンスと、打ちのめされたクラウス、そして憤懣やる方ないロザンナという、三人の青白くぼやけた輪郭のなかで、彼女だけがミケランジェロの偉大な彫刻のように際立っており、触ってごらんと僕を誘惑しているように見えた。正直に言うと、ほんとうに触ってみようと思わなくもなかった。祖父の妻ということは、つまり形式的には僕の祖母にあたるわけだし、おまけに僕はその当時マルティーナにぞっこんで、七月に入ってロッカルバで彼女に本当のキスができる日を待ちわびながら、受話器に向かって投げキスをしていたにもかかわらず。

第三の旅

まもなく到着だ。

僕はスーツケースのなかに、高校《ギムナジウム》の卒業証書を入れておいた。イタリアの大学に進学したくなったら、いつでも対応できるようにだ。修了試験を受けたのは五月の終わりのこと。ずいぶん勉強したつもりだったのに、試験は三・一という惨憺たる成績で、両親をがっかりさせただけでなく、僕自身も少し落ち込んだ。それでも、その日から解放された気分になり、僕には休む権利があるのだと思っていた。

母さんはその春、以前より穏やかになり、庭の桜の木のように、ふたたびきれいな花を咲かせていた。信じられない、と僕は思った。歳月が過ぎていき、日々の暮らしのなかで血に毒を盛られる思いをしても、母さんは最後には必ず再生するのだ。時の経過など、母さんにとってはくすぐったいだけで、四十歳を過ぎても虫眼鏡で見ないとわからないぐらいの皺しかなかったし、胸なんか、シリコンで豊胸手術をした人よりもよほどぴちぴちしていた。弟がまだ小さくて、八歳半になったばかりというのも、きっと若さを保つ秘訣なのだろう。

ともかく、僕も以前より心が穏やかで、どこかの大学に進学するか、あるいは就職活動を始めるまえに、一年間の休暇をとろうと決めていた（みんなには、「熟慮」の期間なのだとうそぶいていた）。とりあえず、夏はマルティーナとロッカルバで過ごすつもりだった。

飛行機は、夏休みを利用してカラブリアに帰省する移民であふれていた。ハンブルクの飛行場まで僕を見送りに来た母さんは、ずっと歌を口ずさんでいた。母さんがそんなふうに歌を口ずさむのは、たいていなにか心配ごとがあるときだ。搭乗の直前になると僕をぎゅっと抱きしめ、途中までなにか言いかけた。「お願いだから……」

当時の僕にはわからなかったものの、母さんは僕が二度と帰ってこないのではないかと恐れていたのだ。

飛行機のなかは退屈だった。僕はウォークマンで音楽を聴き、羊の形をした雲を眺めながら、ハンス・ホイマンだったらきっとあの雲を写真に収めるんだろうな、などと考えていた。ジョルジョ・ベッルーシの顔も頭に浮かんだが、すぐに消えてしまった。それもそのはず、僕がロッカルバに向かっていたのは彼のためでなく、マルティーナに会うためだったのだ。少なくとも、僕はそう思っていた。その頃、マルティーナからは週に二通の手紙が届き、僕は二、三日に一度は電話をしていた。いくら密に書き言葉やささやき声を交わし合っても、僕たちのあいだに横たわる距離を埋めることはできなかった。早く会いたい。それは二人の共通の願いだった。そこで僕は、マルティーナに内緒で出発の日を早めることにした。驚かせたかったのだ。若かりし頃のクラウスが、ロザンナはどんな顔をするだろうと想像しながらロッカルバに向かって旅していたことを思い浮かべていた。次の瞬間、その光景はオーバーラップするように消えていき、アル・パチーノを虜にした娘の姿に変わった。僕は以前、『ゴッドファーザー』のビデオを両親にプレゼントし、三人で一緒に観たことがあった。若かりし頃の父と同様、僕も、地中海特有の夏の暑さのなか、横向きになって服を脱ぐ褐色の肌の娘に胸を打たれた。感傷的な嗄《しゃが》れ声が僕の声にこだまのように覆いかぶさり、繰り返した。いつまでぐずぐずしてるんだ。いいかげん出発しろ。出発するんだ。ロッカルバに行け。マルティーナが待ってるぞ。そのとき、僕は父の表情をうかがった。おそらくパソコンに何時間も向かっていたせいだろう、父の眼はうるんでいて、妻ロザンナの手を握っていた。その父の手が、一瞬震えるのが見てとれた。あれはおそらく、掌のなかで握りつぶされた悔恨の念だったのだろう。その翌日、僕はラメーツィアまでの航空券を買ったのだった。

こうした一連の出来事を、僕は飛行機のなかで思い返していた。記憶をたどるときも、ロッカルバで僕を待つマルティーナに想いを馳せるときも、気持ちは穏やかだった。

サンタ・エウフェミア湾の上空を飛んでいたと思っていた飛行機が、ティレニア海のトルコブルーの水は見飽きたとでもいうかのようにいきなり急旋回し、先端を空港の方角に向けた。

このとき、まもなく起こるだろうことをほんの束の間でも予測できたなら、僕はパラシュートなしででも海に飛び込んでいたことだろう。

僕は、アル・パチーノに勝るとも劣らない情熱でマルティーナを抱きしめたいという強烈な思いに駆られていたのに、マルティーナはまだお姉さん夫婦と一緒にトロペーアの海岸にいた。まさか僕がこんなに早く到着するとは思っていなかったのだ。一週間以内には戻るようにするけれど、すぐには無理。そんなことをしたら姉さんが機嫌を損ねるから。叔父さんの車で空港まで迎えにきてくれたテレーザを介して、心から愛しているという言伝《ことづて》とキスが届けられた。テレーザは、マルティーナの代わりだと言って僕を抱きしめ、唇にキスをした。

フィアット・テムプラは、高速道路をピッツォまでフルスピードで走り抜け、その後、ロッカルバへと登る道に入った。開け放たれた窓からうだるような熱風が入り込み、息がつまりそうになった。さいわい、もう少しで到着だ。僕は吐き気を堪《こら》えるためにまっすぐ前方を見つめたまま、テレーザの話を聞いていた。

テレーザは運転しているあいだずっと、《いちじくの館》の建設状況について報告してくれた。今年の夏、ロッカルバはこの話題で持ちきりよ。休暇で帰省している出稼ぎの人たちだけじゃなく、女の人も男の人も子供も、みんなこの話に夢中なの、と彼女は言った。近隣の村の人たちまで、誰も彼もが賛成派と反対派に分かれて、まるでふたつの敵対するサッカーチームのサポーターが怒鳴ったりわめいたりするように熱っぽく論じ合い、自分たちの主張が正しいと言い張るためならば手まで出しかねない勢いなの。とにかく、ジョルジョお祖父《じい》ちゃんには、家族も含めてみんなが少なからず驚いてる、彼女は包み隠さず語った。八年近くも刑務所に入れられた挙句、心筋梗塞を患って大がかりな心臓手術までしたというのに、あの歳になって本気で旅館の再建に取り組むだなんて、誰も思ってなかったもの。村人たちは感心する反面、批判もしてるけど、若い子たちは、夜になるとバールでお祖父ちゃんの話に聴き惚れてる。ジョルジョお祖父ちゃんはおもしろいし、話も上手だもの。昔のことから未来のことまで時を自在にめぐり、決まって《いちじくの館》にからめながら、映画よりもはるかに魅力的な旅や夢の話をしてくれるの。

テレーザは休みなく喋りながらも、運転は慎重だった。ロッカルバまで続く登り坂のそこここにある見慣れた窪みを、巧みなハンドルさばきで避《よ》けていく。僕は、右手の《いちじくの館》があるはずの方角を見やったけれど、道沿いにある背の高い常盤樫《ときわがし》の並木に隠れて見えなかった。一方、ロッカルバの村は丘のうえにくっきりと見え、仄白い光の輪がかかった馬の蹄鉄のような形をしていた。

ようやく、もう少しで村に着く。

そうなのよ、ジョルジョお祖父ちゃんはとくに若い子に人気があって、あたしの友だちもみんなお祖父ちゃんが好きなの、とテレーザが話を続けた。マルティーナなんて、とくにそう。大人のなかには、お祖父ちゃんのことを、手のつけられない変わり者で、服役しているあいだにわずかに残っていた脳みそまで干からびちゃったなんて言う人もいるのよ。残念なことに、テレーザのお父さん、つまりブルーノ叔父さんもそう考えているらしかった。ロッカルバの村からも遠いし、海岸からも離れた、だだっ広い平原に《いちじくの館》を再建するなんて、ロバの思いあがりもいいところだ。ブルーノ叔父さんはそう言っていた。そんなものを建てたって、田舎の宿どころか、田舎の肥溜めにしかならず、旅人が陽射しや雨露をしのぎながら用を足しに立ち寄るのが関の山さ。

でもね、ジョルジョお祖父ちゃんったら、ほかの人になんと言われようと痛くもかゆくもないみたいで、ひたすら我が道を突き進むだけなのよね。貯金はすっかりはたいたし、昔お肉屋さんだった建物や、所有していた土地もほとんど売りはらっただけじゃなく、お祖母《ばあ》ちゃんの名義になっていたバーリの実家や、もう何十年も誰も使っていなかったカミリアテッロの別荘まで売ってしまったのよ。かなり大がかりなことを計画してるみたい。ジョルジョお祖父ちゃんはきっと、やり遂げるわね。

僕らがロッカルバに着いたのは、午後も遅い時間だった。僕は村の広場の中心で停まってもらい、車から降りた。そして、あえて大袈裟に大地にひざまずき、村に口づけをするという、なかば冗談めいた所作をした。凄まじい熱気に首すじを押さえつけられるような心地だった。ところが、僕が口づけするつもりでいた斑岩の敷石には、まるで無数の小さな星のように燕の糞がへばりついていた。それを落とした張本人たちは、僕をからかっているのか、あるいは燕なりのやり方で歓迎しているのか、狂ったように啼きながら低空を舞っていた。数百羽はいただろうか。結局、僕はあきらめるしかなく、テレーザには思いきり笑われた。それでも、たとえそれが冗談半分の滑稽なものだったとしても、大地に口づけしようという気持ちが自ずと湧き起こったことにより、意思とは裏腹に、僕の体内にはもはやロッカルバが棲みついて僕の一部となり、ハンブルクと同等の比重を占めていることに気づかされたのだった。もしかすると、『ゴッドファーザー』を観ていたときに聞いた気がした謎めいた嗄れ声は、ロッカルバのものだったのかもしれない。ロッカルバが、さながら裏切られた恋人のように、マルティーナによく似た躍動感のある乳房の娘を囮にして僕を呼び寄せていたのだ。

家では、お祖母ちゃんとエルサ叔母さんが僕を歓迎してくれた。二人に代わる代わる抱きしめられ、僕は豊満な二人の肉から発せられる熱に包まれた気分だった。エルサ叔母さんは肥る一方で、まもなくお祖母ちゃんに追いつきそうな勢いだった。そうしていつの日か、テレーザに追いつかれるのだろう。三人は、大きさは異なるけれど同じ形の型でくりぬかれたようだった。引き締まった良質の肉でつくられた三体のマトリョーシカといったところだ。ジョルジョ・ベッルーシなら、もちろん《いちじくの館》で工事を見守っているよ、とお祖母ちゃんが言った。あまり疲れるようなことはしないほうがいいけれど、ちょっとした運動なら身体《からだ》にいいと医師にも言われたらしい。

ブルーノ叔父さんはバールにいたらしく、僕が着いたという知らせを受けると、挨拶をしに戻ってきた。まるで小ぶりの樽みたいにまん丸だった。このあいだ会ったときより背が低くなったような気がしたが、実際には叔父さんが横に成長し、僕が縦に成長しただけだろう。

「叔父さん、元気だった？」と尋ねながら、僕は頭を少しかしげた。叔父さんの頭が僕の肩より低い位置にあったからだ。

「ああ、元気だとも」叔父さんは陽気に応えた。「すこぶる元気だ。見ればわかるだろ？」そして、誇らしげに自分の腹を指差した。「なんたって飯は旨いし、夜だって盛んさ。どっちも人生最大の愉しみだからな。ほかに望むことなんてないね」

エルサ叔母さんは、不快感をあらわにして夫をにらみつけた。さいわい、お祖母ちゃんもテレーザも台所で夕食の支度をしていたので、聞いてはいなかった。

その後みんなで食卓を囲んだとき、少なくとも「飯」に関しては、ブルーノ叔父さんの言葉は真実だと僕は妙に納得した。叔父さんは豚のようにばくばく食べていた。旨そうにむさぼりつき、汁をすすり、肉をそぎ、口のまわりを汚し、げっぷをしながら。にぎやかな音を発する食べっぷりは、じつに見ものだった。そこへ、ジョルジョ・ベッルーシが大きな西瓜《すいか》を抱えて帰ってきた。農夫からもらったのだと言って、西瓜を食卓のうえに置き、僕に挨拶をした。すると、ブルーノ叔父さんの食べ方は、たちまち人間らしいものに変わっていた。僕の脳裏に、あの血塗られた夏の西瓜がよみがえったが、なにも言わなかった。

ジョルジョ・ベッルーシは、食卓につくと同時に話しはじめた。母さんや、マルコや、父の近況を僕に尋ね、それからハンス・ホイマンのことも尋ねた。ハンスにもう一度会えるならなんでもするとも言った。彼の声には、一歩も引かない依怙地さが感じられた。心臓の手術を受けたことにより、彼は若返ったのだ。以前よりも間違いなくエネルギッシュだった。それから《いちじくの館》の工事の様子を語りはじめたが、僕は、旅の疲れと、おそらく強いワインを飲んだせいもあったのだろう、瞼がひとりでに閉じてしまうのだった。それでも、ジョルジョ・ベッルーシがナイフの先端を西瓜の皮に突き立ててふたつに割るまで、なんとか眠気を堪えていた。僕は、真ん中の「雄鶏の鶏冠《クレスタ・ディ・ガッロ》」をもらい、テレーザと半分に分けた。そしてそれを味わって食べると、そのままベッドに入った。

翌朝、僕は十時に目が覚めた。《いちじくの館》でジョルジョ・ベッルーシが待ってるよ、とコーヒーとお手製のアーモンドタルトを枕もとまで運んできてくれたお祖母ちゃんに言われた。足がないと困るだろうと、お祖父ちゃんは古い乗用車をガレージに入れておいてくれた。海に行くときにも、ちょっとドライブするときにも使っていいと言っていた。お祖父ちゃんは、建築資材を《いちじくの館》に運ぶため、新しい小型トラックを買っていた。

乗用車は古いメタルグレーのシムカで、外側も車内も埃だらけだった。なかなかエンジンがかからず、オーバーフローしてるのかもと思いはじめたとき、六回目の挑戦でようやくかかった。広場に続く急な上り坂では、まるで背に荷物を積みすぎた老いぼれラバのようにぷすぷすと音を立てていたが、続く蛇行した下り坂は、出しすぎといえるほどのスピードで通過した。というのも、ブレーキパッドがすり減っていて、減速しようとするたびに悲痛なうめき声をあげたからだ。

広い更地に停められていた小型トラックの隣に、僕はシムカを停めた。

「おはよう、お若いの」ジョルジョ・ベッルーシが朗らかな口調で声をかけてきた。「フェラーリの乗り心地はどうだね？」

「ラバみたいにぷすぷす言うし、ブレーキの調子が悪いから、踏むと雌の象みたいなうめき声をあげるけど、それ以外はまあまあって感じかな」

僕らは愉快そうに笑った。赤い大きなトラックからセメントの袋を降ろしていた石積み職人たちも笑っていた。全員ロッカルバの村人で、まるで旧知の友のように親しげに挨拶してくれるのだった。

それからジョルジョ・ベッルーシは顎をしゃくり、建物を見るように促した。僕は母さんの話や写真から、《いちじくの館》というのは小ぢんまりとして温もりのある、田舎の一軒家のようなものだとばかり思っていた。

「で、感想は？」僕がなにも言わずに黙っていたものだから、ジョルジョ・ベッルーシが小突いてきた。

「すごいや」僕は言った。「こんなにでかいとは思ってなかった」

三階建ての構造物の柱や梁が眼前にそびえているさまは、文字どおりの圧巻だった。うえには、アーチがふたつある鉄筋コンクリート製の屋根が載っている。左側の、かつて厩《うまや》だった場所には、船の舳先のように屋根が張りだしていて、何本かの円柱で支えられていた。

「いくらなんでも、昔のままの宿を建てるわけにはいかんだろう。一階に狭い調理場と食堂、二階に小さな客室が四つ、それに、樽や食料をしまっておく蔵が地下にあるだけだったんだからな。時代は変わった。だから、十四の客室と一流のレストラン、それにバールもある旅館を建てることにしたんだ。必要なものはなんでも備わっている。お前の母親の希望どおり、プールも造ることにした。ものすごく大きいというわけじゃないが、設備の十分整った、正真正銘のホテルだよ。この地域のホテルには負けてられんからな」

中心部の二本の柱のあいだでは、先端の黒ずんだ昔の壁が威容を誇っていた。僕は、どうしてあの壁を打ち壊さなかったのかジョルジョ・ベッルーシに尋ねてみた。

「そんなこともわからんのか？　お前は賢いんだから、説明せずともわかりそうなもんだがな。新しい壁のあいだで、敢えて目立つように残してあるのさ。壁石の隙間から芽を出してる小さないちじくの若木が見えるだろ？　あれもそのままにしておくつもりだ。ひょっとすると、何百年も昔にこの宿の名前の由来となったいちじくの子孫かもしれないからな。見てろよ、いつか途轍もなくでかい樹木になるぞ。いちじくはコンクリートの隙間でだって育つんだ。植えさえすれば、月面でも育つにちがいない」

石積み職人の一人――おそらく棟梁だろう――が、口を挿んだ。「若旦那、言ってやってください。あんな古い壁は、新しい建物にはそぐわないってね。目障りなだけだ」

「いや、すごくいいアイディアだと思う」と僕が答えると、石積み職人はつぶやいた。「そりゃそうだ。兄《あん》さんにもおなじ血が流れてるんだもんな。期待したわしが間違いだったよ」

そして、さばさばとした笑顔を僕に向けると、持ち場に戻っていった。

ジョルジョ・ベッルーシが暴論を吐いた。「ここじゃあ、誰もが自分こそが建築技師だと思ってやがる。石工までもがね。そのくせ、なにもわかっちゃいないんだ。美しいものと、そうでないものの区別もつかない。手先は器用だが、想像力のかけらもないのさ」それから僕を建物のなかに招き入れ、設計を事細かに説明しはじめた。水回りにはどんなモデルを選んだのか、客室の内装はどうするのか、プールサイドにはどこのメーカーのクリンカータイル（炻器質《せっきしつ》粒土を高温で焼いてつくった外装用のタイル）を用いるのか……。その眼は、いまにも奇蹟を起こそうとしているか、さもなければ悪魔を打ち倒そうとしている聖人のようにとり憑かれていた。地下倉庫の設計図も見せてくれた。昔の蔵のあった場所を掘ってみたところ、哀れにもここで命尽きた盗賊たちの亡骸と、銃の一部が出てきたそうだ。炎に焼かれ、歳月によって朽ち果て、鼠にかじられ、ぼろぼろだった。遺骨は、余った板を利用して職人たちがこしらえた棺にまとめて納め、教区司祭に祈ってもらったうえで、墓地の納骨堂に安置し、そこで安らかに眠ってもらうことにした。あいつらだっておなじ人間だからな。ジョルジョ・ベッルーシは最後にそう言った。

僕は日に一回か二回、《いちじくの館》の建築現場に通った。職人たちに冷えたビールを差し入れ、ジョルジョ・ベッルーシの話し相手をしながら、ちょっとした仕事を手伝ったりもした。マルティーナのいない村にいても、とりわけ昼間は退屈するだけだった。海にも一度行ってみたが、彼女がいないとやっぱり退屈だった。

ジョルジョ・ベッルーシは、「これでやっと、脳みそのしっかり動くやつと、まともな議論ができるってもんだ」と言って、そんな僕をありがたがった。ところが、相手が職人となると挑むような口調で話すため、仕事の前後で口論になることもめずらしくなかった。そのうちに烈しい殴り合いになるのではないかと僕が冷や冷やしながら見ていると、最後には決まって仲良く一緒にビールを飲みはじめるのだった。「どのみち、札束を出すのは旦那ですから」親指と人差し指をこすり合わせながら、棟梁はそう言った。そして、ジョルジョ・ベッルーシが背を向けた隙に、人差し指で自分のこめかみを弾いてみせるのだった。

トロペーアから戻ったマルティーナは、僕が村にいなかったので、テレーザに運転を頼んで《いちじくの館》にやってきた。日焼けして、みずみずしかったけれど、アル・パチーノが恋した褐色の肌の娘との共通点はあまりなかった。いや、そもそも似てなければならない理由などない。マルティーナはマルティーナなのだから。映画に感化されるなんて、僕のほうが馬鹿だったのだ。

僕らは、軽く唇をかすめるだけのキスをした。本当はそんなキスがしたかったわけじゃないけれど、工事現場には好奇の目がいくつもあったから、ほとばしる激しい情熱に身を任せるわけにもいかなかった。ジョルジョ・ベッルーシはマルティーナに対してとても愛想がよかった。彼女のお父さんのことや、ふだんはスイスに住んでいるお姉さんのことを尋ね、冷たいビールをふるまい、旅館の設計図を見せた。挙句の果てにはシムカのドアを開けてこう言った。「どうぞ、別嬪さん、お乗りください」マルティーナが僕の隣に乗ると見越していたのだ。まずテレーザに挨拶のキスをしてから、僕の肩をぽんと叩き、大きな声で言った。「お前がたまらなく羨ましいね、フロリアン。心底羨ましいよ。いいか、わかってるな……。でないと、歳をとってから後悔するぞ！」

先に僕らの車が走りだし、テレーザと燕があとを追いかけてきた。テレーザの車は、最初の直線道路で僕らを追い越していった。僕らは少し行ったところで舗装されていない細い脇道に入り、大きな接骨木《にわとこ》の繁みの陰に車を停めた。ようやく二人きりになれたのだ。僕は、車の外の大自然のなかで抱き合いたかったが、見たところ誰もいなそうだからといって油断は禁物だったし、枯れ草の下に蝮《まむし》が潜んでいないとも限らなかった。マルティーナは蝮をとても怖がっていた。車内は暑かったので、窓を全部開け放した。すると、接骨木のむせかえるような香りをふくんだ風と一緒に、割れんばかりの蟬しぐれと、燕の啼き声が入ってきた。

最初のキスは、長々とする甘口のワインだった。僕はそれですっかりほろ酔いかげんになった。身体の大きな僕は、小さなシムカの車内では思うように動けず、マルティーナのブラウスのボタンを引きちぎりそうになるし、ブラジャーのホックもうまく外せなかった。「愛してる、マルティーナ。君が好きだ」そんな、月並みだけれど欠かすことのできない台詞を繰り返した。僕は汗だくだったが、彼女は平気で、ゆっくりと下着を脱いでいた。彼女の乳房の、褐色の乳輪がちょうど僕の口の高さでアップになり、恥丘の生温かく密な縮れ毛が僕の身体をかすめるのを感じたとき、僕は危うく卒倒しそうになった。

八月はずっと、シムカが僕らのベッド代わりとなった。マルティーナのお姉さんの家にある広くてふかふかの本物のベッドは、本来の家主に占領されていたからだ。

たまに、マルティーナを乗せて無謀にもソヴェラートのあたりの海岸まで遠出することがあった。シムカは、ブレーキだけは新しくしてもらったものの、不安なく乗りまわすには、エンジンをそっくり交換する必要があると修理工に言われていた。僕らは遅くまで海岸で過ごし、日が暮れるとピッツァを食べに行き、それからまた海岸に戻り、夜中の十二時過ぎまで、温もりの残る砂浜で抱き合って過ごすのだった。ときどきはテレーザも一緒だった。テレーザはマルティーナの無二の親友で、僕の従妹というだけでなく、僕ら二人の盾にもなってくれた。村の人々の無遠慮な視線や悪意のある噂から僕らを守ってくれたのだ。おまけに僕よりも嘘が上手で――僕だって、もはや名人の域に達していたけれど――、叔母さんや叔父さん、そしてマルティーナの両親にも、みんなで踊りに行くのだとか、ポップミュージックのライブに行くのだとか、いろいろとでっちあげてくれた。ごくたまに本当のときもあったのだけど。要するに、テレーザは僕らのことを守ってくれ、必要ならば見張り役まで買って出てくれた。彼女自身が砂浜や車のなかで行きずりの彼氏と抱き合っているときは別にして。テレーザにだって、たまには息抜きを楽しむ権利があった。

村では、みんなで中心街を散歩した。テレーザとマルティーナが腕を組み、僕はその仲間の男子たちと並んで歩く。誰もがものすごい勢いで喋りまくり、しかも些細なことにすぐ腹を立てるのだった。たとえば村で起こった暴力事件について話しはじめ、それに対する復讐劇や、果てしなく続く裁判へと話題が展開していく。裁判については、法学部の学生で弁護士の卵のアルクーリが専門家気取りで意見を披露する。ところが、それに対して僕が、たしかにロッカルバで暮らすのは大変だよね、なんて口にしようものなら、全員いっせいに腹を立て、ドイツではロッカルバのような美しい村は夢にさえ見られないと言い張るのだった。次いで話題はサッカーに移り、イタリアのナショナルチームはドイツよりもはるかに強いといった自慢が始まる。でも、僕はそんなふうに言われても全然腹が立たなかった。というのも、僕の頭はマルティーナのことでいっぱいで、目の端で彼女の落ち着きのない足取りばかり追っていたからだ。彼女の頭も僕のことでいっぱいだと言い切る自信があった。

村を出ると僕は男子の輪から離れ、マルティーナに追いついた。たいがい、みんなは運動場にとどまってサッカーの試合を観戦し、僕たち二人は常盤樫の森のなかの公園まで歩いていくのだった。僕らの金魚が待っていた。冬に見たときよりも元気に泳ぎまわり、楽しげで、なにより満腹そうだった。池のまわりでは、大勢の観光客や、休暇で帰省している出稼ぎの人たちが家族連れで訪れてはお弁当を食べ、パン屑や食べ物の残りを金魚に投げ与えていた。

ところが九月に入ると、金魚の暮らしもふたたび単調なものとなった。餌を投げてくれる人は誰もいなくなり、僕らだけが、パンや、マルティーナのお父さんからくすねる釣り餌のミミズを投げてやるだけになった。家族を乗せた何台もの車が、北イタリアや、そのさらに北にあるヨーロッパ諸国へと帰っていき、村はもぬけの殻になった。まもなく空ももぬけの殻になるだろうよ。ある日、ジョルジョ・ベッルーシがそう教えてくれた。燕たちが狂ったように空を飛びまわっている。つまり、南を目指して長旅に出る支度をしているのだ。「おお、燕よ、燕。燕には記念碑でも建ててやるべきだな。あいつらのお蔭で、こっちは蝿や蚊の格好の餌食にされずに済む。来年の春、燕が戻ってくる頃には、《いちじくの館》も完成していて、軒先に巣を迎えてやれるだろうよ」

ジョルジョ・ベッルーシは満足そうだった。工事は順調に進んでいて、期間も費用も当初の予定どおりだった。この調子なら、土地や不動産を売却して工面した費用内に納まるだろう。一リラたりとも借金のないことが、彼の誇りだった。夕食時、ジョルジョ・ベッルーシは陽気で、みんなと一緒に料理を味わいながら、ブルーノ叔父さんにまで愛想がよかった。そして、テレビニュースを見終えるとベッドに入る。というのも、朝は四時半に起きるのだ。一方の僕は、村の若者が皆そうしていたように、夕食のあとはバールに繰りだすのだった。そんな数か月のあいだに、僕はすっかり村の人間になっていた。やたらと大声を張りあげて喋り、髪には彼らと同様のウェーブがかかり、色も確実に濃くなっていた。背だけは抜きんでて高かったが、それはハンブルクでもおなじことだった。

毎晩、十時半ちょうどに僕はマルティーナと約束していた。バールを抜けだし、しばらくまえに休暇を終えて発っていった彼女のお姉さんの家に向かう。ドアをそっとノックすると、「フロリアンなの？」とおそるおそる尋ねる彼女の声がし、「そうだよ、マルティーナ」と応える。

ベッドにもぐり、僕は疲れ知らずの旅の達人のように、唇でマルティーナの身体を縦横無尽にまさぐりながら、アル・パチーノが恋した褐色の肌の娘よりも、マルティーナのほうが格段に美しく、温もりがあり、恋焦がれていると確信するのだった。

その晩も、僕はマルティーナと一緒に、お姉さんの家のベッドにいた。おそらく十一時半ぐらいだったろう。家のまえの通りを行き来する人たちに聞かれてはまずいと思い、いつものとおり僕らは声をひそめて話していた。すると、遠くから地滑りの音が響いてくるような、長くくぐもった轟音が部屋に分け入ってきた。マルティーナは反射的に僕にぎゅっと抱きついた。シーツの下の僕らは裸だった。

「雷だよ」僕は彼女の不安を和らげようとして言った。「嵐が近づいてるのかもしれない」十月の晩で、外は小糠雨が降っていた。「土砂降りになるまえに、うちに帰ったほうがよさそうだ」彼女もおなじ意見だった。

ところが、通りから不穏なざわめきが聞こえはじめ、それがだんだんと熱を帯びてきたので、僕らは身構えた。

「地震があったんじゃないの？」とマルティーナが言った。

ふたたび彼女の不安を和らげようとキスをしてみたものの、効果はなく、マルティーナは身体を震わせるばかりだった。

僕らは慌てて服を着ると、物音を立てずにお姉さんの家から抜けだし、それぞれが自分の家に向かった。

広場には不安そうな表情の村人たちが大勢集まっていた。

「花火大会のフィナーレかと思った」

「いや、あれはきっと地震の揺れだ」

「なに言ってるんだ。地滑りに決まってるじゃないか。山の一部が崩れ落ちたんだ」

「いいや、音は平原のほうから聞こえてきた」

「爆発があったんだ」最後に、一人の老人が言った。「ダイナマイトさ。間違いない。向こうの川のほうから聞こえてきた」

そのとき、ジョルジョ・ベッルーシの小型トラックがものすごい勢いでやってくるのが見えた。僕は手をふって停まるように合図し、乗り込んだ。その時点ですでに、なにが起こったのかうすうす勘づいてはいたものの、思い違いであることを祈っていた。ジョルジョ・ベッルーシにはなにも言わなかったし、彼もまた押し黙ったまま、ひたすらハンドルに集中していた。救急車のような猛スピードで、カーブに差しかかるたびにクラクションを鳴らしながら。

平原に出たあたりから、火薬の臭いが漂ってきた。もはや疑う余地はない。何者かが《いちじくの館》を爆破したのだ。

小型トラックのヘッドライトが、まだ煙と土埃に包まれている鉄筋コンクリートの山を照らしだしたときの、夜の闇に響きわたる人間のものとは思えない慟哭を、僕は決して忘れはしないだろう。それはまさしく、この世のありとあらゆる想像力を総動員しても僕にはどうしても理解できなかった、人を殺すほどの激しい怒りだった。

「こんちくしょう、芯まで腐った連中め。この手で首根っこをへし折ってやる。俺の人生をどこまで踏みにじったら気が済むんだ。てめえらのけつの穴でダイナマイトをぶっ放し、そのどす黒い魂をずたずたにしてくれる。俺たちの土地を台無しにしやがって。てめえらのような屑は地獄にも行かれんぞ。行き場を失って、この世からもあの世からも永遠に消え去るがいい」

僕は、そんな彼をなだめようとはしなかった。しょせん無理だとわかっていたからだ。ジョルジョ・ベッルーシはあまりの怒りに半狂乱となって地団太を踏み、忌々しい亡霊を退治するかのように、建物の残骸めがけて石を投げつけていた。

《いちじくの館》は、形すら成さない瓦礫のかたまりと化していた。まるできかん坊に踏みつぶされた砂の城のように。

三十分あまり経っただろうか。ジョルジョ・ベッルーシは静かになった。小型トラックに乗り込む彼のあとに、僕は目を伏せたまま続いた。頭のなかまで真っ暗で、胸は押しつぶされそうだった。

家ではみんなが起きて待っていた。お祖母ちゃんに、叔母さんと叔父さん、そしてテレーザ。

「それで?」と、ブルーノ叔父さんが訊いた。

ジョルジョ・ベッルーシの返事はこうだった。「疲れた。もう寝る。おやすみ」

そのため、瓦礫と化した建築現場の様子をみんなに話して聞かせるのも、泣いているお祖母ちゃんと叔母さんをなぐさめるのも、僕の役割となった。その傍らで叔父さんは打ちのめされたように、おなじ台詞を繰り返しつぶやいていた。「いつかこうなるってわかってたさ。誰もがわかってたことだ。報復を忘れるような連中じゃない」

夜通し起きていた僕は、寝にいくことにした。ジョルジョ・ベッルーシの寝室のまえを通るとき、いつもどおりの重々しいいびきが聞こえてきた。そして、いつもどおり彼は四時半ぴったりに起きだし、自分でコーヒーを淹れると、家を出て、破壊された《いちじくの館》に向かった。

こうして、またもや僕が、朝っぱらから家のまわりに詰めかけた大勢の人を相手に、前夜の光景を話さなければならなかった。村の人たちは僕の話を聞きながら嘆き悲しみ、僕らを慰めようとした。握手を求めてくる者もいた。彼らにしてみれば連帯のしるしなのだろうけれど、僕には、葬儀に参列した人たちが遺族に哀悼の意をあらわしているようにしか見えなかった。《いちじくの館》が、凄惨な死を遂げたのだ。アーメン。

それから数日は、とりわけ夜、ジョルジョ・ベッルーシが帰宅する時間になると、弔問客が引きも切らずに訪れた。電話でも、国内、国外を問わず、哀悼の言葉が届けられた。しまいには、どのような経緯で爆発が起こったのか、僕ら家族よりも彼らのほうが詳しく知っているようになった。何者かが建物の中心部の柱に爆薬を仕掛けたうえで、森から発火装置を作動させたのだ。間違いなくプロの仕業だ。船の舳先に似た屋根のある側面だけがほぼ無傷で残っただけで、そのほかはすべて土埃に埋もれてしまった。

軍警察《カラビニエーリ》は複数の手掛かりを追っているらしい。人々は、新聞の報道を繰り返した。一帯では、この手の事件は過去のものになっていたはずだった。軍警察は事件の全貌をつかむことができず、ジョルジョ・ベッルーシも捜査に協力的とはいえなかった。

「疑わしい人物は?」と軍警察が尋ねる。

すると彼は、「全世界」と答えるのだった。

軍警察はたしなめた。「ふざけている場合ではありません、ベッルーシさん」

すると、ジョルジョ・ベッルーシは言い返した。「だったら、そんなくだらん質問をして、時間を無駄にしないでくれ」

一方、弁護士の卵のアルクーリは、犯人の目星はだいたいつくと話していた。「明らかだよ。予想できたことだ。然るべき相手に対する警告だろう。見せしめの意味合いがこめられてる。つまりこういうことだ。図に乗るなよ。仲間が殺されようと、逮捕者が何人か出ようと、お前をただじゃおかないぞ。ここは我々のテリトリーだ。我々の好きなときに、好きなことをする」その晩、冷え込む村の広場では、頬を紅潮させたアルクーリが、僕とマルティーナと友だち二人を相手に、法廷での陳述さながらに熱弁をふるっていた。彼は、《いちじくの館》でなく、ジョルジョ・ベッルーシ本人が狙われ、爆殺されてもおかしくなかったと言った。すべては、この地域の人々の記憶にはないような辱めを与えた報復なのだ。時代が変わりつつある証拠だよ、とも言っていた。

「ジョルジョ・ベッルーシが狙われなかったのがせめてもの救いね」僕を元気づけるために、マルティーナが口を挿んだ。「建設途中の建物を爆破されるほうが、人間を殺されるよりましよ。しかも、あんなにすごい人はめったにいないんだから」

　アルクーリも、マルティーナも、うちを訪れる人々も、お祖母ちゃんも、ほかの家族たちも、誰一人予測できなかったのは、爆破事件から何日もしないうちに、ジョルジョ・ベッルーシが腕まくりをし、またしても旅館の再建に挑むということだった。

　むろん彼にとっても容易なことではなかった。お願いだから断念してくれと、みんなから口々に言われた。「お父さん、やるだけ無駄よ」と、母さんも電話で説得した。お祖母ちゃんも懇願した。「いいかげん歳をわきまえて、むきになるのはおよしなさい。もう老い先長くないんだから、みんなで平穏に暮らしましょう」近所の人たちも、親戚も、みんなおなじ意見だった。ところが彼は、頑として譲らなかった。

　ロッカルバの建築業者たちが一人残らず、「ほかの現場を抱えているから」と場当たり的な口実をでっちあげて再建の仕事を断ってきても、ジョルジョ・ベッルーシは引き下がらなかった。県外の業者に依頼したところ、リスクを考慮したとして、前回の工事よりも割高な見積もりを出された。

手もとに残っていた資金では、瓦礫を撤去し、爆破された建物の土台をやりなおすのが精一杯という状況だった。一方、爆破で崩された昔の宿の壁は、ジョルジョ・ベッルーシが自分で積みなおした。碧い石をひとつ残らず拾い集めさせられたのは僕だった。

僕は喜んで手伝った。彼の意志の強さが好きだったし、決して揺らぐことのない自尊心に憧れた。また、家族のみせた連帯感も素晴らしいと思った。鉄筋コンクリートの構造部分は、僕の両親と叔母さんたち夫婦で資金を出し合うことになり、数週間後には以前とおなじ頑丈で威厳のある姿をとり戻していた。

次いで、ジョルジョ・ベッルーシは銀行から銀行へとまわり、金を貸してくれと頭を下げて歩いた。だが、村にある古ぼけた自宅を抵当にして数百万リラを借りるのがやっとで、「二十一穴《ヴェントゥーノフォリーニ》」と呼ばれているレンガで外側の柱と柱のあいだを埋め、一階部分の内部の間仕切りの一部ができただけだった。

そこまで来ると、ジョルジョ・ベッルーシは途方に暮れた。彼のそんな姿を見るのは、あの爆破の日以来だった。それでも、「このまま放置するわけにはいかない。できそこないのホテルなんて、恥さらしなだけだ」と繰り返しつぶやき、あきらめる素振りは見せなかった。なおも新しい建造物の見張りを欠かさず、夜も頻繁に建築現場にとどまり、隣に銃を置いて寝袋で眠るのだった。

「そこまで警戒する必要はないんじゃないかな」と、アルクーリは言っていた。「おそらく、もう安心して眠っても大丈夫だろう。連中は自分たちのほうが力のあることを誇示したかっただけで、目的はすでに果たしたからね」

クリスマスの二日前に両親とマルコがやってきた。父の仕事が忙しいらしく、一週間だけロッカルバに滞在する予定だった。それでも、両親は全身の汗腺から喜びを噴きだしていた。元気そうでよかった、僕は肉づきがよくなったし、お祖父ちゃんもお祖母ちゃんも若返ったようだと言っていた。それが僕らを慰めるための演技なのか、二人には僕らの瞳の奥を読むことができないのか、判断がつきかねた。一方、マルコが外に出たくてうずうずしているのは一目瞭然だった。うちに着いて五分もしないうちに、「みんなと一緒に、クリスマスの篝火に使う薪を集めてくる」と言い捨て、許可も待たずに出掛けてしまった。

村をまわりおえたマルコが汗まみれの薄汚れた格好で帰ってくると、ジョルジョ・ベッルーシは力強く抱きしめ、耳もとでなにかささやいた。マルコは勝ちほこったように両手をぐっと高く掲げ、お祖父ちゃんの額にキスをしたが、なんの話だったのか僕には教えてくれなかった。

翌日はクリスマス・イヴだった。ジョルジョ・ベッルーシは朝早くマルコと僕を起こすと、小型トラックで《いちじくの館》まで連れていった。荷台にチェーンソーが積んであるのを見て、僕にはすぐにお祖父ちゃんの意図がわかった。

《いちじくの館》の裏の森に積みあげられていた樫の枝や、常盤樫や桑の幹を、僕らは半日かけて切りそろえた。どれもトラクターであらかじめ根こそぎ抜いてあったものだ。冷たくて湿った風が吹き、ときおり雨もぱらついたが、僕らは泣きごとも言わずに働いた。作業が終わると、切りそろえた薪をトラックの荷台に積んで、教会のまえの広場まで運んだ。そして、村の子供たちの手で集められた薪のうえに丁寧に積みあげたのだ。「幼児《おさなご》イエスが喜んでるだろうよ」うずたかく積まれた薪に、僕らと並んで感嘆して見とれていたジョルジョ・ベッルーシは言った。「僕だってすごく嬉しいよ」と、マルコが真剣な顔つきで言った。

お腹をすかせた僕らが家に帰ると、クリスマスの晩餐用の十三種類の料理を作るお祖母ちゃんを、母さんとエルサ叔母さんとテレーザの三人で手伝っていた。ようやくお祭りの雰囲気があたりに漂いはじめていた。

その夜遅く、教会のまえで、母さんがジョルジョ・ベッルーシにぴったりと寄り添い、感極まった様子でクリスマスの篝火を見つめているのを僕は見た。マルコは、ロッカルバではこれまで見たこともないほど大きな篝火だと父に説明していた。炎のベッル《フォクベッル》の時代にもなかったことだ、とお祖父ちゃんも言っていた。

教会の石段のところから、マルティーナがこっちに来るようにと合図を寄越していた。ジョルジョ・ベッルーシのすぐ後ろを通りすぎるとき、「今晩は幼児イエスがお喜びだ。マルコも嬉しそうだな」と母さんに繰り返し言っているのが聞こえた。

クリスマスの祝祭のあいだ、ジョルジョ・ベッルーシは自分が抱えている問題を忘れているようだった。たとえ眉をひそめていても、マルコの顔を見るとたちまち笑顔に戻る。しょっちゅう二人でバールに行っては、カードゲームをしていた。そして、お昼と夕飯の時間になると家に帰ってきて、お祖母ちゃんのおいしい手料理や、ジョルジョ・ベッルーシが涼しい蔵で保存しておいた葡萄やメロンや柘榴《ざくろ》を家族と一緒に味わうのだった。

《いちじくの館》のことは誰も口にしなかった。母さんも、叔母さんや叔父さんも。おそらく、クリスマスの祝祭を台無しにするのが怖かったのだろう。

そんな一種の暗黙の了解を破ったのは父だった。《いちじくの館》の再建工事の進み具合を知りたがったのだ。そのうえで、資金を手に入れる方法があると僕に助言した。車のなかでのことで、母さんとマルコは後部座席にいた。帰りの飛行機に乗る三人を、僕がラメーツィア空港まで送るところだった。その方法を聞いて僕はすぐに、むごいやり方ではあるが、避けて通ることはできないと思った。ところが、母さんはいきなり怒鳴りだした。「聞きちがいじゃないでしょうね。あなたって人は、脳みそが足についてるわけ？　なんてひどい入れ知恵をするのよ。そんなやり方は、性根まで腐った悪党《ストロンツォ・パテンタート》でもないかぎり思いつかないわ！」二人の口論は空港に着くまで続いた。搭乗の瞬間まで母さんは不機嫌な顔をしていたし、おそらくその後もずっとそうだったのだろう。別れぎわ、二人は声をそろえて僕に言った。「早く帰ってきてね《コム・バルト・ナッハ》。待ってるから《ヴィア・ヴァルテン・アウフ・ディッヒ》」

僕は、父の助言について長いこと考えあぐねていた。それは、決して「性根まで腐った悪党」の思いつきなどではなく、むしろその逆だった。ただ、ジョルジョ・ベッルーシになんと言って切りだしたらいいのかわからなかった。なにより、彼がどんな反応をするかまったく予測できない。僕の眼に唾を吐きつけるだろうか、それとも僕を抱きしめる？

最終的に、勇気を出して話してみることにした。《いちじくの館》の建築現場で、僕とジョルジョ・ベッルーシは、できそこないのホテルに寄りかかっていた。

僕は話を切りだした。「ローマにクリスティーズ・イタリーというところがあってね、古美術品を売ってるんだ。手書きの原稿なんかもだよ。価値のあるものなら高い値段で買い取ってくれるらしい。デュマの手稿なら少なくとも二千万リラぐらいになる可能性があるって、父さんが言ってた。問い合わせてみたんだって」

ジョルジョ・ベッルーシの反応はというと、激怒し、信じられないという眼つきで僕をにらむと、憤りのあまり途切れ途切れにこう言ったのだ。「お前は……よくもそんな……いったいなんだって……なにも……わかっとらん！　言いだしたのがお前でなかったら……間違いなく顔面をたたき割っていたところだ」

僕はなにも言わずにその場から離れ、シムカに乗って、タイヤを鳴らしながら走り去った。といっても、ジョルジョ・ベッルーシに腹を立てていたわけではない。バックミラーのなかで、まるで銃殺刑を宣告された罪人のように壁に背をもたれ、失意のために身を固くし、目をぎゅっと閉じた渋面で立ちつくす男に、怒りの感情など持てる道理もなかった。

その晩、僕はハンブルクに帰りたいと思った。「こんな肥溜めみたいなところにはもういられない」マルティーナにきっぱりと言った。村の中央通りを歩いているところだった。

マルティーナは、僕が冗談を言っているものと思ったらしい。「言葉を慎んだらどうなの？　自分だって〝イモ喰らい《マンジャパターテ》〟のくせに」

僕は、道の真ん中で彼女のことを抱きしめて言った。「冗談で言ってるんじゃない。僕はハンブルクに帰る。君とは関係のないことなんだ」

「どうしたの、フロリアン。いったいなにがあったの？　そんなに落ち込んでるあなたを見るのは初めてだわ」

なにがあったのかと尋ねられても、僕自身、なにが問題なのかわからなかった。僕は押し黙っていた。不安のかたまりが胸につかえ、息が苦しかった。

「ねえ、どうしたの、フロリアン。話してよ」

爆破のあった日からというもの、僕の頭のなかに闇が居座り、好き勝手に現れたり消えたりするものだから、思考がまとまらない。僕は、最後から、つまり、その日の午後にジョルジョ・ベッルーシと口論になったときのことから話しはじめ、父の合理的な提案や、それをジョルジョ・ベッルーシに拒絶されて致命傷を負ったような気持ちになったことを話した。破れかぶれになっていた僕は、思わず口にした。「あいつは頭がおかしいんだ。僕にはもう面倒みきれない」

そんなこと言わなければよかったと思っても、後の祭りだった。マルティーナは唐辛子のように赤く染めた頬をふくらませ、怒りに任せてまくしたてた。「フロリアンったら、まるで理屈のわからない子供みたい。ほんとよ。そんなことで機嫌を損ねるなんて。ジョルジョおじさんがデュマの手稿を手放したがらないのは当然でしょ。おじさんにしてみれば、自分の心の一部を売り渡すのとおなじことなのよ。フロリアンがおじさんに似てるなんて思ったあたしが間違ってたのね。あなたには彼のことがこれっぽっちもわかってない。おじさんは、やると決めたらきちんとやり遂げる人よ。村の大人はみんな口先ばかりで、あれもする、これもするって言いながら、結局はなにもしない。自分では一切リスクを負わないくせに、なにか行動を起こす人や、一歩先に出る人を批判するの。だけどね、誰かが隙間をあけないかぎり光は射さないし、未来も見えてこないものでしょ？　いまになって彼を独りにするなんてあり得ない。あなたは、おじさんの孫なのよ。それなのに、すべてから目を背けてママのところに帰るなんてひどすぎる。ジョルジョおじさんには、あなたの助けが必要なの……」

僕は彼女の言葉をさえぎった。それ以上、聞いていられなかったのだ。「ああ、そうかよ。君はそんなに賢くて、なんでもわかってるんなら、どうすれば彼を助けられるのか教えてくれよ」

「資金のことなら、手に入れる方法がひとつだけある……」

「銀行強盗でもするのか？」

「バカ言わないで！　もう今日はフロリアンとなんか話さない。どうせあたしにも、あたしの言うことにも興味ないんでしょ？　じゃあね」そう言い捨てると、マルティーナは自分の家に向かう路地へと入っていった。

僕の頭はすっぽりと闇に包まれた。


翌朝、マルティーナはうちまで僕に会いに来た。僕がキッチンで朝ごはんを食べていると、頬におはようのキスをしてくれた。穏やかな笑みを浮かべている。まっすぐに僕の目を見つめながら、くだらない冗談で混ぜ返さずに最後までちゃんと話を聞いてくれるかと訊いてきた。ひと晩じゅう眠れなかった僕は、疲れていたし、頭も混乱するばかりだった。彼女にコーヒーを勧めてから、「聞くよ」と約束した。するとマルティーナは、彼女に言わせるともっとも簡単で、おそらく唯一の、資金を手に入れられる方法を説明しはじめたのだ。

聞きながら僕は、驚きの笑みがゆっくりとひろがり、頬骨まで達するのを感じた。「君の言うとおりだ。試してみる価値はありそうだ」僕は言った。「だけど、実際にやってみるまでは誰にもなにも言わないことにしよう。うまくいかなかったときのショックが大きすぎるからね」それから、彼女の唇と鼻の中間あたりに、ぎこちないキスをした。

僕はさっそく三、四件の国際電話をし、スイスのルガーノで会う約束をとりつけることができた。

昼食のとき、何日か留守にすると祖父母に伝えた。友だちに会いにローマへ行くと言って。

ジョルジョ・ベッルーシがノックもせずに僕の部屋に入ってきた。僕は旅行に必要なものを鞄のなかに詰めているところだった。彼は、話があると言った。手には、彼の宝と爆破された夢とがしまわれた象嵌細工の木箱を抱えている。箱の蓋を開けて、慎重にデュマの手書きの原稿を取り出した。部屋に放たれたベルガモットの香りに、僕は思わず身震いした。

「あれから長いこと、お前に言われたことを考えてみたんだ。昨日は、あんな愚かな態度をとってすまなかった。デュマはきっと、この難局において俺たちの役に立つことを喜んでくれるだろうよ。それに、こうした過去の遺産は、現在、いや未来のために活用することで価値が増すというものだ。一族の宝である手稿をお前の手に託すことに決めた。親父さんにも、助言をありがとうと礼を言ってくれ」

話しおえると、ジョルジョ・ベッルーシは僕を抱きしめた。彼に抱きしめられたのはそれが初めてのことだった。デュマに永久《とわ》の別れを告げようとしていたジョルジョ・ベッルーシは、自分を大切に思ってくれる人の温もりを感じたかったのだろう。彼の身体からもベルガモットの香りが立ちのぼっていた。

僕はその日の夜行列車に乗り、ルガーノに向かった。ローマには帰りに寄るつもりだった。デュマの手稿は、盗まれるのが怖いのでしっかりと小脇に抱えていた。夜間は寝台の枕の下に置き、ベルガモットの香りでくらくらになりながら眠りについた。

「ジョルジョはすごい男。でも運が悪いね」訪問の理由を説明しおえた僕に、ハンス・ホイマンはイタリア語でそう言った。僕は、ルガーノ湖に臨むホテルのロビーで、ハンスとその妻エレーヌに向き合っていた。続いて彼は、ドイツ語で喋りはじめた。「初めて会ったときにすぐわかったよ。頭が少々いかれてるが、偉大な奴だってね。あれから何年になるんだろう（いや、まずい。内緒にしたほうがよさそうだ。うっかり歳の話なんかすれば、エレーヌが俺と結婚したことを後悔する）。ジョルジョのやつ、道に迷ったと言って、目をつぶって走ってたんだ。まったく、とんだことを思いつくもんだ。坂の向こうから、最初に赤毛の犬が、次にあいつがいきなり飛びだしてきてな。もう少しで愛車のビートルで轢くところだったよ。あと一瞬タイミングがずれてたら終わりだったね。犬を避けようとしてブレーキペダルに足を置いてたから間に合ったようなもんだ。無性に腹が立ち、思いつくかぎりの悪態を吐いてやった。ドイツ語でな。犬が、もじゃもじゃの尻尾をちぎれそうな勢いで振ってたっけ。まあ、あいつはあの犬に命を救われたようなもんだ。ようやく目が覚めたというように、俺の顔を見ていたよ。その瞳は、見たこともないような茶色だった。あれは、陽射しに灼《や》かれた茶色だね。車に乗せてやったら、犬までちゃっかり乗り込んできてな。最初に通りかかった食堂に入って食事をし、旅の案内役をしてくれないかって頼んだのさ。本当のところは、被写体としての彼に興味があったんだがね。あの、独特な色を帯びたまなこにね。あいつの眼には、誇りと優しさ、頑固さと情熱、炎と太陽、すべてがあった。そして、瞳の底にかすかに残る雨と怨恨が、外にあふれだしそうになっていた。ああ、わかってるさ。まるで俺があいつに惚れてるみたいだって言うんだろ？　たしかに、いくらかは惚れてもいたんだろうね。人はたいてい、自分とは正反対の人間に惹かれるものだ。あの頃、俺は逃げていた。ああ、なんの刺激もない生活から逃げてたのさ。市の役所に勤務し、俺を単なるバイブレータとして利用していた既婚女性と付き合ってた。わかってもらえるだろうか。なのにあいつときたら、知り合って間もない娘を探して旅に出ていた。キスさえしたことがないのに、結婚を申し込みに行くというじゃないか。考えが明快で、迷いなんて一切なかったよ。道には迷っていたがね。そんなものは一時的だ。俺はといえば、ずっとまえから自分の進むべき方向を見失っていた。それで、二人でカラブリアを巡り、そのあとでジョルジョをバーリに送ってやることにした。旅のあいだじゅう、犬も一緒だったよ。お蔭で俺は、新たな視点から写真を撮れるようになった。それまでのように完全に距離をおいたものでもなければ、多くの写真家がするように、被写体に感情をまるごと移入したものでもない。宙ぶらりんの視点といえばいいのかな。表現が適切かどうかわからんが……。あいつと、あいつをとりまく世界……。ある日の夕方、平原の道で、ジョルジョがビートルを停めるように言った。そして、野茨や灌木、果樹が絡みあって繁るなかに突っ立つ古い壁に俺を案内した。《いちじくの館》だ、これを写真に撮れ、と言ってな。それから、あいつの計画を話してくれたんだ。いつの日か、この手で《いちじくの館》を甦えらせるつもりだってね。空は淡い光に包まれ、平原は黄色と深い緑に染まり、凄まじい熱風がまるで上質の強いワインのように頭をくらませ、燕たちは翼を休めることなく《いちじくの館》の上空を飛びまわっていた。さえずってはいたんだが、どの燕もおなじ、哀しげなトーンで、時間の流れが停止したような景色にぴったりのサウンド・トラックだったね。俺は完全にその空気感に呑み込まれていた。ジョルジョは無言だった。あいつもまた、無意識のうちに、いつ見たのかもわからない、どこか懐かしい心地のする夢の主人公になっていたんだろうよ。日も暮れた頃、俺たちはあいつの生まれた村に着いた。村人たちの歓迎ぶりは生涯忘れないね。ジョルジョやその家族だけでなく、ロッカルバの村人みんなが歓待してくれた。若者たちは、なんとセレナーデを奏でるときにも俺を誘ってくれてね。しこたま飲んだもんだ。ワインも、ハムも、チーズも、とにかく旨かった。いやあ、懐かしいね」

ハンス・ホイマンの眼はいまにも潤みそうだった。感動していたのだ。気をしっかり保つために、エレーヌの手を握っていた。対する僕は、彼のことを訪ねていった本来の目的にハンスが応えてくれる気になるのを、いまかいまかと待ち構えていた。詳細はすべて説明してあった。順調に進んでいた《いちじくの館》の建設工事、爆破事件、頑なに考えを変えようとしないジョルジョ・ベッルーシ、工事の再開、資金不足、そして話を聞いてくれない銀行……。さらにデュマの手稿も見せ、ローマにあるクリスティーズ・イタリーで売ることにしたのだとも打ち明けた。

ハンス・ホイマンはしばらく口をつぐみ、考え込むように僕を見た。僕たちがドイツ語で喋っていたので、エレーヌはほとんど理解できていないようだった。きっと彼は言うにちがいない、と僕は予想していた。それが俺とどんな関係があるっていうんだ？　旅のあいだ僕は、厄除けの意味をこめてそんな返答を想像していた。だが、実際にそんなふうに返されたら、おそらく僕は二度と立ちあがれないだろう。

ようやくハンスが口をひらいた。

「ハンブルクに戻った俺は、エネルギーが漲るのを感じた。大きな鞄いっぱいにたまったフィルムを一日も早く現像したくてね。二週間、夜を徹して作業した。数百枚は現像しただろうか。そのなかから、二十枚ほどの作品を選んだ。すでに役所は辞め、ふたたび俺につきまといだした既婚の女とも縁を切っていた。写真家になると覚悟を決めたんだ。プロの写真家に。ずっとそれが俺の夢だった。金が儲けたかったわけじゃない。本当だよ。俺は自由なんだと感じたかった。旅をすることも、道に迷うことも、これまでとは異なる自分と出会うこともできる。そうして、当時有名だった写真エージェンシーのデア・フォトグラフ社を訪ね、写真を見てもらった。すると、一年前に、君の写真はなかなかいいんだけどね……という場当たり的なコメントとともに俺を門前払いしたおなじ編集長が、はっきりと言ったんだ。君はまだ若いのに、掃いて捨てるほどの実力があるね。これらの写真は間違いなくどこかの一流雑誌のページを飾ることになるだろう。

そのとき、痩せた若い女の子が部屋に入ってきたんだ。ブロンドの長い髪に小さな顔が半分隠れてた。その会社で働いている娘《こ》で、以前にも会ったことがある気がした。彼女はまず写真を見て、それから俺の顔を見て、また俺の顔を見て、写真を見た。そして、ひと言も喋らずに部屋を出ていった。

その日の夜、俺は彼女が仕事を終えて出てくるのを待ち伏せし、食事に誘ってみた。みごとに断られたよ。電話番号と住所を尋ねたのだが、エリカという名前を訊きだすのがやっとだった。翌日もまた、デア・フォトグラフ社の角で彼女を待った。立派なバラの花束を持ってね。それから三か月後、俺は彼女と一緒になった。写真はアメリカの雑誌に掲載された。ジョルジョをクローズアップにした写真が、当時、もっとも権威のあった批評家たちに絶賛されたんだ。髪は伸び放題で、《いちじくの館》の古ぼけた壁を誇らしげに見つめている。足もとでは犬が気持ちよさそうに寝そべり、頭上には燕が十数羽飛びまわっている。意図せずに、俺は彼の夢を捉えていたわけだ。

夢を捉えたショットだと手紙を送って寄越したのは、ロバート・キャパだった。キャパは強調した。それがどのような夢なのかは判読できない。だからこそ、この写真に強く惹かれると。俺に会いたいとまで言ってきたんだ。あの偉大な写真家のロバート・キャパが、憧れのキャパが、どこの馬の骨とも知れないハンス・ホイマンに、会いたいと手紙をくれたんだ。残念ながら実現することはなかったがね。人生には手にしかけた好機を逃すことだってある。それから二、三か月後、ロバート・キャパは、インドシナで地雷に吹き飛ばされたのさ。四十歳だった。ほかでもない、ハンブルクでの俺の初めての個展の初日だった。一九五四年の五月の終わりのことだ」

ハンス・ホイマンは、そこでいったん言葉を区切り、グラス一杯の赤ワインを最後の一滴まで飲み干した。「要するに、俺の勘違いじゃなければ、力を貸してほしいということだね？」

「ええ、そうなんです。僕が勝手に考えたことで、ジョルジョ・ベッルーシはなにも知りません」

すると彼は言った。「しかし、デュマの手稿を売ってしまうのは惜しいと思うな。俺だったら手放さない。あまりに不本意だろう。まあ、それはともかくとして、どれくらいの金が入り用なんだ？」ハンスは最後にそう尋ねた。つまり、僕の頼みを聞き入れてくれるつもりなんだ。やったぞ。僕は叫びだしたかった。助かります、ありがとう。それなのに、虚を衝かれてなにも言えなかった。果たしていくら必要なのか、見当もつかなかったのだ。僕は適当な額を言ってみた。

「当面のところは、五千万リラもあれば足りるんじゃないかと思います」

ハンス・ホイマンは小切手の束を取りだし、なにやら書きはじめた。「それじゃあ足らんだろう。いずれにしても、この金が底をついたら電話をするよう、ジョルジョに伝えてくれ。ついでもいろいろあるし、なにか解決策が見つかるだろう。力になれて嬉しいよ」そして、僕に小切手を渡してくれた。

僕は我が目を疑った。なんと一億リラの小切手だったのだ。母さんもよく言っていたように、たしかにハンス・ホイマンは金持ちだった。とはいえ、返済の保証さえ求めようとしない彼の底なしの気前のよさと、将来的にも僕らを援助するつもりだという心意気を目の当たりにして、僕の頭は混乱した。彼の手や足にキスをし、思いっきり抱きしめたかったが、そうはしなかった。受け取った小切手を財布にしまいながら、「ありがとうございます。僕たち、最後の一チェンテジモ（ユーロ以前に使用されていたイタリアの通貨リラの一〇〇分の一）まで必ずお返しします」と言うのが精一杯だった。初めて「僕たち」のこととして話している自分にさえ、そのときの僕は気づいていなかった。

ハンス・ホイマンは、僕の声のトーンと、なにより瞳から、深い感謝の気持ちを読みとっていた。僕は感激していた。ハンス・ホイマンもまた、僕がジョルジョ・ベッルーシとの共同経営者であるかのように話していた。

「なにがなんでも《いちじくの館》を完成させることだ。いいか、俺にも進捗状況を逐一知らせてくれ。頼んだぞ。いずれにしろ、今日のところは君はうちの客人だ。あいにく《世界の空》と題した個展の初日で、なにかと退屈することもあるだろうが、夜は三人で過ごせる。そうだろ、エレーヌ」そして英語で言い添えた。「三人でゆっくり話そうじゃないか」

ここでようやくエレーヌも会話に加わることができ、「それは素敵ね」と言った。僕との再会を心の底から喜んでいるようだった。僕が抱えていた革表紙の本を見て、ものめずらしそうに、なんの本なの？　まるで美容院から出てきたところみたいにいい香りがするわね、と尋ねた。僕は、それがデュマの手書きの原稿で、売るつもりでいることを話した。すると、エレーヌは言った。「信頼して私に任せてくれるのなら、高く売ってくれるところを知ってるわ」

「どこで売るんです？」

「もちろん、パリに決まってるでしょ」

成り行き上、嫌だとは言えなかった。それでも僕が躊躇しているのを見てとったのだろう。「任せてみたらどうだね」とハンス・ホイマンがうながした。「エレーヌはこの道には詳しいんだ。商才もある」

僕はまるで幼馴染みとの今生の別れであるかのように手稿を手渡した。咽《のど》になにかがぐっとつかえていたが、顔では笑っていた。

ヴィーボ・ヴァレンツィアの駅で列車を降りると、マルティーナが待っていた。「任務完了」僕は、遠くから報告した。「財布に宝が入ってる」

喜色満面の僕を、マルティーナが褒めたたえた。「お手柄ね！」マルティーナを抱きあげると、僕の首すじでくつくつ笑っている彼女を抱えたまま、駐車場まで走った。

うちに着くと僕は、お祖母ちゃんや叔父さん叔母さんの鼻の先で、貴重な戦利品だとばかりに小切手をひらひらさせた。そして、デュマの手稿を信頼できる人の手に託してきたことや、なによりハンス・ホイマンはこれからも僕らを援助してくれるつもりだということを報告した。みんなは僕を英雄視し、「お前は祖国の救済者だ」などと大袈裟に言うのだった。僕をほめそやし、僕と、素晴らしいアイディアを思いついたマルティーナ、それにエレーヌ、そして誰よりもハンス・ホイマンの健康を祝し、乾杯をした。

ジョルジョ・ベッルーシはただ、「ありがとう。思ったとおり、お前は頼りになるな。これで豚はこっちのもんだ」と言っただけだった。

僕が予期していたほどの喜び方ではなかった。もしかすると、すべて丸く収まることをあらかじめ予測していたのかもしれない。それでも、彼の顔の筋肉が一気に緩み、安堵の笑みがかすかに浮かんだように見えた。

翌日、僕はジョルジョ・ベッルーシと一緒にカタンザーロまで行き、小切手の金額を彼の銀行口座に移した。そして、帰りに何軒かの建築資材店に寄り、煉瓦やセメント、漆喰や瓦を大量に注文した。とりわけ瓦は、ジョルジョ・ベッルーシがこだわり、シエナの土で造られた、コッポ（円筒を縦半分に割ったような形の瓦）と呼ばれる伝統的なものを選んだ。かつての《いちじくの館》の屋根とおなじで、燕たちが巣を作りやすいからという理由だった。

その日からというもの、僕はフルタイムでジョルジョ・ベッルーシを手伝うようになった。必要とあらば力仕事も厭わなかったし、店を見てまわるのにも付き合った。工事を監督する建築技師が来るときには、必ず僕も《いちじくの館》で立ち会うようにし、設計段階では想定されていなかった技術的な問題が生じれば、解決のために一緒に知恵をしぼった。

　建築技師の協力を得て、海を望むことのできる日光浴室《ソラリウム》を設置するスペースも確保した。これはマルティーナの思いつきで、お姉さんと泊まったトロペーアの海辺のホテルからヒントを得たものだ。

「そんなものが要《い》るのか？」ジョルジョ・ベッルーシは僕に訊いた。

「マルティーナが要るって言ってる」僕は答えた。

「よし、乗りかかった船だ。四の五の言わずにやろうじゃないか」そして、ぽんと手を叩いた。乾いた音があたりの平原に銃声のように響きわたった。カケスが静まり、ジョルジョ・ベッルーシも黙りこくった。彼はずだ袋からワインの瓶を出すと、ゆっくりとひと口飲んで、「これで決まりだ」と言った。ふたつの海から吹きつけ、《いちじくの館》の上空で交差する風に、彼の白い髪が掻き乱された。ふたたびカケスがやかましく啼きたて、ジョルジョ・ベッルーシも話しはじめた。「もう一度生まれ変わったとしても、俺はこれまでとまったくおなじ人生を歩むことだろうよ。ただし、人は殺さん。たとえあいつのような極悪人だろうとな。弁護士は衝動的な怒り《ラプトゥス》だと言ってたが、そうじゃない。ラプトゥスだったら一週間も持続するはずがない。俺は、店のドアに火を放たれた日のうちに鉤棹《かぎざお》を研いでおいたんだ。その後、フェンスに吊るされた羊や犬たちを見たとき、迷いは完全に消えた。連中はとことんやる気なのだと理解し、だったら俺もとことんやってやると決めたんだ。要するに、俺は思いあがった阿呆だったたってことさ。そのせいで、この手が永遠に血に染まってしまった。虚しい話だ。一人で動いているかぎり、金タマをつぶされ、どぶ鼠のように踊らされる。一人だと、どう動こうとすべてが裏目に出る。俺が過ちを犯したようにな。結局、八年近くものあいだ俺は死んだも同然だった。そのあいだにも、体内に棲みついた蛆虫は生き続け、俺をむしばみ続けていた。俺はこんなふうに思ってたんだ。これですべて無駄になった。なにも築けないうちに人生を棒に振っちまったんだ。俺は落後者だ。なんの実も生らない木だよ。遺産として瓦礫を相続し、そのうえに瓦礫を積み重ねただけだったたってね。まるで、家族の一員のように、《いちじくの館》が恋しくてたまらなかったね」

そう言うと、ジョルジョ・ベッルーシは小型トラックのほうへと歩きはじめた。疲労感が漂い、もの思いに沈むその姿は、自分の心情を吐露したことを悔いているようにも見えた。

家に帰ると、電報為替で二千万リラが届いていて、差出人の欄にメモ書きがあった。「手稿は価値のわかる人が買い取ってくれました。おめでとう！　エレーヌ」

僕には役に立っているという実感があった。というより、もはや欠かせない存在になっていた。ジョルジョ・ベッルーシ自身も夕飯の席で、お祖母ちゃんや、叔母さんや叔父さん、テレーザのまえで、そう認めていた。そのため、ハンブルクに戻るという考えを当面は棚上げにした。両親やマルコには、電話をするたびにいつ帰るのかと訊かれたが、「ここが出来あがったら帰ることにするよ」と答えていた。

「それって、いつなの？」と両親は尋ねた。

「たぶん、夏の終わり頃じゃないかな」

「だけど、ロッカルバにいて退屈じゃないの？　いまの季節はお通夜みたいに静まりかえってるでしょ？」自分が若かった頃に過ごした春が退屈でたまらなかったことを思いだしながら、母さんが畳みかけてきた。

　僕は退屈なんてしなかった。退屈している暇はなかったのだ。秋から冬にかけては、不安や心配ごとが山のようにあったけど、春の訪れとともに、自然だけでなく僕まで新しく目覚めたみたいだった。

　マルティーナの言葉どおりだった。「いちばん素敵な季節はね、春なのよ。少なくともロッカルバではね」

　そのとき、僕たちは村外れの公園にいた。大気は温もり、薫っていた。砂利道の両脇には、西洋山査子《せいようさんざし》の花が見え隠れし、蝶が群がっている。その下の斜面は、マーガレットや野バラ、紫色の半日花《はんにちばな》が咲き乱れ、接骨木《にわとこ》の繁みには満開の花が傘のようにひろがり、まさに絶景だった。その先にひろがる常盤樫の森は、ところどころ針金雀児《はりえにしだ》の黄色に染まり、生い茂る葉陰に姿を隠した何羽もの小鳥のさえずりが響いていた。空では、姿を見せはじめたばかりの燕たちがにぎやかに飛びまわっていた。

　僕たちは金魚のことを忘れてはいなかった。池には澄んだ水がいっぱいに張られている。お蔭で、金魚が丸い口をぱくりと開けて、僕たちの投げるパンの柔らかなところをまる呑みにする姿を観察できた。マルティーナは、池をぐるりと囲む木製の柵に身をもたせ、僕はその後ろから彼女にもたれかかっていた。それが無意識だったのかどうかはわからない。マルティーナが、金魚に話しかけながら丸いお尻を僕の下腹に繰り返し押しつけてきた。僕が興奮するのを感じると、首を思い切りまわして僕の口に舌先を入れてくる。僕は両手を彼女の服の下にすべらせて、乳房のふくらみに行き当たると、むさぼるようにつかんだ。二人の身体はぴったりと絡み合い、彼女が揺れるように動きはじめると、僕もまとわりついていた服を脱ぎ捨て、その動きに優しく合わせた。彼女の肌は川底の石のようにすべすべで引き締まっていた。温かな石だ。ぎりぎりのタイミングで僕は彼女から離れた。白い飛沫《しぶき》が虹を描きながら池の水面に落ち、一瞬、金魚たちが驚いていた。

「マルティーナの言うとおりだ」僕は言った。「ロッカルバの春はほんとうに最高だね」

六月のはじめに海が深い紫色になった。お祖母ちゃんはその色から、今年の夏は猛暑になるだろうと予言した。

僕らは、赤や白や斑入りのカーネーションが咲き乱れるお祖母ちゃんのバルコニーの手すりに肘をついていた。遠くには《いちじくの館》の茶色い屋根が見え、そのまわりには平原が、陽射しを浴びた麦藁色の花のようにひろがっていた。そのさらに向こうには、深い紫に藍と碧の縞が入ったティレニア海が見えた。一方、右手にあるはずのイオニア海は、常盤樫やエリカやマスティクス（ウルシ科カイノキ属の常緑樹）や西洋柘植《せいようつげ》が密生した山稜に遮られて見えなかった。

「海の声が聞こえるかい？」お祖母ちゃんが尋ねた。それが形だけの質問だということは、尋ねている本人も承知のうえだった。過去の世界から届く知覚できない音を聞きわけるほど鍛えられた耳を持っているのは、お祖母ちゃんだけなのだから。僕の耳にはせいぜい、燕たちの甲高い啼き声や、午後の遅い時刻になると広場から波のように押し寄せる子供たちの声が聞こえるだけだった。それと、僕らの頭上にあるバルコニーから身を乗りだしたテレーザの、今晩、マルティーナやいつものメンバーで海岸にピッツァを食べに行かないかと誘う弾んだ声。

両親がマルコを連れてやってきたのは七月初旬、ちょうどその一週間まえから、暑さが炸裂していた。村は凄まじい熱風に囚われ、みんな咬みつかれてはたまらないと、氷水を飲んだり、服を脱げるだけ脱いだり、北向きの部屋にこもったり、今日はティレニア海、明日はイオニア海と海に潜ったりして思い思いに身を護っていた。僕とマルティーナも、仲間と連れだって海に通っていた。ジョルジョ・ベッルーシだけは暑さなど意に介さない様子で、うんざり顔の左官や電気工、配管工らとともに《いちじくの館》の最後の仕上げに余念がなかった。七月の最終土曜日に落成式が予定されていて、その十日後には旅館がオープンする。

遠路はるばるやってきた三人に対して、ジョルジョ・ベッルーシは挨拶を交わし、冷たいコカコーラを一杯飲み、かろうじて手足を伸ばす時間しか与えなかった。到着の三十分後には、《いちじくの館》を見せたいから、荷物を積んだままになっている新車のボルボで平原まで一緒に行こうと言いだしたのだ。疲れている母さんと、くたくたのふりをしているマルコ。クラウスは、長旅のせいですっかり青ざめていた。ずっと一人で運転してきたんだ。殺人的なスケジュールだったよ、とこぼし、今度来るときにはどこか中間地点のモーテルで一泊することにしよう、と言っていた。だが、ジョルジョ・ベッルーシはみんなの言い分に耳を傾けようとしなかったし、母さんも哀願するような眼つきで、逆らわないでとクラウスに頼んでいた。僕もみんなと一緒に行くことにした。

道すがら、ジョルジョ・ベッルーシは、僕が村でマルティーナという名前の別嬪の彼女を見つけたのだと両親に喋りはじめた。二人はパスタとソースのようにお似合いで、いつだってべったりくっついていて、公園だろうが森のなかだろうが、所かまわず立ったままで愛を交わしているとまで言った。

僕は火がついたように顔が火照《ほて》るのを感じた。母さんとマルコはげらげら笑い、父さんは、きっと話がわからなかったのだろう、曖昧な笑みを浮かべていた。ちくしょう、なんて爺さんなんだ！　どうしてそんなことを知ってやがる？　僕は、この村では木々にも耳があり、喋るのだということをうっかり忘れていた。金魚だって、場合によっては声を獲得することがあるのかもしれない。そして、秘密にすべきことを喋るのだ。そのくせ、叫ばなければならないときには一斉に口をつぐむ。ありがたいことに、ジョルジョ・ベッルーシはほどなく話題を変えた。「フロリアンが落成式に合わせてハンスの写真展の開催を計画してるんだ。ハンスも乗り気らしい。数日後には女房を連れてロッカルバに到着する予定だ」

予期していなかった知らせに、父が子供のように顔を赤らめるのを僕は見逃さなかった。「フロリアンは本当に敏い子だ」ジョルジョ・ベッルーシが言い添えた。いまさっき僕に矢を放ったばかりなのに、こんどは褒め言葉で撫でまわす。

車が国道を逸れると、午下《ひる》がりの炎風に揺らめく《いちじくの館》が見えてきた。最初のうちは宙に浮いた蜃気楼のようだったが、近づくにつれて輪郭がはっきりとしてきた。

車から降りると、あたりは文字通りうだるような暑さで、前の日に打ったばかりのコンクリートに、履いていたテニスシューズがくっついてしまった。

「これが新しい《いちじくの館》だ」と誇らしげにジョルジョ・ベッルーシが紹介した。両親はあんぐりと口を開け、驚嘆とともに見入った。まさか本当にジョルジョ・ベッルーシがこれほどの傑作をつくりあげるとは思っていなかったにちがいない。

マルコは、目の形をしたプールの、青いクリンカータイルに圧倒されたようだった。まだ水は張られていなかった。「来週にはメーカーから技術者が来て、給水装置の仕組みと塩素の入れ方を教えてくれることになっている。そうすれば、お前たちも朝から晩まで好きなときに水遊びができるぞ」

マルコはさっきまでとは打って変わって大はしゃぎだった。母さんもだ。二人とも、二千五百八十一キロの長旅が少しも骨身にこたえていないかのように跳ねまわっていた。だが父は、相変わらず夢遊病者のようにジョルジョ・ベッルーシの後ろをついて歩いていた。唯一コメントしたのは、新しい建物のエントランス部分の壁に、ダイヤモンドの原石のように昔の壁がはめ込まれているのを見たときだった。無理やり見学させられた客室にベッドがあったら、そのまま身を投げだして鼾をかきはじめたことだろう。残念ながら家具はまだ入っておらず、客室もホールもがらんどうで、バルコニーもむきだしだった。「家具やそのほかのものは、二、三日じゅうにまとめてトラックで運び込まれることになってるんだ」そう告げるジョルジョ・ベッルーシは、自分自身に、そしてその頑固な意志に満足していた。

それから三日後、父は気候にも慣れて、ようやく目覚めたようだった。さっそく母さんに村のあちこちに連れまわされ、間の抜けた笑みを口もとに浮かべながら、昔とちっとも変わらない挨拶の儀式を繰り返している。正午近く、ぐんぐんと上昇する気温のなか、両親が約束どおり海に連れていってくれるのを待ちきれず、ぶうぶう文句を言っているマルコの姿が目についた。僕は、自分の子供時代の悲惨な夏を思い出し、せめて弟には当時の僕の苦しみを味わわせまいと、マルティーナとテレーザと一緒に、弟を海に連れていった。

夕方、暑さの猛攻が緩むのを待って、僕はジョルジョ・ベッルーシのところへ手伝いに行くのだった。オープニングパーティーの準備もしなくてはならず、楽団の手配、招待状の作成、飲み物の発注、ビュッフェで用いる食器選びなど、すべきことが山のようにあった。

ジョルジョ・ベッルーシと僕だけではとうてい終わりそうになかった。そこで、マルティーナや母さん、テレーザ、エルサ叔母さんに応援を頼んだ。一方、父とブルーノ叔父さん、そしてマルコは、ジョルジョ・ベッルーシを手伝い、建物の最後の仕上げや掃除をした。こうして母さんとマルティーナはお互いを知ることができ、早くも嫁と姑のように接し、相手に対していくらか嫉妬心を抱きながらも、大方は団結して僕をからかうのだった。というのも、僕は各新聞社の編集部やテレビ局やラジオ局宛てに、ハンス・ホイマン写真展開催についてのプレスリリースを送ろうと考えていた。アイディア自体は悪くないはずだった。ハンス・ホイマンという押しも押されもせぬ著名写真家の名前を利用して、経費をかけることなく、リニューアルした《いちじくの館》の宣伝ができるじゃないか。正義のために名前を使わせてもらうということさ。僕はそう言い直した。するとマルティーナは、あなたったらジョルジョおじさんにそっくりね。大言壮語ばかり口にするんだから、と言った。母さんも、あんたって子は、ハンスお祖父《オーパ・ハンス》ちゃん並みに虚栄心が強いんだからと繰り返した。そして、二人で笑うのだった。その笑いには愛情がこもっていた。

ハンス・ホイマンが奥さんを連れて到着したのは、落成式の二週間まえで、《いちじくの館》はすでに宿泊できるようになっていた。

「お前に、いちばんいい部屋の処女を奪う栄誉を与えてやろう」とジョルジョ・ベッルーシは旧友に向かって軽口を叩いた。「まあ、お前は今晩、もっといい相手とやるんだろうがね」エレーヌのほうを顎でしゃくりながら言い添えた。さいわいエレーヌは彼の冗談を解さず、優しい笑みを浮かべただけだった。

二人は赤いベンツのカブリオレから降りたったばかりで、僕は、久しぶりに会った二人の老いた男たちが交わす挨拶に驚いた。心のこもったシンプルな握手をしただけで、それ以上のことはなかったのだ。正直に言うと僕は、二人が涙を浮かべ、熱い抱擁を交わしながら再会を喜び合うだろうと思っていた。この五十年のあいだ、二人はたった一度、しかも病室で三十分ほど会っただけだ。それなのに、半世紀の歳月を経て互いにどのような風貌になっているのかにさえ興味がないようだった。あるいは感情を表に出さないだけで、胸の内では再会の喜びに涙していたのかもしれない。

「奥さん、プールも最初に楽しんでくれる相手を待ちわびています。よろしければ、ひと泳ぎして涼んでください」エレーヌに向かってジョルジョ・ベッルーシが言った。

まったくなんて奴だ、と僕は思った。どうせ彼女の水着姿を拝みたいだけに決まってる！ そこで、プールが処女を奪われるまえに、僕はショートパンツとTシャツ姿のままで飛び込んだ。マルコも、脱いだズボンとシャツをプールサイドに丁寧に畳んでから、僕に続いた。

僕は幸せだった。弟と水飛沫を飛ばし合い、まわりの人たちにかけては笑っていた。僕らだけでなく、みんなも愉快そうに笑っていた。母さんはクラウスを追いかけて水のなかに落とそうとしたが、まるで仔山羊のように頭を低くして必死に抵抗するクラウスに負けてしまった。誰もが幸せだった。そのとき、ハンス・ホイマンが若者のように俊敏な動きで、カブリオレから一台のカメラを持ちだし、写真を撮りはじめた。それが、長く続くシリーズ写真の最初の数ショットとなった。まず、プールのなかにいる僕ら兄弟、次いでプールのまわりに集う家族たち。

ふと目をやると、父が愛情に満ちた眼差しでレンズをじっと見返していた。その姿はどこか痛々しくさえあった。父親の期待に必死に応えようとする子供のようだったからだ。父がよく見せる、相手の機嫌をうかがうような笑みを浮かべていた。人生を怖がり、他人の視線を恐れる者に特有の、善人をとりつくろった笑顔だ。一方で、その眼差しには誇りも感じられた。視線を感じとったハンスは、息子の顔にレンズを向け、三、四回、連続でシャッターを切った。それは、父親がたわむれながら子供のおでこを指で軽く弾く動作を連想させた。

夜は、かつて厩のあった場所に造られたテラスで食事をした。その高さからだと、半円形をした海に映る月が見えた。「ここは本当にいい所ね。とてもステキだわ」エレーヌが繰り返し口にした。

母さんは得意げに頷いたが、ジョルジョ・ベッルーシは皮肉たっぷりにこう返した。「ここの土地は、今も昔もみんなに愛されている。ただし、ここで生まれ、生活し、死んでいく者は別だ。このあたりの者たちは、目は節穴だし、耳だって聞こえないのさ」

「そんな性質《たち》の悪い言い方はおよしよ」お祖母ちゃんがたしなめた。「ここにだって踏ん張ってる人たちがいるじゃないか。どこだろうとおなじだよ。お前さんもここで生まれたんだろ。それを忘れちゃいけないね」

僕らが食後の冷えたリモンチェッロを飲んでいると、エレーヌが失礼と断って、自分の部屋に行った。

五分もしないうちに、光沢のある青い包みを持って戻ってきた。赤いきれいなリボンが結ばれている。エレーヌはそれをジョルジョ・ベッルーシに手渡すと、イタリア語でゆっくりと言った。

「新しい《いちじくの館》のお祝いに、私たちからのプレゼントです」

「心からの祝福を」ハンスが言い添えた。包みを開けるまでもなくすべてを理解したジョルジョ・ベッルーシは、最初にエレーヌを、それからハンスをひとしきり抱きしめていた。親友の肩に顔を押しあてて、生まれて初めて泣いていたのかもしれないし、その思いがけないプレゼントに嬉しくて笑っていたのかもしれない。二人を見守る僕らの鼻腔をベルガモットの香りがくすぐった。

「一八三五年十月二十六日、月曜、十一時三十分。
およそ十五分前にこの宿屋に到着。私の理解が正しければ、《いちじくの館》という名前らしい。このような荒涼とした土地にしては洒落た名だ。ミロールはラバと一緒に厩につないでおいた。さもなければ、旨そうな肉の塊にありつこうと、あの肥えた宿の主《あるじ》に襲いかかりかねない。ジャダンが、主とその家族の木炭画を描かせてくれと頼んだものだから、四人はあそこで彫像のように身動きもせずに突っ立っている。二人の子供たちは母親譲りの澄んだ鳶色の瞳をしている。肥っていて不格好な夫に比べると、妻はさながら繊細な花だ。こうしたカラブリアの僻地で美しい女に出くわすことは稀ではないが、一秒でも余計に見つめようものなら、腹にナイフを突き刺される危険がある。
ピッツォを発ったとき、ピッツォ村のラバ曳きに教えられた。『ここからマイダへ行く途中に宿屋があるが、いいですか、腹ごしらえをしたら、すぐに立ち去ってくださいよ。あそこに泊まるなんてとんでもない。あの《いちじくの館》は、飯こそ旨いが、ベッドは南京虫だらけだし、おまけに主はあのあたりの盗賊とグルなんです。旅人たちはしょっちゅう盗みの被害に遭ってるし、殺されることもあるらしい』
礼儀正しく真剣な顔でポーズをとっているところを見るかぎり、さほど不潔にも残忍にも思えぬが、ここカラブリアでは誰も信用しないほうが賢明だ。あのピッツォのラバ曳きだって怪しいものだ。常に銃を肩に提げて歩き、一度などは、施しをくれとつきまとってきた物乞いに突きつけたこともあった。さいわい発砲はしなかったが。
これを書いている私のことを、宿の倅《せがれ》が先ほどからじっと見つめている。ラバとミロールを厩につないでくれたのはあの倅だが、そのまえにこう言い当てた。『旦那さんたちはフランス人だよね？　コゼンツァに行くんでしょ？』私たちは、そうだと答えた。
ついいましがたは、その倅が飲み物を運んできた。『おいしいワインだよ』と言いながら。飲んでみたところ純粋な葡萄のワインで、ほかの宿のように臭い水で薄めるという狡《こす》いことはしていない。『本当だね』と私は応じた。坊主はたちまち警戒心を緩めたらしく、カウンターの向こうにいた父親に背を向けると私に言った。『よかったら、一緒に連れてって』私は黙って笑っていた。すると、『おいら、なんだってできるんだ』とさらに畳みかけてきた。『乗り物も運転できるし、料理だって、靴の底を張り替えることだってできる。ナイフなんて、盗賊よりも上手に扱えるよ』このあたりで乗り物といえば、ラバのことだ。私は言ってやった。『君はここで楽しくやってるじゃないか。ここはいいところだ。それ以上、なにを望むものがあるというのか』『ここがいいところだってことはわかってる。べつにここを出て一生外で暮らしたいわけじゃない。ここで生まれたんだから、ここで死んでいくよ。だけど若いうちに、世の中をしばらく見てまわりたいんだ。ここから離れたところなら、べつにどこだって構わない。そのあとで、この《いちじくの館》に戻ってきて、父ちゃん《タータ》が死んだら、その後を継ぐんだ』
私はきっぱりと断った。『あいにく人手は間に合ってるんでね』坊主を一緒に連れていこうものなら、あの父親がどのような行動に出るかわかったものではない。それに、この危険に満ちた旅にもかかわらず、私たちがいまだにこうして生きているのが奇蹟だとしたら、この洟《はな》たれ小僧のためにそれをふいにする気は毛頭ない。すると坊主は炎のような眼で私をにらみ、挑んできた。

『なら、旦那、せいぜい気をつけてね。道は長いよ。きっとどこかでまた会って、考えを改めることになると思うけどね』

そう言うと、調理場に引っ込んでいった。

しばらくすると、ジャダンの注文したマカロニとひよこ豆の料理——私は見るだけで背すじがぞっとする——と、熾火《おきび》で焼いた私の栗を持ってまたあらわれた。この坊主はカラブリア人にしては背が高く、父親の背丈を優に越している。ウェーブのかかった黒い髪も、賢そうな眼つきも母親にそっくりだ。私に店の外で話がしたいという合図を寄越した。坊主や、すまんがあとにしておくれ。いま私は恐ろしく腹が減っているのだ」

「お店の外でいったいどんな話をしたのかしらね。あたしたちには知るよしもないことだけれど」デュマの手稿から、《いちじくの館》で休憩したときのことが綴られた部分をすらすらとイタリア語に訳しおえた母さんが言った。僕らは祖父母の家で朝ごはんを食べているところだった。母さんが芳香を放つ書巻を机のうえに置くと、ジョルジョ・ベッルーシは厳かに三つの動作をおこなった。そっと手にとり、木箱に納め、蓋に鍵をかけたのだ。

「それにしても、この〝炎のベッル〟という少年は少しもじっとしてられない子だったのね」と母さんが言った。

「タマがついてる証拠さ」ジョルジョ・ベッルーシはそう言い直すと、下品なジェスチャーをしてみせた。

「そりゃそうだ。ジョルジョ・ベッルーシって名なんだからな」皮肉を言ったブルーノ叔父さんを、ジョルジョ・ベッルーシが鋭い眼光で制した。それから僕のほうに向きなおり、こう言った。

「一緒に《いちじくの館》に行って、あの女好きのハンス・ホイマンがなにをしてるか見てこよう」

ハンス・ホイマンは撮影機材をいじくっていたが、僕らを迎えに出てきた。エレーヌはまだ眠っているらしい。「エレーヌの言ったとおり、ここは本当にいいところだな。世界各地のホテルをまわったが、こんなによく眠れた例《ためし》はないよ。夜じゅうコオロギが子守唄を歌ってくれた。明け方には、あたりのいちじくの木にいろいろな鳥がとまるんだ。あんまりおいしそうにいちじくの果肉に嘴《くちばし》をうずめるもんだから、こっちまで真似をしたくなるくらいだったよ。起きぬけに何枚か写真を撮ってみた」ハンス・ホイマンはそうドイツ語で話し、僕に訳してくれと頼んだ。「ちくしょう、性悪の鳥どもめ」ジョルジョ・ベッルーシは憤った。「こらしめてくれる。いちじくの木の先端に、赤く光るテープを巻いてやろう。そうすりゃあ、風がそよいでテープが動くたびに、あいつら肝を冷やして、ちびるだろうよ」白い歯を見せて笑うと、ハンス・ホイマンの肩をぽんと叩き、仕事の邪魔をしないように部屋を出た。そして一人で村に戻り、鳥よけテープを買いに行ってしまった。

ハンス・ホイマンは大きさの異なる四台のカメラを持ってきていた。朝になると窓を開け放ち、涸れた川底のすべすべした石に反射する光に見入る。細い流れがけだるそうに海の方角へと向かっている。というよりも、糸のような水が、赤い花をいっぱいにつけた夾竹桃の茂みのまわりを迂回しているといった趣だ。ハンス・ホイマンは、その光の反射具合に応じて――僕には毎日おなじにしか見えなかったが――、その日に持ち歩く二台のカメラを決めていた。それからテラスでエレーヌと朝ごはんを食べる。その後、彼女がプールに足だけ入れて日光浴をし、美容ケアをしているあいだ、ハンスはあちこち散策しながら写真を撮るのだった。平原や涸れた川べり、そして村。じっくりと時間をかけて、注目に値する被写体を探していく。ときには、獲物が見つからなかった狩人のような面持ちで戻ってくることもあった。それでいて、ひとたび誰かの眼差しや、燕の飛翔、ぽつんと浮かぶ雲の輝く輪郭に心を打たれると、まるで機関銃のようにカメラのシャッターを連続で切るのだった。

夜はみんなが祖父母の家に集い、一緒に食事をした。料理の並べられた大きな食卓には喜びと味覚があふれ、ドイツ語、イタリア語、英語、カラブリア方言、そして母さんとエレーヌのあいだで交わされるフランス語までがつむじ風のように渦巻いていた。ジョルジョ・ベッルーシが冷蔵庫から自慢の特大西瓜を持ってきた。ナイフの尖端を皮に押し当てると、西瓜が小さな炸裂音をたてて割れたので、エレーヌがびくっとした。ジョルジョ・ベッルーシは、雄鶏《クレスタ・ディ・ガッロ》の鶏冠の半分を、臆面もない騎士《ナイト》としてエレーヌに渡し、残りの半分を優しいお祖父ちゃんとしてマルコに渡した。そのとき僕は、子供時代の血塗られた夏を思い出しても、もう心が痛まないことに気づいたのだった。

食後はみんなで村の広場へ行き、まるで疲れ切った観光客の一団のように、バール《ローマ》のプラスチック製の椅子に腰掛け、けだるそうにジェラートを食べ、リモンチェッロを一杯、もしくは二、三杯飲むのだった。爺さん二人は元気があり余っているらしく、いつまでも散歩をしていた。背が高く、いくぶん腰の曲がった二人は、腕を組んで歩きながら、いったいなにを話しているのやら、どんな計画をたくらんでいるのやら、とにかくひっきりなしに喋っているのだった。

夜の十二時近くになると僕は、ハンス・ホイマンとエレーヌを《いちじくの館》までベンツのカブリオレで送り届ける。運転するのは僕だった。路面が穴だらけのくねくね道に二人は慣れていなかったし、ジョルジョ・ベッルーシがつくる強いワインとリモンチェッロのせいで、飲んでしばらくすると酔いがまわるからでもあった。言うまでもなく、僕はそのたびに興奮した。シムカの運転席からベンツのカブリオレの運転席に移るのは、片足けんけんの幼児から、いきなり百メートル走の世界記録をたたき出すアスリートになったようなものだ。

ベンツだと、シムカの三分の一の時間で《いちじくの館》に到着する。すると、ジョルジョ・ベッルーシに雇われたばかりの警備員が門を開けてくれる。僕はベンツを、片足けんけんしかできないシムカの脇に駐車する。そしてこんどはシムカでのろのろと村を通り越し、マルティーナのお姉さんの家に行くのだった。


オープニングパーティーの数日前には、そのベンツでレッジョ・カラブリアまで遠出をした。僕は有頂天だった。軽くアクセルに足を触れるだけで、ものすごいスピードで車体が前方に飛びだす。高速道路を圧倒的な勢いでぐいぐい何十キロと進んでいく代わり、ガソリンも猛烈に食うのだった。僕の隣ではマルティーナが軽く目を閉じ、風に巻き毛をときほぐされていた。後部では、心地よい革張りのシートで、エレーヌとハンスがまるでハネムーン中の新婚カップルのようにいちゃついていた。すっかりくつろぎ、口づけを交わしては笑い合っているのだった。

レッジョ・カラブリアにはハンス・ホイマンの写真家仲間が住んでいて、暗室を一日、自由に使っていいと言ってくれた。撮影したフィルムを現像し、そのなかから二十枚ほどを選ぶ。そして、すでに準備の整っている昔の写真に加えれば、《いちじくの館》の変遷を語ることができるだろうと、ハンス・ホイマンは英語で言った。素晴らしい考えだと僕が言うと、照れた表情をした。

その写真家はウェーブのかかった銀髪で、ハンス・ホイマンよりも若かった。写真界では著名な人物だそうだが、ジョズエ・ジラルディという彼の名は、僕にとっては初めて聞くものだった。中心街の一角に写真館があった。僕らはまず、そこでアイスコーヒーをご馳走になり、その後エレーヌとマルティーナと僕の三人で、歩いて街を散策することにした。ハンス・ホイマンの作業は夜遅くまでかかる見込みだった。

海岸通りを歩いていると、マルティーナが僕の手を握ってきた。エレーヌは歩みを速め、柑橘類の花の香りを胸いっぱいに吸いながら、アール・ヌーボー様式の邸宅を見てはなにやらコメントし、花をつけた竜舌蘭《りゅうぜつらん》や椰子の木を見ては感激していた。僕らは彼女の歩みに追いつけなかった。一秒でも早くゴールラインを越えようとする競歩選手のようだったのだ。道行く人々、なかでも男たちはみな、ふりかえってエレーヌを見た。彼女ほどすらりと背が高くて豊満な、モデルのような身体つきの女性は、たとえレッジョ・カラブリアのように美女が多いことで有名な土地でも、めったにお目にかかれるものではなかった。僕は、「皆さん、彼女は僕の祖母です！」と大声で叫んでみたらおもしろいとマルティーナに話した。通行人たちはどんな反応をするだろう。僕の頭がおかしいのだと思うかもしれない。するとマルティーナが、フロリアンは暑さと汗とでぼーっとしているから、黙っていても頭がおかしいみたいに見えると言った。確かに彼女の言うとおりだった。僕はできることなら全開にした蛇口の下で頭を冷やし、涼みたかった。

リアーチェのブロンズ像はぜひとも見るべきだと写真家のジラルディに言われていたので、僕らは海沿いのレストランでゆっくり昼食を済ませてから、国立博物館を訪れた。ブロンズ像に見入るエレーヌとマルティーナの熱を帯びた眼差しに感化されて、非の打ちどころのない二体のブロンズ像に対する僕の驚嘆は倍増した。本当に腕や手の血管に血が通っているように思えたのだ。

僕らはハンス・ホイマンを迎えに行き、その日の感想を口々に話したものの、彼は聞いていなかった。それどころか、仕事がまだ残っていて、あと何時間か暗室での作業を続けなければならないので、街をもう一周して夕食も済ませてくるようにと言った。汗だくで、機嫌も悪く、いらいらしているようだった。

言われたとおり、夜中の一時に戻ってくると、ハンスは精根尽き果てていた。「お蔭で展覧会用の写真はほぼ完成した。ジョズエ・ジラルディがロッカルバまで届けてくれるそうだ。試し焼きと現像にもう少し時間が欲しかったがね。まずまずの仕上がりだが、とりたてて素晴らしいというわけではない」

車が高速道路に入ったとたん、ハンスは寝息を立てていた。

僕には一連の写真が文句なしに素晴らしく思えた。また、コメントを聞くかぎり、ロッカルバやその周辺から《いちじくの館》のオープニングパーティーに駆けつけた大勢の人たちも、写真に魅せられたようだった。それは、ジャダンの絵を撮影して拡大した白黒写真で始まる物語の、カラー写真もとりまぜたエピローグに相当するものだった。若い頃に旅をしながらハンスが撮った写真は、五十年の歳月を経たいまでも、愛情たっぷりの眼差しに見つめられた過去の遺物さながらの、叙事詩のような趣をかもしだしていた。ひときわ抜きんでていたのは、黒い髪を野生人のように長く伸ばしたジョルジョ・ベッルーシの写真だ。《いちじくの館》という名の恐竜の、虫歯になった門歯のまえに立ち、足もとには犬のミロールを従えている。

三つのテレビ局の取材班が次々にやってきて、競うように撮影を始めた。

ハンスの写真は、独自の筋書きに沿って展示されていた。最初の数枚は、庭の木の枝先からクロムめっきの施された鎖で吊るされていて、風に揺れていた。そのほかの写真は、画家の用いるイーゼルや、《いちじくの館》の白壁に飾られていた。

人々は、建物の周囲を蛇行しながらぐるりと巡る順路にしたがっていた。最上階にある日光浴室《ソラリウム》から見おろすと、途切れることのない黒い巻き毛がうねうねと動きながら、エントランスの大きな扉の向こうへと吸い込まれていくように見えた。

屋内では、ジョズエ・ジラルディがやきもきしながら待っていた。ハンス・ホイマンを紹介するという「身に余る役回り」を仰せつかったのだと言っていた。ホールの写真から語りはじめ、今回の展覧会は年代順に並べたものではなく、鮮やかなコントラストや比較に焦点をあてたものだと、まず指摘した。その結果、野性味あふれる若かりし頃のジョルジョ・ベッルーシの顔と、真っ白な歯を見せて不遜な笑みを浮かべる老いたジョルジョ・ベッルーシとが隣り合わせになっているわけだ。ハンスを虜にしたという、日に灼けた茶色の瞳が、モナ・リザの眼差しのように、どの方角へ行こうと観る者を追いかけてくるのだった。

　次いでジョズエ・ジラルディは、一枚のショットがいかにストーリーを語る力を持ち得るかを力説し、ハンス・ホイマンは、世の中に対して辛辣でアイロニカルな目線を向けていると述べたのだった。その話からは、友人ハンスに対する深い理解と、心の底からの敬意が伝わってくる一方で、皮肉なことに聴衆の無知をさらけだす結果ともなった。大方が難解な概念はほとんど理解できず、ましてや、カルティエ＝ブレッソン風の〝盗み撮り《スナップ・ショット》〟との比較などわかるわけもなく、盗みを働いたのだと思い込む者まで出る始末だった。それでもみんな辛抱強く話に耳を傾け、ハンス・ホイマンが「世界でもっとも偉大な写真家の一人」と形容されるたびに、ひとしきり拍手が起こるのだった。

　さいわいハンス・ホイマンは、言葉よりも写真そのもので人々を惹きつけた。続いて挨拶を求められると、思いがけず正確かつ流暢なイタリア語で、三つばかり話をするにとどめた。「皆さんに私の芸術を理解していただくために、三十ページ分のスピーチ原稿を準備したのですが、ジョズエにそっくり持っていかれてしまいました。ジョズエには心から感謝します」ここで敢えて声を立てて笑った。「したがって、友人の写真家、ロバート・フランクの言葉を引用して、話を終えることにします。『僕の胸の内には、まだたくさんのものがある。なにかが僕を駆りたて、急きたてる。それでも目のまえには海がひろがっているのだ』」その場にいた誰もが、ハンスの見ている方角に思わず目をやった。すると、そこに本当に海が見えた。ハンスが次の言葉を継ぐまで、その、熱風という透明なヴェールに覆われた、空よりもほんの少し濃い色の帯を、誰もが微動だにせず見つめていた。「それと最後に、もうひとつ大切なことを言わせてください。なによりも大切なことです。ジョルジョは素晴らしい男で、とびきりのスプマンテを準備してくれました。さあ、みんなで乾杯しましょう。私も咽がからからだ」

ジョズエ・ジラルディがつくりあげた崇高な雰囲気が、一瞬にして粉々に砕け散り、熱烈な歓迎と笑いにとってかわられた。唯一、父だけが真面目くさった表情を保ったままハンスに歩み寄り、握手とともに讃辞を述べた。それからみんなで庭に出て、七時に予定されている《いちじくの館》のオープニングパーティーを待ちながら、飲み交わしたのだった。

ようやくジョルジョ・ベッルーシが登壇したとき、テレビカメラはしばらくまえから回っていなかった。それでも聴衆の数は倍にふくれあがり、さらに女や男、子供たちが入ってくるのだった。

「では、二言だけ」ジョルジョ・ベッルーシの声はうわずっていた。「ここにいるすべての皆さんが見せてくれた愛情に感謝します。そして、困難なときに助けてくれた家族や、快く資金を援助してくれただけでなく、素晴らしい写真を撮ってくれたハンスにも。彼の写真はケーキのうえのサクランボのようです。彼がいなければ、今日、こうしてここでオープンを祝うことはできませんでした。そして最後に、孫のフロリアンにもありがとうと言わせてください。とりわけここ数か月、この子の存在は私にとって大きな支えでした。それほど遠くない将来、私がこの世から去るときには、この《いちじくの館》をフロリアンの手に託し、私は彼らと一緒に空から見守るつもりです」そう言うと、上空で彼を祝うかのように舞っている燕を指差した。すると観衆は「まだ百年は先の話だ、百年な」と囃したてるのだった。

「たしかに自分を歳だと思っているわけではないが、現実問題として、もうかなりの年寄りです。将来、この旅館は孫のフロリアンに託します。皆さんもおわかりのとおり、これまで多くの犠牲を払ってきたのは、私自身のためではありません。自分はいい格好をしたいと思ったことはない。我々みんなのため、こんなにも素晴らしい我々の土地の未来のためです。この土地の美しさは、ハンスの写真が余すところなく物語っています。それなのに、何者かが——皆さんは誰だかご存じでしょうが——それを踏みにじろうとしている」

一瞬、一同は黙りこくった。まるでジョルジョ・ベッルーシが悪魔を召喚したかのように、子供たちまで息を潜めた。老女たちはいまにも十字を切ろうとしていた。ちょうどそこへ、一台の車がタイヤを鳴らしながら《いちじくの館》に入ってきた。最初に、サングラスをかけた、背が高く屈強な二人の若い男が降りてきた。その場にいた者たちは、恐ろしさのあまり身をすくめながら二人を見やった。なかには逃げだしかけた者もいた。状況はそれほど緊迫していたのだ。次いで、いくぶん前かがみではあるものの、がっしりとした体格の男が降りてきて、掻き分けるようにして群衆のあいだを進むと、ジョルジョ・ベッルーシを抱擁し、ハンス・ホイマンと握手を交わした。多くの人が見知った顔だった。県知事だったのだ。取材班は慌ててまたカメラを回しはじめた。

「遅れてきたうえに、いきなり割り込んで申し訳ない」県知事が切りだした。「時間はとらせません。今日は県議会議員を代表すると同時に、私個人の祝福を伝えるためにやってまいりました。途中で断念することなく、我々の新たな歴史の一ページをこうして築きあげたことは、まことに称讃すべき偉業です。《いちじくの館》が、この地域の新たなる発展と戦略的・計画的考察の道を歩むうえでのきっかけとなることを心からお祈りいたします……」県知事の演説は十五分ほどにわたって続けられ、拍手が三回起こった。その後、計算されたポーズを挿み、最後に「ご清聴ありがとうございました。以上で私の話は終わります」と締めくくられた。「どうぞ、そのままパーティーを続けてください」そして人々のあいだに紛れ込もうとしたが、なかなかそうはいかなかった。最後に解放されたような拍手が巻き起こり、群衆は上機嫌になった。ジョルジョ・ベッルーシが言った。「ボトルを頼む」

長いロープの先端に結ばれたスプマンテのボトルが、まるで魔法のように三階のバルコニーから下りてきた。

ジョルジョ・ベッルーシは片手でボトルをつかむと、《いちじくの館》の古い石壁の真ん中めがけて力いっぱい投げつけた。ボトルは鋭い音を立てて粉々に砕け、石壁に大きな染みを作った。それはちょうど、再建しかかっていた建物が爆風に散るまえ、自然に芽生えたいちじくの若木が枝を伸ばしていた場所だった。

その瞬間を待っていたかのように、楽団による軽快な曲の演奏と歌が始まった。何組ものカップルが曲に合わせて踊りはじめる。各種のハムやチーズ、酢漬けの野菜、モルタデッラ（豚肉の脂を散らした太いソーセージ）や腸詰め《サルシッチャ》、ソップレッサータ、ンドゥイヤ、ピッツァ、南瓜《かぼちゃ》の花のフライ、サルデッラ、ペコリーノチーズとパセリを詰めたイワシ、冷たいラザーニャ、仔牛の煮込み、切った西瓜やメロンといった料理の盛られた皿が所狭しと並ぶテーブルに人が大勢殺到し、腹をすかせた鼠の軍団も顔負けの勢いで食べつくしていった。

それは人々の記憶に残るパーティーとなった。まるで若い恋人どうしのように身体をぴったり寄せ合って踊る父と母の姿を、僕はそのとき生まれて初めて見た。ハンスはお祖母ちゃんと踊り、エレーヌはジョルジョ・ベッルーシと、マルコはエルサ叔母さんと、テレーザはブルーノ叔父さんと踊っていた。「ジョルジョおじさん《ズ・ジョルジョ》」が演説で僕について言及したことに感激したマルティーナは、誇らしげに僕の手を握っていた。そのとき僕はまだ、自分の肩にのしかかる責任の大きさを自覚できずにいた。

その晩、僕はマルティーナのお姉さんに初めて会った。二日ほどまえに旦那さんと子供を連れてスイスから里帰りしていたのだ。そのため、僕らはお姉さんの家を使うことができなかったけれど、少しも問題ではなかった。《いちじくの館》の全室の鍵を持っていたのだから。

最初に帰っていったのは、県知事だった。拍手と口笛に見送られ、むやみにタイヤを鳴らしながら。それから子供連れの家族が帰っていき、最後に、夜中の三時をまわる頃、若者たちが別れを告げ、マルティーナも帰っていった。

「こんなに大勢の人が集まったパーティーは見たことがない」とジョルジョ・ベッルーシが誇らしげに言い、老妻のふくよかな肩に腕をまわした。

第四の旅

オープニングパーティーから二日後、ハンスとエレーヌが旅立った。驚いたことにジョルジョ・ベッルーシまで一緒だった。

その朝は、全員そろって祖父母の家で食事をした。リコッタチーズのタルトに、いちじくのジャムと焼きたてのパン、コーヒー、血のように赤い桑の実のジュース。ジョルジョ・ベッルーシはさも旨そうに平らげると、ずっしりと重たい《いちじくの館》の鍵束を投げて寄越した。「おい、若造、俺はすべきことは全部やった。次はお前の番だ。整理簞笥と宝石箱の鍵もあるぞ！」たったそれだけだった。ほかにはなんの説明もなかった。余分な言葉は一切なし。ただ、不遜な眼差しでじっとこちらを見据えるだけだった。僕にはその眼差しの意味が理解できなかったし、見返すことさえできなかった。

三人が最初に立ち寄ったのはラメーツィア空港だ。そこでエレーヌが十一時五十分発のローマ行きの便に乗り、その後パリまで乗り継ぐことになっていた。片づけなければならない仕事が山のようにあるのだと彼女は言っていた。その後、男たちは二人で旅を続ける予定だった。五十年前に赤のビートルでめぐった旅を、ほとんどそのままたどるつもりだったのだ。

二人は観光にでも出掛けるように、にこやかで上機嫌だった。母さんは、楽しんできてねと言って見送り、クラウスとマルコは笑って手を振っていた。お祖母《ばあ》ちゃんだけが心配そうに、「くれぐれも気をつけてくださいな」と言っていた。

僕は、抱擁するように車を囲んでいた親族や友人の輪のなかから、マルティーナの瞳を探した。常盤樫《ときわがし》とおなじ深い緑のその瞳は、すぐに見分けがつくのだった。マルティーナはいわくありげなウインク——彼女はそれを「ジンガテッラ」と呼んでいた——を送って寄越し、《いちじくの館》で一緒に過ごした晩に僕を引きずり戻すのだった。とりわけ最後に交わしたキスは、いまだに唇がひりひりするほど長いものだった。

彼女はその晩、「二人だけで旅行させてあげなさいよ」と僕に言った。というのも僕は、最初の二、三日だけでも一緒に来ないかと祖父二人から誘われていたのだ。迷っていた僕は、とりあえず反論してみた。「あの二人のことをもっとよく知るための、またとないチャンスだと思うんだ。このあたりの土地のことも知っておきたいし」それでも彼女は譲らなかった。「これはあの二人の旅だってことがわからないの？　あなたが割って入るスペースはないの。ここに残れば、あたしを深く知ることができるでしょ？」僕は、ひりひりする唇で微笑み、電気を消したのだった。

けれど、二人を見送っているうちに後悔の念がふつふつとこみあげ、その日の暑さと相俟って僕の頬を紅潮させるのだった。七月二十七日のことで、凄まじい熱風がまるで温かな糊のように肌にまとわりついた。

エレーヌが二度ほどクラクションを鳴らした。その甲高く大きな音に、空を飛んでいた燕たちの黒い塊が消えてしまった。ほんの一瞬の出来事だった。大勢の女たちがバルコニーから身を乗りだし、バールからは男たちの一団が見送りに出てきた。エレーヌがギアをローに入れると、車はゆっくりと走りだした。すると燕たちがふたたび戻ってきて、飽きもせずに低空飛行を続けるのだった。

ラメーツィア空港まではエレーヌが運転した。これは間違いない。そして、二人の男たちが、もはや伝説と化した昔の旅の思い出話に花を咲かせ、笑い合っていたというのも確かな事実だ。発つときには、二週間以内には戻ると言っていた。それより遅くなることはないだろうが、いずれにしても心配は無用だ、二人ともいい歳をした大人なのだから、と。「いいか、俺たちのことを郷愁に駆られた二人の老いぼれだなんて思うんじゃないぞ」とハンスが言い添えた。「美しい景色をできるだけこの瞼に焼きつけ、旨い料理と最高のワインで腹を満たしたいだけなんだ。そうだろ？　ジョルジョ。それと、昔の旅のときのように、写真を撮りまくるのさ」

ジョルジョ・ベッルーシは真面目くさった顔をしてうなずいていた。その瞳は、陽射しを受けて燃えていた。

一枚目の写真は、飛行機に搭乗するエレーヌを写したものだ。片手を口もとにやっている。おそらく、遠くで見送る二人の男たちに投げキスを送ろうとしているのだろう。

ラメーツィア空港からハンドルを握ったのはハンスだ。というのも、ハンスは一度ならず言っていた。「ジョルジョにならば、なんでも貸してやる。この心だってな。だが、車と妻だけは例外だ。絶対に貸さん。ジョルジョ、お前は信用できんよ。一分と経たんうちに両方ぼろぼろにされちまう」

次に訪れたのはピッツォ・カラブロ。少なくとも、ハンスはそこからまた写真を撮りはじめている。最初はナポリ王のミュラが幽閉されていた城、次に広場の展望台から見た海と、目を細めてジェラートを舐めるジョルジョ。その後、二人はジェラート店のテーブルで一枚目の絵葉書きを認《したた》める。

「親愛なるフロリアン、ピッツォより愛をこめた挨拶を。ここのジェラートは世界一おいしい。お前の分もひとつ食べておくことにしよう。やはり一緒に来ればよかったな。お前がいないと、さみしいよ。まあ、耄碌じいさん二人よりも、別嬪の娘のほうが大事だってことはわかるがな。俺たちだってきっとおなじ選択をしただろう。みんなにキスを。ジョルジョ&ハンス」

それから二人はレッジョの方向へ下っていき、途中でヴィオラ海岸を通る。そしておそらくサンテリア山からだろう、夕焼けに赤く染まる薄明かりに浮かぶエトナ火山とエオリア諸島の輪郭をハンスが写真に収めている。夜の十時頃、二人はシッラに到着。夕食を済ませ、港の近くのホテルで眠る。

ハンスは、日の出とともにまた写真を撮っている。海の向こうにぼんやりと霞むシチリア島の一部、村の路地でばさばさの髪を梳かしている老女、そして人気《ひとけ》のない海岸を飛ぶ一羽のユリカモメ。ホテルに戻ると、ジョルジョ・ベッルーシはまだ眠っている。そこでハンスは、ベッドに眠る友の姿を写真に収める。まるで死人のように、目を閉じて腕を両脇につけ、首まで掛け布で覆っている。

「親愛なるフロリアン、シッラは魅惑的なところだ。マルティーナを連れてぜひ一度訪れるといい。シチリアの角の部分に手が届きそうな錯覚に陥るよ。セイレーン《シレーネ》の浜から歩いてすぐのところに宿があるんだが、そこではサメの生肉をベルガモットの果汁に浸したカルパッチョが食べられるんだ。病みつきになる旨さだ。ハンス＆ジョルジョ」

その後の旅のあいだも、ジョルジョは生き生きとしている。なにか話しているようだが、なんと言っているのかはわからない。母さんみたいに身ぶり手ぶりをしている。

そして二人はイタリア半島の先端、風の分かれる《スパルティ・ヴェント》岬のあたりまでやってくる。国道106号と海のあいだにあるはずの、放置された庭を探していた。二人の記憶に鮮明に焼きついている庭だ。ジャスミンや、ベルガモット、シトロン、レモン、マンダリンオレンジなどの柑橘類がもつれ合うように生い茂っていた。死人でさえも息を吹き返しそうなほど強烈な香りが風に運ばれてきて、匂いをたどっていったところ、その庭に出たのだった。しかし今回は見つからない。付近には建設中の休暇村があり、隣に、ねじ曲がって埃っぽいユーカリが何本か植わっている小さなキャンプ場があるばかりだ。

がっかりした二人は、セッレ山地のイオニア海側の斜面沿いの道に入る。岩と岩のあいだに嵌め込まれたような村々が続いている。

ときおり二人は、道端に設けられた待避所に車を停め、用を足す。上から見おろすと、眩暈《めまい》がするほどに切り立った絶壁だ。砂浜には海水浴客やパラソルがひしめき、海岸線に沿って、コンクリートや工事現場、屋敷、別荘、キャンプ場、ごくたまにホテルなどが点在している。海に面した村々には家が何列にもなって連なり、その向こうに目をやると、コバルトブルーの海面に視線が吸い込まれる。

二人は、一軒のホテル＆レストランのガレージに車を停め、栗林に分け入る急勾配の細道を速足で進む。

「親愛なるフロリアン、セッラルタ山から《いちじくの館》が見えたよ。まるで緑と黄色の海原に浮かぶ一隻の船のようだった。その両側にある碧い眼のような本物のふたつの海では、波しぶきが白い泡を立てていた。フィルムを現像するのが待ち遠しくてたまらない。ジョルジョもよろしくと言っている。お前のハンス祖父《じい》ちゃんより」

翌日、二人は《ふたつの海通り《ストラーダ・デイ・ドゥエ・マーリ》》をカタンザーロの方向へと進んでいく。一台のバイクに尾《つ》けられていることには気づかない。気づけというほうが無理な話だ。二人の眼差しは、あたりの風景にすっかり魅了されているのだから。ハンスは、干あがった川底の白い石から放たれるきらめきや、水が一滴もない川床でたくましく茂る夾竹桃に魅せられ、バックミラーを確認しようともしない。

二人はそのまま、イオニア海岸をレ・カステッラまで東へ進み、身体《からだ》のほてりを鎮めるために海水浴をする。海は透明で生ぬるい。小さな片口鰯《かたくちいわし》の群れが光を反射している。これを岩場に並べて干すのだ。海中に迫りだした城をその位置から眺めると、紺碧の海と空に浮遊しているように見える。

そこからコロンナ岬まで、海に沿ってそのまま東へと進む。そこでハンスは、何枚もの写真を連続で撮影する。なかでもひときわ美しいのは、ジュノーネ・ラチニア神殿の遺跡である円柱《コロンナ》を背にして立つジョルジョを撮ったもので、いくつもの動く影が顔に写り込んでいる。その後ろでは、海が陽射しを受けて燃えるように輝いている。

正午、二人はクロトーネの《ローザの家》で食事をする。塩漬けハタのタリアテッレにムール貝のオーブン焼き、そしてシーフードミックスのグラタンだ。チロ・ワインを三本空け、ほろ酔い加減で幸せそうだ。

午後にはクロトーネを発つが、正面から照りつける太陽に目がくらみそうになる。大きな廃工場が二軒、町外れに建っている。その少し先に行ったところからコゼンツァ方面の高速に乗り、サン・ジョヴァンニ・イン・フィオーレに立ち寄る。ジョルジョの母親の生まれ故郷だ。ここで郷土料理のレストランと宿を見つけてから、町の散策を始める。おそらくジョルジョが助言したのだろう。ハンスはこの町で何人もの若い女性の写真を撮っている。大半は相手に気づかれないように撮ったものだが、なかにはシャッターを切る瞬間を待ちかまえて微笑む娘もいる。輝く漆黒の瞳に、波打つ長い髪の娘たちは、世間の評判に違《たが》わず美しい。

翌朝は二人とも早い時間に起きだす。ハンスが、シーラ山に寄って風景写真を撮りたがったからだ。羊歯《しだ》が密生する斜面を流れる沢で、冷たい水を飲む。ほとばしる水がジョルジョの開けた口に入り、顎を伝って流れ落ちる。

カミリアテッロで二人は最後となるコーヒーを飲む。手短に絵葉書きを認めると、ふたたび走りだす。そのあとを、やはりバイクが尾けていく。

しばらく走ったところで、身がすくむほどの断崖絶壁と、その向こうのクラーティ河畔、そして凄まじい熱風のヴェールにすっぽり覆われ、眠っているように見えるコゼンツァの街並みが一望できる待避所から、ハンスは二回シャッターを切っている。一枚は眼下に連なる屋根。その構図だと、屋根のうえを飛ぶ燕が、鷲のように大きく見える。もう一枚はジョルジョ・ベッルーシのクローズアップ。その陽射しに灼《や》かれた茶色の瞳に、湧きあがる怒りと、そしておそらく恐怖の炎が映しだされている。ハンスの背後に二人の男の姿を見たのだ。疑いの余地はない。だが、ジョルジョに口をひらくことも、防御の態勢をとることも、逃げるための一歩を踏みだす時間も与えず、男たちは顔面を狙って七・六五口径の拳銃を六発ぶっ放ち、彼の不遜な眼差しを永遠に消し去った。

ハンスは？　ハンスも恐怖にたじろいだものの、自分は部外者だとわかっていた。彼はただ、その土地の光と色彩に惚れこみ、酔ったような気分にさせる熱風を愛していた。おそらく命までは奪うまい。わずか数秒の出来事だ。親友が顔面をめちゃくちゃにされて、ベンツのフェンダーにくずおれるのを目の当たりにし、苦悩の悲鳴をあげ、なんと言っているのかわからない憤怒の哮《たけ》りを母国語であげ続けるが、それも、男に拳銃のグリップでこめかみを殴られるまでだ。ハンスに対しては、銃弾一発たりとも無駄にしない。車の運転席に押し込むと、助手席にジョルジョを乗せ、両者をシートベルトで座席にくくりつけたうえで、絶壁の向こうへとベンツを押したのだ。

「親愛なるフロリアン、俺たちは元気だ。二人とも若返ったような気分だよ。ミロールがいないのは残念だが。《いちじくの館》のオープン、おめでとう。いつもお前たちのことを想っている。俺たちはもう少し旅を続けることにする。みんなにキスを。ハンス&ジョルジョ」

《いちじくの館》での滞在

旧《いちじくの館》にアレクサンドル・デュマが立ち寄ったことはあるのかと尋ねられたとき、おそらくあなたは普通の観光客ではないのだなと思いました。

ジョルジョ・ベッルーシャやハンス・ホイマン、そして両親について僕を質問攻めにして、何日かしたころ、ようやくあなた自身のことを少し話してくれましたね。作家であること、何年もまえから、夏が訪れるたびに《いちじくの館》を探し続けていたこと。それを聞いて僕は、あなたがなぜ旅行者に扮した探偵のような風貌で旅をしていたのか、理解できた気がしました。土地を探し求めるうちに物語が見つかるものです。デュマもおそらく、そうだったのではないでしょうか。

僕のあやふやな記憶が果たしてお役に立てるのかわかりませんが、思いだすという行為は僕にとって大切なことでした。思いだすことによって愛しい人たちをより深く理解できた気がします。

時とともに母の心の傷も癒えていきました。夏になるとクラウスとマルコと三人で僕に会いにきて、旅館を手伝ってくれます。祖母は一気に十歳近く老けこみ、海を相手にしか話さず、魂が抜けたように家のなかを歩きまわっていますが、母はあれだけのことがあっても決してへこたれず、髪を黒く染め、ファンデーションを塗って皺を隠しています。いまでも昔のままに美しい母さんです。何度ひどい目に遭って打ちのめされても、立ちなおる力がいったいどこから湧いてくるのか、僕にはわかりません。「いまはあなたのことだけが気がかりで」と母は言っています。

ええ、母は心配しているようです。ですが、これまでのところ、みかじめ料を求めてきた者も、いわゆる用心棒をすると言ってきた者もいません。うちの儲けなど高が知れてることは彼らだってわかっていますしね。「連中にはお前を相手にする暇なんてないさ」とアルクーリ弁護士は断言しました。彼はいま町に法律事務所を構えていて、ロッカルバに戻るたびに僕のところに立ち寄ってくれます。「麻薬の密売や密入国、大規模公共事業、大企業など、仕切らなければならない山がいくらでもあるからな」

それでも僕は、ここに滞在しているあいだは常に爪をむきだしにし、決して警戒を緩めることはありません。村人たちはほぼ全員が、僕の味方です。

一年のうち四か月は、ハンブルクにあるもうひとつの我が家、僕の生家で過ごすことにしています。過去の断片だけでなく、未来の断片を失わないためにも必要なことなのだと思います。太陽と月ほどに異なるふたつの土地で交互に生活することにより、僕はときどき、ふたつの人生を生きているような錯覚に陥ります。というのも、僕はどちらの土地でも頭までどっぷり潜ってしまうからです。水面すれすれのところで巧みに身をかわしながら生きていくのは性に合いません。

いいえ、《いちじくの館》は、三月から十月までの気候のよい時期に営業しています。七月と八月は、ご覧のとおりいつも満室です。プールがあって、海がさほど恋しくならないお蔭ですね。まあ、その気になれば海にだって行けます。ティレニア海まで車で十五分、イオニア海まで三十分強です。泊まり客だけでなく、ロッカルバや近隣の村から、毎晩のように若者が連れだってやってきては、食事をしていきます。ときおり、一人旅の途中らしく、土埃にまみれた人が立ち寄ることもありますよ。きっと外国人でしょう。いや、イタリア人かもわからない。昨今では、イタリア人も外国人も見分けがつかなくなってきましたからね。

ですが、あなたにはどこか懐かしさを感じました。いつかどこかで会ったことがあるような気がしたのです。きっとあなたが《いちじくの館》について、あたかもご自分の一部のように、家族の一員のように語っていたからなのでしょう。

あなたがご自分の部屋に戻られてから、僕は冗談でマルティーナに言いました。「あの男の人は、顔が丸々としてるし、顎には笑窪があるし、デュマみたいだね」それを受けて彼女はこう言いました。「縮れた髪まで一緒だけれど、デュマのほうが濃いわね。もしかすると、アレクサンドル・デュマの亡霊が、手稿を取り返しに来たのかもしれない」僕は、心配するな、手稿はジャダンの絵と一緒に木箱に入れて安全なところにしまってあるから、と言いました。どちらも、いつか生まれてくる僕らの子供たちのために大切に保管しておくつもりです。

そんな空想をして妻と笑い合いましたが、でも、現実からそれほどかけ離れたものではないでしょう。あなたがた作家は、皆さん似たところがありますよね。満足を知らない吸血鬼のような眼つきをしています。

それでは、友よ、このあたりでお別れすることにしましょう。いまのところ、僕にはこれ以上お話しすることはありません。最後によいお知らせを。十月二十四日、マルティーナと僕は結婚します。ここ《いちじくの館》で盛大な披露宴をひらくつもりです。

訳者あとがき

『ふたつの海のあいだで』(原題 Tra due mari)は、イタリアでいま脚光を浴びている作家、カルミネ・アバーテ(Carmine Abate)の長篇三作目で、実質的に彼の出世作となったものだ。アバーテは、デビュー以来、一貫して自らの故郷カラブリアに生まれた人々と土地や家族の関係を描き続けてきた。危機に瀕する言語のひとつに指定されているアルバレシュ語(古アルバニア語をルーツとする)を母語とし、カラブリア方言やイタリア語やドイツ語が交じる環境で培われた特異な言語感覚を活かしつつ、移住というテーマを問い続ける彼の作品群は、元来、郷土色の強い傾向があるイタリア文学界においても、強烈な存在感を放っている。

本書では、カラブリア一繁盛したものの、一八六五年に焼失したと語り継がれる《いちじくの館》の主《あるじ》の末裔、ジョルジョ・ベッルーシ(デュマが置き忘れていった手稿を家宝として大切にしている)と、その孫で、ドイツ人を父に持つフロリアン少年を中心に、数世代にわたる旅の足跡をたどりながら、土地をめぐる家族の思いが描かれていく。

いまや廃墟が残るだけとなった《いちじくの館》は、はじめのうちこそ、一族に伝わる過去の記憶と、ジョルジョ・ベッルーシの執念めいた夢でしかなかったが、いつしか、故郷にとどまろうとする者を待ち受ける過酷な運命との闘いの象徴となり、やがてフロリアンというしなやかな味方を得て、土地とともに歩む未来へとつながっていく。

物語の舞台となっているのは長靴の形をしたイタリア半島の南端、土踏まずと爪先の中間あたりとでもいったらいいだろうか。西のティレニア海側はサンタ・エウフェミア湾に、東のイオニア海側はスクイッラーチェ湾に、それぞれ両側からえぐられるような形で陸地が細くなっている部分がある。そのあたりの丘の上に位置する、ロッカルバという架空の村だ。村の上空では、ふたつの海から吹きつける風が交差する。

アバーテの小説では、故郷、クロトーネ県のカルフィッツィを思わせる村が舞台とされることが多いのだが、本書の舞台は、おなじカラブリアでもかなり西にずれている。この地が選ばれたのは、ある意味必然だった。アバーテは、十九世紀のフランスの小説家アレクサンドル・デュマ（一八〇二～一八七〇年）が、このあたりにあった《いちじくの館》に立ち寄ったとの記述に興味をひかれる。邦訳がないため日本ではあまり知られていないが、旅好きのデュマは、とりわけ南イタリアの風土に強く惹かれており、実際にジャダンという名の画家を伴って南イタリアを旅し、そのときの経験をもとに、カラブリアの風土が細かく描き込まれた『アレーナ大尉』（Le Capitaine Aréna　一八四二年）という作品を著している。

それによると、シチリア島を訪れたのち、イタリア半島の海岸線に沿って船で北上しようとしていた矢先、時化《しけ》に遭い、急遽、カラブリア州のピッツォからコゼンツァまで陸路を行くことになった。その際、一行は、「ヴェーナと呼ばれている、カラブリアでは誰も理解できない言葉と、外国の伝統を維持しつづけている」村の噂を耳にし、そこへ向かうことにした。途中、「十二時ごろ、我々は乗りものを休ませ、なにか食事をとるために、《いちじくの館》と呼ばれる小さな集落に立ち寄った。一時間ほど休憩したのち、そこをあとにし、街道を左手に、山のほうに入っていくことになった」とある。この数行ほどの記述をもとに、アバーテは、《いちじくの館》探しをはじめる（物語の最後に登場する作家は、したがって、アバーテ自身の姿を投影しているものといえるだろう）。結局、デュマの言及する《いちじくの館》は見つからずじまいだったが、その欠落を埋めるような形でアバーテが紡ぎだした物語が、本書『ふたつの海のあいだで』だ。

タイトルにある「ふたつの海」は、両側から《いちじくの館》を抱くティレニア海とイオニア海を意味するだけではない。物語の語り手であるフロリアンが生まれ育ったドイツの冷たい北海と、母の生まれ故郷である南イタリアの、灼けるような陽射しが照りつける地中海というふたつの海でもあり、ひいては、それぞれに強烈な個性を持つフロリアンの二人の祖父に体現される、ハンブルクとカラブリアというふたつの土地と、そこに生きる人々の気質や文化をも暗示する。「太陽と月ほどに異なる」これらふたつの土地のあいだには、二千五百八十一キロの距離が横たわる。

少年時代のフロリアンは、双方の祖父に対して反感を抱いていたことも手伝って、このふたつの土地の混淆として生まれた自分自身を受け容れることができずにいた。

〈僕はなんて最悪な遺伝子を持って生まれてきたのだろう。僕の血管には、有毒な血がしっかりとブレンドされて流れているのだ。〔中略〕そんな考えがくっきりと頭に浮かんだとき、僕はいわゆる「普通」のルーツを持つ友だちが羨ましくてたまらなくなった。両親ともにドイツ人の子供であり、それ以外の何者でもない。対する僕ときたら、ひとたびルーツを探りはじめるといつの間にか迷子になってしまうのだった。荒野を流れる小さな沢の水のように。おまけに、僕の川に流れる水は澱んでいた〉

だが、母や祖父の語りを通して、彼らの足跡をたどり、「裏切られた恋人のように」彼を呼ぶ土地の嗄れ声に導かれながら、ハンブルクとロッカルバを行き来し、祖父たちの足跡をたどっていくうちに、ふたつの世界に対するわだかまりもいつしか消え、双方にしっかりと根を下ろして生きる道を歩みはじめる。フロリアンにとってそれは、「過去の断片だけでなく、未来の断片を失わないためにも必要なこと」だったのだ。

フロリアンの歩みは、著者アバーテ自身の歩みとも重なる。アバーテの父親は、彼が幼い頃からドイツへ出稼ぎに行っていた。やがてアバーテも、父の旅をたどるようにして、ハンブルクへと渡る。自伝的要素の多分に含まれた短篇、「足し算で生きる」のなかで、ふたつの世界を行き来する自らの姿をアバーテはこんなふうに綴っている。

「僕は、〝空しいピストン運動〟と呼んでいるところの、この南イタリアと〝ヨーロッパ〟との往復を続けながら、結局いつも自分の居場所はここではないのだと思い続けることに疲れていた」

そんなアバーテが行きついた結論が、「北と南とのどちらかを選ぶのではなく、それらを足し合わせながら生きていきたい」というものだ。そして、最終的には、移住先のハンブルクでも、生まれ故郷のカラブリアでもなく、その中間にあたる北イタリアのトレンティーノで暮らすことを選ぶ。

〈自分の生まれ故郷と、仕事や人間関係を理由に僕のことを引きつけていたドイツ北部の中間点はどこかと探してみた。要するに、地理的な計算にもとづいて、僕はトレンティーノにやってきたのだ。だが、それだけではない。僕がトレンティーノという土地に惹かれたのは、ここが国境沿いの土地だったからである。僕にとって国境とは、人と人との接触の場であり、分裂の場ではない。この特権的な場所からならば、一定の距離を保ちつつも、情熱を忘れずにヨーロッパの南と北の双方を生き、語ることができる。なぜならば、北も南も、自分の眼からは遠いところにあるけれども、中間の土地においては双方が存在し、混合されているからだ。ここでならば、ふたつの世界のよりよい部分を見いだすことができ、それらを共生させ、融合させた新しい現実を生きることが可能だ。そうすることにより、僕自身が日々、文化的にも人間的にも豊かになっていけるのだ〉

そうやって自ら選びとったトレンティーノで、アバーテは、故郷カラブリアという土地から発つことを強いられた者たち、あるいはその対極の選択肢としてある、土地に根差して生きることを選んだ者たちの姿を一貫して描いてきた。

カラブリアだけでなく、南イタリアで暮らす者にとって、「移住」は、避けて通ることのできないテーマだ。ヨーロッパと中東、アフリカの接点にあたるため、古来、さまざまな民族の混淆の場であったし、現在でもなお、多くの人々が、中東諸国やアフリカ諸国から貧困や紛争や迫害を逃れ、安住の地を求める旅の起点として、南イタリアに流入する。一方で、山が海岸線にまで迫り、中央から遠く隔てられているという、統一国家イタリアからみれば辺境の地であるがゆえに、産業に乏しく、大規模な農業にも適さない寒村での暮らしは楽ではなく、一家の担い手たちは、家族を養うために、北イタリア、ドイツ、フランス、あるいはアメリカへと、わずかなつてを頼りに出稼ぎを強いられてきた。妻子を残して旅立たざるを得なかった父親は、あとに残した故郷や家族への郷愁やうしろめたさを胸に日々を生きる。そしてこんなつらい思いは自分の世代で終わりにしよう、せめて子供たちには教育を受けさせ、故郷で暮らせるようにしてやろうと誓う。それでもなお、子供らもまた旅立っていくという連鎖をくいとめることは容易ではない。

むろん、ジョルジョ・ベッルーシのように土地に根差して生きることを選ぶ者たちもいる。しかし、そのためには、旅立つよりもはるかに強固な決意が必要となることもある。故郷にとどまって生きる決意をした者たちの前に立ちはだかるのは、経済的に厳しい暮らしだけではない。営んでいる精肉店のみかじめ料を拒んだがために、ジョルジョ・ベッルーシに執拗な嫌がらせをしていたのは、カラブリアを拠点とする犯罪組織、ンドランゲタだ。ひとたび彼らに逆らおうものなら、見せしめとして、残酷な報復が待ち受ける。土地の人たちは皆その存在を知ってはいるものの、誰もその名を口にすることはない。

もうひとつ、アバーテ作品の特徴として挙げられるのが、前述したとおり、アルバレシュ語、カラブリア方言、イタリア語、ドイツ語という四つの言語が入り交じる環境で培ってきた、特異な言語感覚だ。彼の故郷カルフィッツィは、十五世紀から十六世紀にかけてアルバニアから逃れてきた人たちを祖先とするアルバレシュ共同体であり、カラブリアのなかでもとりわけ複雑かつ豊かな言語・文化的背景を持っている。そんな土地に埋もれている記憶を掘り起こし、物語として語り伝えるために、アバーテは聴く耳を持つものにしか理解できないアルバレシュ語やカラブリア方言をすくいあげてきた。彼の作品においては、カラブリア方言やアルバレシュ語だけでなく、移住先のドイツ語やフランス語までが、イタリア語で書かれた文章のなかに直接織り込まれている。それぞれの言葉の比重は、個々の作品ごとに異なる。たとえば、『帰郷の祭り』や『偉大なる時のモザイク』など、アバーテの生まれ故郷であるカルフィッツィを思わせる架空の村、ホラを舞台とした作品群では、アルバレシュ語が多用されている一方、本書では、カラブリア方言やドイツ語がところどころに登場する。ちなみに、本書の献辞は、イタリア語とドイツ語とアルバレシュ語が併記されたものだ。

「語り」もまた、アバーテ作品の特徴として挙げられる。もともと、アルバレシュ共同体には民謡や語りを重視する伝統があり、ラプソディアと呼ばれる叙事詩のような口承の物語によって、神話や武勇伝が代々語り継がれてきた。アバーテは、幼少期からカルフィッツィの村でそうしたアルバレシュ語の語りを聞きながら育った。そんな、小さな頃から身体にしみついている語りの妙やリズムが彼の作品の根底にあり、独特な中間話法によって流れるように物語が展開していく。とりわけ本書『ふたつの海のあいだで』の語り手は一人ではなく、フロリアンを軸としながらも、母や祖父の語りが織り込まれ、ときには父や祖母の声まで混ざりながら、あたかもポリフォニーのように幾重にも響きわたる。しかもそんな語りを促しているのは作家自身であるという、実に考え抜かれた構造になっている。

完璧なバランスのもとで成り立っている抒情豊かな語りは、思い出にまつわる匂いや色までが伝わってくるほど鮮やかで、耳に心地よく、読者を物語世界に引き込む力を持っている。

アバーテは、一九九一年に「サークルダンス」で長篇デビューし、続く一九九九年の「スカンデルベグのバイク」と、いずれもローマのファーツィという小出版社から小説を発表していたが、二〇〇二年に刊行された本書『ふたつの海のあいだで』が本国イタリアはもとより、フランスやドイツで高く評価され、〈フェニーチェ・エウローパ賞〉〈フェウド・ディ・マイダ賞〉〈ドメニコ・レーア賞〉などを獲得したことにより、名実ともにイタリアを代表する作家の仲間入りを果たした。その後、二〇一二年に発表した『風の丘』(拙訳、新潮クレスト・ブックス)で、権威ある〈カンピエッロ賞〉を受賞し、その地位を不動のものとした。これまでに長篇だけでも九つの小説を発表している。最新作の「婚姻の宴とそのほかの味」(二〇一六年)は、カラブリアやアルバレシュの料理にまつわる十六の思い出が収められた風味豊かな短篇集だ。

アバーテの作品は、読み重ねていくにつれ、それぞれが補完し合い、カラブリアに生を享けた人々の全体像が徐々に浮かびあがってくる仕掛けになっている。さいわいなことに、二〇一六年、『偉大なる時のモザイク』と、『帰郷の祭り』(いずれも栗原俊秀訳、未知谷)が相次いで邦訳された。『風の丘』と合わせて、これで四作品が日本語で読めるようになった。

様々な要因から、生まれ故郷を離れざるを得ない人たちが後をたたない昨今、「異なる人々や文化や言語の衝突=出会いが最終的には万人を豊かにする」という確信のもと、イタリアの最南端という過酷な境界を舞台に、旅立ちや帰郷、土地に根を張って生きる人々の姿を独特な語り口でわたしたちに届けてくれるアバーテの作品群は、社会の抱える問題を考えるうえで多くの示唆を含んでいる。

『風の丘』を訳していたときから、アバーテの巧妙な語りに魅了され、この『ふたつの海のあいだで』もぜひ日本の皆さんに読んでもらいたいと願っていました。その願いがこうして実現できたのは、なにより、アバーテの作品の魅力を理解してくださっている新潮社の須貝利恵子さんと佐々木一彦さん、編集の労をとってくださった同社の杉山達哉さんのお蔭です。また、同社校閲部の方々には、驚くほど細やかな助言をいただきました。皆さんに深く感謝いたします。

そして、イタリア語の解釈や方言の理解の手助けをしてくれたマルコ・ズバラッリと、随所に織り込まれたドイツ語について教えてくれた市村貴絵さんに、心よりお礼を申しあげます。

関口英子

二〇一七年一月

Tra due mari
Carmine Abate

ふたつの海《うみ》のあいだで

著 者
カルミネ・アバーテ
訳 者
関口英子
発 行
2017年2月25日

発行者　佐藤隆信
発行所　株式会社新潮社
〒162-8711 東京都新宿区矢来町71
電話 編集部 03-3266-5411
読者係 03-3266-5111
http://www.shinchosha.co.jp

印刷所
株式会社精興社
製本所
大口製本印刷株式会社

ISBN978-4-10-590135-6 C0397

CREST BOOKS
Shinchosha